KB251854

⚜ 크로스의 세계 ⚜

브네스

코니아

덴시온

클레이튼

류가스

스트라든

엘라트

로벡

● 베델

● 필렘

● 브레이

웨이벌

베이리어

N
W E
S

CROSS

이원 판타지 장편 소설

크로스 2

이원 판타지 장편 소설

초판 1쇄 찍은 날 § 2001년 6월 25일
초판 1쇄 펴낸 날 § 2001년 7월 5일

지은이 § 이원
펴낸이 § 서경석
펴낸곳 § 도서출판 청어람
편집 § 문혜영 · 허경란 · 박영주 · 김희정 · 권민정
마케팅 § 정필 · 강양원 · 김규진

등록번호 § 제1081-1-89호
등록일자 § 1999. 5. 31
어람번호 § 제1-0117호

주소 § 경기도 부천시 원미구 심곡1동 350-1 남성B/D 3F (우) 420-011
전화 § 032-656-4452 팩스 § 032-656-4453
e-mail § eoram99@chollian.net

ⓒ 이원, 2001

값 7,500원

※ 잘못된 책은 바꿔드립니다.
※ 저자와 협의하여 인지를 붙이지 않습니다.

ISBN 89-5505-115-8 (SET) / ISBN 89-5505-117-4 04810

CROSS

이원 판타지 장편 소설

크로스

②

빛과 어둠

도서출판
청어람

목 차

제8장

카마엘

(1)

　당장이라도 언데드가 들이닥치지 않을까 불안한 가운데 밤이 지났다. 다음날은 며칠 만에 구름이 가시고 햇빛이 비추었다. 동이 트자마자 마을은 다시금 부산스러워졌다. 제대로 잠도 자지 못하고 밤을 지냈지만, 사람들은 피곤한 줄도 모르고 지난밤에 급히 세운 방책을 보강하고, 기름을 짜고, 나무를 깎아 만든 창을 세우는 등의 작업을 시작했다.

　여관에서 아침을 먹으려던 크로드 일행은 다우에서 데리고 온 여자아이가 보이지 않는 것을 알았다. 여관 사람들에게 물어보기도 하고 마을 안을 다니면서 찾아보기도 했지만 찾지 못했다.

　"바로 이웃 마을이니까 친척이라도 있어서 그리로 간 거 아닐까? 간밤에도 보니까 마음이 불안해서 그런지 잠을 설치는 것 같던데."

　헤르쿨레스의 짐작에 아스윈은 뚱하니 말했다.

"그래도 그렇지, 말도 안 하고 가는 게 어딨어?"

"정신이 없으면 그럴 수도 있지. 이 마을 사람들, 지금 어디 정신이 있어 보이냐?"

유피는 바쁘게 오가는 마을 사람들을 손가락으로 가리켰다.

"우리는 어쩌죠?"

헤르쿨레스가 크로드에게 물었다.

"글쎄……."

크로드가 말끝을 흐리는데 유피가 말했다.

"이번에는 그냥 가는 게 좋을 것 같아요. 사실 우리는 어제 싸운 걸로도 충분히 도와준 셈이고, 며칠 내로 이 부근의 성 같은 데서 사람들을 보내올 텐데, 괜히 여기 기사들이랑 마주치면 크로드 입장도 좀 그렇잖아요."

"크로드가 왜? 죄지은 것도 없는데……."

"넌 좀 가만히 있어라."

손바닥으로 헤르쿨레스의 입을 틀어막은 유피는 크로드에게 말했다.

"물론 그냥 두고 가기는 찜찜하겠지만 그렇게 해요, 크로드. 어제 크로드가 대장을 없앴으니까 오늘같이 화창한 날씨에는 언데드도 잘 다니지 못할 거예요."

유피의 말을 두고 잠시 생각하고 있는데, 헤르쿨레스가 유피의 손을 입에서 떼내고 큰 소리로 유피를 나무랐다.

"그래도 유피, 너 그렇게 말하는 게 아냐! 너도 전에 크로드가 널 도와주기로 했기 때문에 산 거잖아. 크로드가 모른 척했으면 맥카넌에게 잡혀가서 무슨 일을 당했을지 모른다구! 그런데 어떻게 네가 그런 말을 하는 거야?"

"……."

유피도 이때만큼은 말문이 막혔다.

"아버진 그렇게 무서운 분 아니에요. 그때는 심하게 화가 나셨던 것뿐이에요."

미카데가 던지는 말에 헤르쿨레스는 아차 싶어서 변명했다.

"아니, 무섭다는 뜻으로 한 말이 아니라 예를 들어 그렇다는 거죠."

골똘히 생각에 잠겨 있던 크로드는 고개를 들고 일행에게 말했다.

"며칠까지는 그렇고, 하루만 더 있도록 합시다. 적어도 대비책 정도는 봐줘야 할 것 같소."

그리곤 마을 입구에 세워진 방책 쪽으로 걸어갔다. 나머지는 하는 수 없이 그의 뒤를 따랐다.

"또 언데드하고 싸우게요?"

아스윈은 영 마음이 내키지 않는 기색이었다.

"그냥 마을의 방비를 굳히는 일을 할 거요. 언데드라는 놈은 어느 정도 지능이 있소?"

"보통의 언데드라면 거의 없는 거나 매한가지예요. 마도사나 성직자가 언데드화된 리치는 다르지만요. 대개는 그냥 생각없이 배회하다가 산 사람을 만나면 덤벼드는 거죠. 그러니까 움직임도 둔하고 반응 속도도 형편없어요."

"그 눈 빨간 녀석 빼고는 그 말이 맞는 것 같기는 하더라. 아스윈은 내내 눈 감고 있더니 그건 어떻게 잘 아네."

헤르쿨레스가 감탄했다.

"원래 아스윈이 실전에는 약해도 이론엔 강하잖냐."

유피는 킬킬거렸다.

방책이 있는 곳에서는 촌장과 마을 사람들이 부지런히 작업 중이었다. 크로드의 모습을 발견한 촌장은 얼른 그에게 다가와 인사했다.

"기사님, 어제는 인사도 제대로 드리지 못하고 실례가 많았습니다."

"아니, 괜찮소. 다른 곳에 도움은 청하셨소?"

"예, 간밤에 인근 마을과 로페트 성으로 사람을 보냈습니다. 거리는 스파스 성이 더 가깝지만, 거긴 다우를 지나야 하는 곳이라서요."

"로페트라는 곳은 어느 정도 거리요?"

"어젯밤에 보낸 사람이 부지런히 갔으면 오늘 정오쯤에는 도착할 겁니다."

"그리 멀지는 않군."

혼잣말로 중얼거린 크로드는 촌장에게 말했다.

"방책을 잠깐 살펴봐도 되겠소?"

"그럼요."

크로드는 방책으로 다가가서 손으로 잡고 흔들어보았다. 방책은 꽤 견고하게 만들어져 있어서 쉽게 부서질 것 같지는 않았다. 방책의 안쪽 받침대에 올라가 바깥을 내려다본 크로드는 그곳에서 내려와 촌장에게 말했다.

"방책이 비교적 튼튼하기는 하지만 그것만으로는 조금 불안하니, 앞쪽에 해자를 파놓는 것이 좋을 것 같소."

"해자요? 그게 뭡니까?"

"일종의 함정이오. 구덩이를 팔 남자들을 모아주시오."

"예."

촌장은 얼른 마을 남자들을 불러 모았다. 크로드는 그들을 데리고 방책 바깥으로 나가 직접 땅을 파 보이면서 할 일을 지시했다.

"어차피 시간도 많지 않으니 너무 깊게 팔 필요는 없소. 깊이는 이 정도쯤이면 될 거요. 방책을 따라서 길게 파도록 하시오. 이 앞쪽은 약간 비스듬하게 하고, 여기에 뾰족하게 깎은 나무를 박아 넣으시오. 그러면 넘어지면서 나무에 찔리게 될 거요. 나무를 다 박거든 위쪽은 풀잎이나 나뭇가지로 적당히 덮어두시오."

사람들이 구덩이를 파는 모습을 지켜보던 크로드는 그보다 앞쪽을 가리키며 촌장에게 말했다.

"구덩이 앞에는 사람의 허리 높이 정도의 굵은 나무 작대기를 여기 저기에 깊이 박아놓으시오. 움직임이 둔한 언데드를 어느 정도 묶어 줄 거요."

방책 안에서도 할 일이 있었다. 크로드는 여자들에게 기름을 담은 호리병이나 자루를 지니고 있다가 언데드들이 방책 앞의 해자에 빠지 거나 접근해 오면, 먼저 기름을 던지고 불붙은 횃불을 던지도록 일렀다.

해자와 나무를 박는 작업이 어느 정도 진척된 다음, 크로드는 젊은 장정들을 중심으로 10여 명의 인원을 데리고 마을 주변으로 멀리 나갔다. 언데드가 오면 빨리 알아챌 수 있도록 인근의 풀과 덤불을 제거하고, 언데드의 소굴이 된 다우 마을 주위의 길을 밧줄로 둘러쳐서 막기 위해서였다.

장정들은 저마다 허리에는 기름이 든 호리병을 차고, 손에는 횃불을 들고, 어깨에는 굵은 밧줄을 메는 등의 준비를 갖추었다. 아스윈은 혼자 마을에 남았고, 다른 일행은 크로드와 함께 갔다.

낮 내내 햇살이 내리쬐는 덕분인지 다행히도 언데드는 나타나지 않았다. 해지기 전까지는 대강의 작업이 마무리 지어졌다. 마을로 돌아와 해자와 그 앞의 부분을 점검하고 있는데, 방책의 문이 열리더니 촌장이 두 명의 기사를 안내해 바깥으로 나왔다.

"로페트 성에서 오신 분들입니다. 마을의 상황을 보러 먼저 오셨답니다."

촌장이 그들을 소개했다. 기사들은 해자와 그 외의 준비 상황을 보고 퍽 놀라워하는 눈치였다.

"누구신지는 모르지만, 잘 준비해 주셨군요. 저는 로페트의 데리안 스타브이고, 이 사람은 저비스 켐펀입니다."

상대방의 인사에 잠시 망설이던 크로드도 하는 수 없이 인사를 받았다.

"레시어의 크로드 네크로스입니다."

두 기사의 표정이 순간적으로 약간 경직되었다.

"크로드 네크로스라면… 혹시 바르트의?"

그들의 눈길은 자연스럽게 소문의 마검 네크로스가 깃들어 있다는 크로드의 왼손으로 향해 있었다.

"…어쨌든 이렇게 도와주셔서 감사합니다."

데리안은 잠깐 동안의 어색한 침묵을 깨고 미소를 보였다.

"어쩌다 지나게 되었을 뿐입니다."

크로드도 미소로 답했다.

그날 저녁에는 촌장의 초대를 받아, 크로드 일행 모두는 로페트의 두 기사들과 식사를 같이 했다. 젊은 두 기사는 크로드에 대해 흥미를 가지고 있는 기색이었으나 다소 자제하는 듯했고, 대화는 의례적인 수준에서 무난히 끝났다.

촌장의 집을 나오기 전에 크로드는 용무가 있어 내일 아침에는 마을을 떠나야겠다고 촌장에게 미리 인사를 해두었다.

여관으로 돌아가던 길에 문득 생각났던지 아스윈이 크로드에게 말했다.

"그런데 말이에요, 그 메이라는 아이… 오늘 낮에 내가 마을 여자들에게 물어봤거든요. 아무도 그애를 아는 사람이 없어요. 어디 있는지도 모른다고 하고… 좀 이상하지 않아요?"

"하지만 언데드는 아니었지 않소?"

"그야 그랬죠."

"다른 마을에서 그 마을에 놀러 왔던 애일 수도 있죠. 그러면 여기 사람들도 모를 거잖아요."

헤르쿨레스의 말이었다.

추측만 무성할 뿐 아이가 없어진 이유를 알아낼 방도는 없었다. 크로드 일행은 다음날 아침에는 짐을 꾸려 마을을 떠나 서쪽으로 길을 서둘렀다.

*   *   *

듀튼의 수도 페이시.

국경 지대의 성 로페트로부터 언데드의 출몰 소식과 더불어 바르트의 크로드 네크로스가 듀튼에 들어와 있다는 보고를 받은 듀튼의 젊은 왕 네이드는 처음에는 그 사실이 믿어지지 않았던지 보고를 올린 시종장에게 다시 확인했다.

"마검의 기사인 크로드 네크로스가 확실하오?"

시종장은 고개를 끄덕였다.

"틀림없이 크로드 네크로스였다고 합니다."

"키르베인과의 전쟁이 끝난 지도 오래지 않은데, 어째서 그가 듀튼에 나타난 것일까요?"

왕과 집무실에 함께 있던 재상도 그 사실을 의외로 받아들이며 고개를 갸웃거렸다.

"다른 동행은 없소?"

"마도사와 기사 등의 일행이 더 있다고 하며, 여행 중인 것 같았다고 합니다."

"여행이라……."

네이드는 더욱 이해할 수 없다는 표정이 되었다.

"키르베인의 이미리아 왕녀께서 하신 예언 때문이 아닐까요?"

재상이 조심스럽게 짐작했다.

"그럴 수도 있겠지. 아니면 단순한 휴식일 수도 있고. 키르베인 정도의 나라를 전쟁으로 병합했으니 바르트도 당분간은 함부로 움직이기보다는 그것을 다지려 들 테니까."

재상은 시종장에게 물었다.

"언데드는 완전히 퇴치되었소?"

"예. 로페트 성의 병력이 동원되어 처음 발생한 마을 인근을 봉쇄하고 전부 불태워서 없앴다고 합니다."

"다른 곳에 나타났다는 이야기는 없고?"

"예."

잠시 입을 다물고 있던 왕은 시종장에게 다시 물었다.

"네크로스의 일행은 몇 명인가?"

"네크로스를 포함해 6명이고, 그중 2명은 여자입니다. 그리고 여자 둘은 모두 마도사라고 합니다."

"따로 뒤를 따르는 자들은?"

"자세한 것은 확인하기 어려웠습니다만, 있다 해도 2, 3명이 고작인 것 같습니다."

"그래?"

왕의 눈빛이 바뀌는 것을 눈치 챈 재상의 표정이 심각해졌다. 그가 무엇인가 중대한 결심을 하려는 것을 눈치 챈 것이다.

"폐하, 설마……."

재상이 미처 말을 꺼내기 전에 네이드는 고개를 돌려 시종장에게 명령했다.

"가서 젤런드 경에게 속히 이곳으로 들라 이르시오."

"예."

시종장은 왕의 명령을 받아 시종을 한 명 내보냈다. 재상이 서둘러 왕에게 물었다.

"폐하, 크로드 네크로스 경에게 어떤 조치를 취하시려는 것입니까?"

"그렇소."

"하오나 그것은 명분이 부족합니다. 혹여 이미리아 왕녀의 일을 마음에 담고 계신 것 때문이라면 재고하시기 바랍니다. 그분과 폐하의 혼사가 거론되고 있었다고는 하나 키르베인은 이미 패망했고, 왕녀께서도 돌아가셨지 않습니까?"

재상의 만류에 젊은 왕은 침착한 음성으로 답했다.

"내가 개인적인 감정만으로 이런 결정을 내렸다고 생각하는 것 같은데, 솔직히 말해 그것도 없지는 않소. 그러나 그 문제를 떠나서도 어차피 바르트와 우리는 언젠가는 맞서야 할 사이요. 베른히너 왕이 마츠와 키르베인만으로 만족할 것 같소? 물론 네크로스를 죽이면 바르트가 우리를 벼르게는 되겠지. 그렇다 해도 지금 당장은 어쩌지도 못하오. 그렇다면 그를 지금 죽이는 것이 듀튼을 위해서도 득이 되는 판단이라 생각하는데… 그렇지 않소?"

재상은 머리를 흔들며 강력하게 반박했다.

"그러나 아무런 명분도 없이 타국의 무장을 죽이는 것은 폐하의 명예에 누가 됩니다. 당장 바르트와 우리 듀튼이 무력으로 충돌할 가능성이 있는 것도 아닌데, 크로드 네크로스 경을 왕명으로 죽인다면 누구도 납득하지 못할 것입니다."

"네크로스를 얌전히 살려 보낸다 해서 바르트와 우리가 언제까지나 평화로울 수 있으리라 보시오?"

"그런 말씀이 아니지 않습니까? 지금 네크로스 경을 해칠 이유가 굳이 없다는 것입니다. 그런 행동은 바르트 이외의 다른 나라들로부터도 신용을 잃게 됩니다. 또한 앞으로 타국의 어느 누가 안심하고 듀튼을 지나가겠습니까? 외람된 말씀이지만, 이미리아 왕녀와의 혼담만 하더라도 사실 우리 듀튼의 국익에 있어서 바람직한 일은 아니었습니다."

"셰나인을 압박하는 효과가 있지 않았소?"

"셰나인은 들여야 하는 막대한 노력에 비해 얻을 것이 없는 땅입니다. 험한 산으로 가득하고 사나운 산지인들이 사는 그 땅을 위해 투입할 병력이 있다면 차라리 서쪽이나 남쪽으로 향하는 것이 타당할 것입니다."

그 말을 듣는 순간 네이드의 눈빛이 매서워졌다.

"그래서? 재상께서는 이미리아 왕녀가 죽은 일도 차라리 잘되었다고 생각하시는 것이오?"

가시 돋친 왕의 힐문에 재상은 움찔했다. 그때 근위 기사단의 단장인 겔런드가 들어왔다. 겔런드는 40대 중반의 마르고 단정한 느낌의 기사였다.

"부르셨습니까, 폐하."

"바르트의 크로드 네크로스가 듀튼에 들어와 있소. 장소는 시종장이 알고 있으니, 그곳으로 기사들을 이끌고 가서 그를 치시오."

"예? 지금 무슨 말씀을……."

들어오자마자 이런 말을 들은 겔런드는 처음에는 왕의 명령을 제대로 알아듣지 못하고 되물었다.

"크로드 네크로스의 목을 내게 가져오라는 말이오. 못 알아들으시겠소?"

"대단히 죄송하오나, 대체 어떤 연유로 그를 죽이라는 말씀이신지……."

"듀튼의 장래에 불안 요소가 될 수 있기 때문이오. 일행에 마도사가 있다고 하니 그에 대한 대비도 갖추어 가도록 하오."

겔런드가 주저하는 태도를 보이자 네이드는 더욱 단호하게 명령했다.

"어서 가지 않고 무엇 하는 거요! 지체없이 출발하시오."

"알겠습니다."

겔런드는 어쩌지 못하고 명령을 받아들였다. 그들이 나간 다음, 네이드는 재상에게 말했다.

"무슨 말을 하고 싶은지는 알겠소만, 이 일에 대해서는 더 이상 말씀하지 마시오. 오늘은 이만 합시다."

재상은 왕의 결정에 여전히 반대하는 기색이 역력했으나 할 말을 속으로 삼키고 물러났다. 이미 명령은 내려졌고, 왕의 태도로 보아 번복될 가능성은 없었다.

재상까지 내보내고 집무실에 혼자 남은 네이드는 의자에 깊숙이 몸을 묻고 쓰디쓴 표정으로 자신의 오른손 새끼손가락에 있는 반지를 만지작거렸다. 그것은 키르베인 왕성이 무너지기 얼마 전까지 이미리아의 손에 있던 것이었다.

이미리아를 구하기 위해 파견된 듀튼의 사자에게 그녀는 탈출을 거부하고 왕국과 운명을 함께하겠노라고 말하며 대신 이 반지를 보냈다.

"이제 와서 그녀의 복수라도 하자는 건가?"

그는 냉소적으로 자문했다.

왕과 왕녀의 결혼이라면 대개는 국가 간의 정략결혼을 떠올리게 되지만, 그는 이미리아를 사랑했다. 그렇기에 키르베인의 운명이 위태로운 가운데도 이미리아와의 혼인을 결정했고, 그녀만은 구해내려고 노력했었다.

듀튼과 키르베인이 국경을 맞댄 사이였다면 키르베인의 멸망을 그대로 보고 있지만은 않았을 것이다. 그러나 두 나라 사이에는 세나인이라는 다른 국가가 있었고, 세나인은 바르트의 키르베인 침공을 묵인했다. 네이드는 무력감 속에서 이미리아의 죽음을 전해 들어야 했다. 그녀를 위해 자신이 할 수 있는 일이 아무것도 없다는 사실이 그를 더욱 힘들게 했다.

크로드 네크로스를 죽이려는 것은 어쩌면 죽은 이미리아를 위해서라기보다는 그런 자신을 위해서인지도 몰랐다.

*　　　　*　　　　*

그 무렵 크로드 일행은 일대에서 큰 도시로 알려진 케인 성에 도착해 있었다. 케인 성은 교통의 요충지에 계획적으로 축조한 도시형 성곽으로 성내에 도로가 잘 닦여 있고, 여러 개의 원형 탑과 그에 이어진 성벽으로 시가지가 완전히 둘러싸여 있었다. 성문을 통과해 시가지로 들어간 일행은 말을 몰고 지나면서 묵을 만한 여관을 찾아 천천히 걸었다.

"어? 은이네?"

헤르쿨레스의 요정 말 옆에서 느긋하게 걷고 있던 유피는 길바닥에 떨어진 조그만 은 덩어리를 발견하고 허리를 굽혀 그것을 집으려 했다. 그런데 느닷없이 뒤에서 아스윈이 무시무시한 기세로 달려들었다.

"비켜어—!"

그녀는 강력한 힘으로 유피를 밀쳐 내고 은을 집어 들었다.

"흐으윽, 이게 무슨 짓이야?!"

아스윈에게 떠밀려 근처 건물의 벽에 세차게 들이박힌 유피는 배부터 부딪친 탓에 몹시 괴로워하면서 아스윈에게 따졌다. 아스윈은 유피의 항의에 아랑곳없이 은을 얼른 품에 쑤셔 넣고 선언했다.

"먼저 주운 사람이 임자야."

"우와, 말하는 것 좀 봐! 정말 마도사 맞아?"

유피가 이마에 주름을 짓고 어이없어했지만 아스윈은 당당했다.

"마도사가 어쨌단 말이야? 마도사는 돈 챙기면 안 된다고 누가 정했는데?"

"그래도 마도사 하면 보통은 정신 수양도 좀 되고 배운 사람으로 생각하잖아."

"그런 식으로 따지면 기사라고 다 정의의 용사야? 정의니 명예니 거창한 말들을 늘어놓지만, 잔악무도하고 도둑놈 같은 기사가 얼마나 많은데!"

유피의 말을 반박하던 아스윈은 문득 크로드를 의식하고는 찔끔했다. 그러자 헤르쿨레스가 정색을 하고 말했다.

"그건 말이 너무 심해. 크로드가 잔악무도한 것은 사실이지만, 적어도 도둑은 아냐. 크로드는 남의 것을 떼먹은 적도 없고 아무나 마구 죽이지도 않아. 게다가 우리 밥까지 먹여주잖아."

그의 마지막 말에는 아스윈도 특히 찔리는 바가 있어 머쓱한 표정으로 입을 다물었다. 크로드는 말하는 인간이나 변호해 주는 녀석이나 똑같다고 생각하면서 그들을 외면하고 속으로 한숨을 쉬었다.

"어쨌든 말야, 난 돈을 모아야 돼. 유피나 헤르쿨레스도 알다시피 난 혼자서 자신의 생계를 책임져야 하니까 말이야."

아스윈은 비장하게 말했다.

"그래도 죽 혼자는 너무 외롭잖아. 외삼촌은 좋은 분이라며? 정말 외삼촌 댁에는 안 돌아갈 거야?"

헤르쿨레스의 질문에 그녀는 한숨을 섞어 대답했다.

"네가 잘 몰라서 그런 말을 하는 거야. 외삼촌은 나름대로 내게 잘해주려고 하셨지만, 늘 집에 계시는 게 아닌걸. 항상 마주치는 사람인 숙모님과 사촌들이 싫어하는 데는 도리가 없어. 불행 중 다행으로 마법에 소질이 있어서 도중에 '지혜의 푸른 관'에 들어갔기에 망정이지, 줄곧 집에만 있었더라면 아마 난 비행 소녀가 됐을 거야."

유피는 아직도 아픔이 가시지 않은 배를 어루만지면서 아스윈에게 들리지 않도록 헤르쿨레스에게 속삭였다.

"지금도 충분히 비행이네 뭐. 저기서 더 삐뚤어졌으면 어쩔 뻔했나?"

유피의 말을 듣지 못한 아스윈은 자기 연민에 빠져 눈물까지 글썽거렸다.

"아무튼 내가 그 집에서 사촌들한테 당한 걸 책으로 쓰면 전집으로도 모자라."

"아스윈, 네가 당했다는 건 믿기 어렵다. 그 반대 아냐?"

헤르쿨레스는 고개를 갸웃거렸다. 아스윈은 철부지 아이를 보는 듯한 시선으로 헤르쿨레스를 딱하게 쳐다보았다.

"그러니까 넌 세상을 모른다는 거야. 부모 없이 친척 집에 얹혀 있다는 것 자체가 가장 큰 약점이야. 그게 아이에게 얼마나 불안한 건지 나 알아? 그건 기댈 곳이 전혀 없다는 의미라구. 세상에 오로지 혼자 남겨졌다는 고독과 절망감은 당해보지 않은 사람은 몰라."

과장만은 아니었던지, 아스윈의 마지막 말에는 쓸쓸한 한숨이 배어 있었다.

"부모님은 언제 돌아가셨소?"

묵묵히 듣고 있던 크로드가 물었다.

"기사셨던 아버지는 제가 5살 때 낙마 사고로 돌아가셨구요, 엄마는 그 충격으로 줄곧 병석에 누워 계시다가 4년 뒤 제가 9살 되던 해에 병으로 돌아가셨어요. 어릴 땐 철이 없어서 다른 엄마와는 달리 늘

아프기만 한 엄마가 원망스러웠는데, 돌아가시고 나니까 또 그렇게 눈물이 나네요."

그러나 그 말을 마지막으로 아스윈은 밝게 미소 지었다.

"하지만 이젠 괜찮아요. '지혜의 푸른 관'도 졸업했으니까, 충분한 경험만 쌓이면 설마 제 앞가림 정도야 못하겠어요?"

"으음… 우리 모두를 위해서도 제발 그렇게 되길 바래."

유피는 고개를 주억거리며 뜻 모를 격려를 했다. 그런데 뒤에서 킁킁! 하는 이상한 소리가 났다. 뒤돌아보니 미카데가 훌쩍이고 있었다. 모두가 자신을 쳐다보자 미카데는 겸연쩍어하며 서둘러 변명처럼 말했다.

"미안해요… 아스윈에게 그렇게 슬픈 사연이 있는 줄은 몰랐어요. 비록 어머니에 대한 기억은 없지만, 지금까지 아버지에게 부족함없이 보호받으며 살아온 전 행복한 거였어요. 아스윈에 비하면 전 아버지에게 너무 기대기만 하며 산 것 같아서……."

"난 괜찮아요. 이젠 아무렇지도 않으니까 미카데가 울 것까진 없어요."

아스윈은 미카데의 옆으로 가서 그녀를 달랬다. 헤르쿨레스와 유피는 생김새와 너무도 어울리지 않는 미카데의 여린 감성에 할 말을 잃고 쳐다보고 있었다.

크로드는 착잡한 심정으로 그들에게서 얼굴을 돌렸다. 어려서 부모를 잃은 다음 의지할 곳 없이 혼자였다는 아스윈의 말에 자연스럽게 엘렌의 이미지가 겹쳐진 것이다. 7살의 어린 나이에 가족과 떨어져야 했던 엘렌도 아마 아스윈과 같은 심정이었으리라. 이제는 28살이 되었을 그녀는 20여 년이라는 세월 동안 어떻게 변했을까? 어쩌면 그동안 찾아오지 않은 자신을 원망하고 있지나 않을까? 그런 생각을 하니 마음이 쓰렸다.

"와아……"

미카데의 등을 토닥이면서 달래주던 아스윈이 불현듯 정면을 바라보고 조그맣게 탄성을 올렸다.

일행의 맞은편에서 젊은 기사 한 명이 눈처럼 하얀 백마를 이끌고 오고 있었다. 나이는 크로드와 비슷한 20대 중반 가량이고, 은빛으로 빛나는 갑옷을 입었으며 중성적으로까지 느껴지는 수려한 외모의 남자였다. 뒤로 말끔하게 빗어 넘긴 검푸른 머리칼이 하얀 이마 위로 몇 가닥 흘러내려 있고, 그 아래 날카롭게 빛나는 푸른 눈동자는 그 아름다움에도 불구하고 그가 만만치 않은 인물임을 보여주고 있었다.

기사가 일행의 옆을 스쳐 지나는 순간 상쾌하고 기분 좋은 향기가 느껴졌다. 아스윈의 머리는 그를 따라 빙 돌아갔다.

"진짜 신선한 미남이다, 그쵸?"

아스윈은 감탄하면서 미카데에게 속삭였다.

"그렇네요."

미카데는 아스윈에게 동의하기는 했지만 왠지 시큰둥한 반응이었다. 아스윈은 그녀의 반응을 이상하게 여기며 강조했다.

"그 정도가 아니죠. 이때까지 본 남자들 중에 제일 근사하게 생겼는걸. 미카데가 보기엔 안 그래요?"

"…크로드도 잘생겼잖아요."

조그만 목소리로 반론하는 미카데를 보고 아스윈은 어깨를 으쓱했다.

"그야… 크로드도 쿨한 매력은 있죠. 하지만 난 역시 화사한 미남이 더 좋아요."

그러면서 그녀는 아쉬운 듯 기사를 한 번 더 뒤돌아보았다.

"이제 보니 저런 스타일이 아스윈의 취향인가 보지?"

유피는 싱글싱글 웃으면서 아스윈에게 물었다.

"응. 게다가 기사잖아."

"헤에, 도둑놈 같은 기사도 많다고 할 땐 언제고, 기사가 좋아?"

"그냥 기사 말고, 매너 좋은 미남 기사."

아스윈은 냉큼 단언했다.

"이유라도 있어?"

헤르쿨레스가 물었다.

"몰라, 그냥 어릴 때부터 그랬어. 어쩌면 아빠 생각이 나서 그런지도 모르지. 자세하게 기억나지는 않지만, 내 기억 속의 아빠는 갑옷을 입은 잘생긴 기사였거든. 아침에 집을 나가기 전에는 멋지게 갑옷을 입은 모습으로 나를 번쩍 안아 올리고 볼에 키스해 주곤 하셨어."

아스윈은 꿈꾸는 듯한 표정으로 하늘을 올려다보았다.

"난 있잖아, 꼭 예쁜 집을 마련해서 멋진 미남 기사랑 결혼하고 알콩달콩하게 살 거야."

"왜 결혼보다 집이 먼저 나와?"

헤르쿨레스의 질문에 아스윈은 정색을 하고 대답했다.

"미남 기사가 집이 없을 수도 있잖아. 그러니까 내가 벌어서 조건을 갖춰놔야지. 그래야 생활에 대한 걱정 없이 즐겁게 살 수 있을 거 아냐."

유피는 피식 웃었다.

"가련한 수난녀에서 꿈꾸는 소녀라… 아스윈, 널 보고 있으면 지루하지 않아서 그건 좋아."

"그거 좋은 뜻이야?"

"좋은 뜻으로 생각해."

유피는 애매한 말을 남기고 몸을 돌렸다.

그날 밤, 트렌이 혼자 있는 방에 방문자가 찾아들었다. 같은 방을
사용하는 헤르쿨레스는 밤거리를 구경한다며 나가고 없었다. 투명한
빛을 뿌리며 나타난 그 존재는 낮에 거리에서 일행과 지나쳤던 젊은
기사였다. 기사의 갑옷은 백색으로 찬연하게 빛나 어두운 방 안을 환
하게 밝혔다. 벽에 등을 기대고 침대에 앉아 있던 트렌은 그가 나타날
것을 짐작하고 있었던 듯 전혀 놀라지 않았다.

"그렇지 않아도 한번쯤은 당신이 나를 찾아오지 않을까 생각했었
습니다, 카마엘."

트렌의 인사에 카마엘은 정중한 태도로 고개를 숙였다.

"한동안 천계에 계시지 않은 것 같아 궁금하게 생각했는데, 중간계
에 와 계셨군요."

"그리 오래되지는 않았습니다. …뭔가 내게 하실 말씀이 있어 오신
것 같군요."

"그렇습니다. 다른 여러분들께서 당신의 안부를 알고 싶어하십니다.
이번에 당신을 뵙고 가급적이면 모시고 오도록 말씀을 들었습니다."

"그것은 즉, 내가 이곳에서 무엇을 하고 있는지에 신경들을 쓰고
있다는 뜻이겠군요."

"그것까지는 모르겠습니다."

카마엘의 대답은 깍듯이 예의를 갖추고 있으면서도 건조하게 느껴
질 정도로 무난했다. 트렌은 눈을 내리깔고 무릎에 얹힌 류트를 가만

히 쓰다듬고 있다가 다른 질문을 꺼냈다.

"'오랜 드래곤의 팔'이 중간계에 나와 있습니다. 알고 계셨습니까?"

"예."

"그리고 '오랜 드래곤'의 사자가 얼마 전에 찾아왔었지요. 아무래도 마계에서 뭔가 흥미로운 일이 일어나고 있는 모양이지요?"

"현재 조사 중이기는 합니다만, 아직 뭐라 말씀드릴 단계는 아니라 여겨집니다."

조심스럽게 대답하는 카마엘에게 트렌은 나직이 고개를 끄덕였다.

"알았습니다. 당신의 입장도 있으니 잠시 다녀오기로 할까요. 여러분은 모두 별일없으시겠지요?"

"물론입니다."

"그렇겠지요……. 당신은 어떻습니까, 카마엘?"

카마엘은 질문의 뜻을 이해하지 못한 듯 의아한 표정으로 트렌을 보았다. 카마엘의 대답을 기대한 것은 아니었던지 트렌은 엷은 미소를 보이고 류트를 내려놓았다.

"일행에게 양해를 구하고 갈 테니 먼저 가 계십시오."

"예, 그럼 기다리고 있겠습니다."

카마엘이 사라지자 빛도 꺼지고 방 한구석으로 잠시 철수했던 어둠이 다시 밀려 들어왔다. 트렌은 방을 나가 크로드와 유피가 묵고 있는 방으로 갔다.

두 사람은 아직 자지 않고 깨어 있었다. 크로드는 책을 읽고 있었고, 유피는 테이블 위에 지도가 그려진 양피지 뭉치를 펼쳐 놓고 지도를 손보고 있었다. 문을 노크하고 들어서는 트렌을 보고 유피가 일어섰다.

"어, 트렌이 웬일이에요?"

트렌이 혼자서 크로드를 찾아오는 일은 좀처럼 없었다.

"헤르쿨레스 녀석, 또 밤 외출을 나갔나 보죠? 이리 앉으세요."

유피가 자리를 권했지만 트렌은 고개를 젓고 크로드에게 말했다.

"실은 지금부터 며칠 동안 어디를 다녀와야 할 것 같아서, 그 이야기를 하러 왔습니다. 오래 걸리지는 않을 겁니다."

"친구라도 만나러 가시나요?"

유피의 농담 섞인 질문에 트렌은 빙긋 웃으며 끄덕였다.

"네."

유피는 하얀 날개를 퍼덕이는 천사들의 회합을 연상하고 황홀한 표정이 되었다. 크로드는 책을 덮고 말했다.

"그러면 여기서 며칠 기다리겠소."

"아닙니다. 그러실 필요는 없습니다. 나중에 제가 찾아가면 되니까 먼저 출발하세요."

"날도 어두운데 지금 가시게요?"

유피가 물었다.

"네. 헤르쿨레스와 아스윈에게는 며칠 다녀온다고 대신 전해주세요."

트렌은 인사를 남기고 나갔다.

다음날 아침 모두가 일어났을 때, 트렌은 이미 없었다. 일행은 트렌의 말에 따라 그를 기다리지 않고 아침을 먹은 후 예정대로 케인 성을 출발했다.

(2)

케인 성을 나와 한나절쯤 말을 달린 일행은 경작지가 펼쳐진 들판을 지나고 있었다. 초여름의 적당히 데워진 열기가 풀 냄새 섞인 바람을 통해 전달되어 왔다. 말들은 반듯하게 잘 닦인 길을 산책이라도 하는 것처럼 경쾌한 보폭으로 달렸다.

그런데 일행의 선두에서 가던 크로드가 불현듯 말을 세웠다. 그를 따라 멈춰 선 아스윈은 무심코 앞을 보고는 깜짝 놀랐다. 언데드화된 마을 다우에서 만났던 어린 소녀가 그들 앞을 가로막고 길 가운데에 서 있었던 것이다.

남루한 행색이었던 그때와는 달리 소매가 길고 종아리까지 오는 검은 원피스를 입은 모습이었다. 소녀의 검은 원피스는 이 세상의 것이 아닌 듯 밝은 햇살 아래에서 이상한 금속성 광택을 발했다.

"메이 아냐? 어떻게 된 거니? 왜 여기 있어?"

그렇지 않아도 그녀가 어떻게 되었을까 줄곧 걱정하고 있던 차라 아스윈은 반가운 마음에 연거푸 질문을 던졌다. 그러나 옐은 그것을 무시하고 크로드를 똑바로 쳐다보았다.

"인간 기사여, 네가 가진 검은 인간이 지닐 물건이 아니다. 나는 그 것을 돌려받기 위해 왔다."

소녀의 입에서 나오는 말에 일행은 황당해져서 처음에는 그냥 바라보고만 있었다. 그러나 옐의 몸을 뱀처럼 휘감으며 스멀스멀 피어 오르는 검은 기운에 그들은 심상치 않은 일이 발생했음을 곧 깨달을 수 있었다.

"조심하세요. 상대는 인간이 아니에요. 마신이에요."

그녀의 존재를 먼저 깨달은 미카데가 긴장된 목소리로 모두에게 주의를 주었다.

"어떻게 하겠느냐, 기사여. 얌전히 그것을 내놓겠느냐? 아니면 무의미한 저항으로 너를 포함해 일행 모두의 목숨을 내놓겠느냐?"

옐이 다시 물었다.

"누구이기에 네크로스를 달라는 것이냐?"

"그런 건 알 필요 없다. 어떻게 할 테냐? 내놓겠느냐, 죽겠느냐?"

차가운 얼굴로 재촉하는 옐에게 크로드는 단호하게 대답하며 네크로스를 뽑았다.

"물론 거절한다. 기사에게 검을 내놓으라는 것은 목숨을 달라는 말이나 마찬가지다. 네크로스를 가져가려 한다면 나를 죽이지 않고는 불가능할 것이다."

"그런가? 그렇다면 소원대로 해주겠다."

옐의 입가에 냉혹한 미소가 스치고 지나갔다. 그녀의 말이 끝나자

마자 크로드 일행의 주위로 상당히 넓은 영역에 걸쳐 어스름한 결계가 둘러쳐졌다. 그리고 그녀의 뒤에는 갑옷을 입은 기사가 세 명 나타났다. 그들은 드래곤의 머리처럼 생긴 투구를 썼고 입고 있는 갑옷에도 드래곤이 새겨져 있었다.

그들 중 한 명이 엘의 귀에 대고 낮게 속삭였다.

"바깥에 파워즈(能天使)의 사령관이 와 있습니다."

그의 말에 엘은 눈을 들어 하늘을 보았다. 트렌을 찾아왔던 빛의 기사 카마엘이 순백의 날개를 펼치고 팔짱을 낀 자세로 공중에서 이들을 내려다보고 있었다. 천공과도 닮은 카마엘의 코발트 블루의 눈동자가 얼음 조각처럼 투명하게 가라앉아 있었다. 그의 배후에는 은빛 갑옷을 입고 빛의 검을 찬 파워즈(能天使)가 질서 정연하게 무리 지어 있었다. 하지만 그들의 존재는 엘에게만 보일 뿐 크로드 일행은 그 사실을 알지 못했다.

"신경 쓸 것 없어. 결계를 벗어나지만 않는다면 간섭하지는 않을 테니까. 그러니 결계를 벗어나지 않도록 해라."

파워즈에게서 눈을 뗀 엘은 크로드를 보았다.

"네게 다른 감정은 없지만 네크로스를 내놓지 않겠다면 죽일 수밖에. 가능한 한 빨리 끝내주겠다."

엘이 왼손을 앞으로 뻗자 그녀의 손에서 강렬한 검은 섬광이 뻗어나갔다. 몇십 가닥인지도 모를 검은빛의 줄기가 크로드를 덮쳐들었다. 크로드는 네크로스를 휘둘러 그것을 막으려 했다. 그러나 그 이전에 네크로스에서도 이에 대항하는 붉은 암흑기가 뿜어져 나왔다. 엘의 섬광은 네크로스에서 생성된 암흑기에 부딪치자 굴절되어 방향이 꺾여 버렸다.

"엄마야!"

"엘프 살려!"

네크로스에 부딪쳐 굴절된 섬광이 사방으로 뻗어 나가는 바람에 나머지 일행은 혼비백산했다. 크로드가 자신의 공격을 가볍게 받아내 버린 것에 옐은 놀랐다.

"어쩔 수 없군."

옐의 손에 이번에는 검은 전기가 생성되더니 비죽비죽 튀어나온 검은 번개의 봉 형태를 이루었다.

"기사는 내가 맡을 테니 나머지는 너희들이 처리하도록 해라."

용기사들에게 이른 옐은 공중으로 몸을 띄워 날아올랐다가 갑자기 움직여 크로드에게 덤벼들었다. 육안으로는 파악할 수도 없는 스피드였다. 위에서 내려치는 옐의 암흑의 번개를 네크로스가 막아냈다.

"이쪽도 당하고만 있을 순 없지."

아스윈은 얼른 주문을 준비했다. 미카데는 갈퀴를 뽑았고 다른 이들도 각자의 무기를 꺼내 들었다.

"아스윈, 뭘 해?"

어느새 코앞까지 접근해 온 용기사와 대치하던 헤르쿨레스가 아스윈을 돌아보고 소리쳤다. 아스윈은 대답없이 크로드와 옐 쪽을 바라보고 있었다.

"지금은 방해해선 안 돼요. 큰 주문을 준비하는 중인가 봐요."

갈퀴로 용기사의 창을 막아내면서 미카데가 헤르쿨레스와 유피에게 말했다.

"어서 가서 아스윈을 방어해 주세요. 주문 도중에 방해가 들거나 마도사의 정신 집중이 흐트러지면 주문이 폭주해 걷잡을 수 없는 사태가 일어날 수도 있어요."

"무슨 주문을 쓸 거지?"

아스윈을 쳐다본 유피의 눈이 둥그레졌다.

아스윈에게서 하얀 빛줄기가 크로드와 옐을 향해 날았다. 빛줄기는 정확하게 크로드의 등을 향하고 있었다.

"엎드려요, 크로드!"

경악한 유피는 있는 힘을 다해 크게 소리 질렀다. 유피의 목소리를 듣는 순간 크로드는 반사적으로 허리를 앞으로 굽혔다. 빛줄기는 아슬아슬하게 크로드의 등을 스치고 크로드를 공격하던 옐의 복부에 맞았다.

"윽!"

옐은 짧은 신음을 토하고 약간 물러섰다. 그러나 이 공격은 자칫하면 크로드의 심장을 정확히 맞출 뻔했다. 크로드는 놀란 가슴을 진정시키면서 무척 침착한 표정으로 헤르쿨레스에게 큰 소리로 지시했다.

"헤르쿨레스, 아스윈의 마법을 봉쇄해! 어떻게든 쓰지 못하게 막아!"

"저 상황에서도 엄청 침착하네."

남의 속도 모르는 헤르쿨레스는 크로드의 침착성에 감탄하면서 아스윈에게 달려갔다. 그러나 용기사들의 전투력이 워낙 만만치 않아 그들을 뚫고 아스윈에게 다가가기가 쉽지 않았다.

아스윈의 공격을 받은 옐이 잠깐 멈칫거리는 사이를 놓치지 않고 이번에는 미카데가 다른 마법을 썼다.

미카데의 손에서 검푸른 섬광의 번개가 방사되어 옐을 공격했다.

"으아악!"

미카데의 공격을 받은 옐은 비명을 지르면서 뒤로 황급히 물러섰다. 옐이 자신의 내부에서 힘을 발산하여 떨쳐 버리려 하는데도 밤하늘처럼 검푸른 빛을 띤 섬광은 무시무시한 전기를 발하며 옐의 전신을 타고 한참 동안 빙글빙글 돌았다.

"어떻게 이런 힘이?!"

옐은 경악하여 미카데를 보았다.

"저 여자를 막아라!"

옐의 지시에 따라 용기사가 미카데에게 덤벼들었다.

그동안 헤르쿨레스는 용기사와 싸워가면서도 어렵사리 아스윈에게 다가섰다. 아스윈은 겁에 질려 막무가내로 다른 용기사를 피해 다니는 중이었다.

"아유, 저럴 땐 굉장히 빠르네."

헤르쿨레스는 짜증스럽게 중얼거리며 겨우 아스윈을 따라잡았다.

"헤르쿨레스, 나 좀 가려줘. 아무래도 주문을 써야겠어."

아스윈에 부탁에 헤르쿨레스는 고개를 설레설레 흔들었다.

"그건 안 돼. 크로드가 아스윈이 마법 못 쓰게 하라고 했는걸."

"무슨 소리야? 마도사가 마법을 안 쓰면 뭘로 싸우란 말이야?!"

아스윈은 발끈하며 입술을 삐죽거리고는 고집을 부렸다.

"네가 뭐라고 해도 난 쓸 거야."

아스윈이 정말로 주문을 외우려 들었다.

"안 돼! 나중에 크로드에게 얼마나 혼나려고!"

헤르쿨레스는 급한 김에 손으로 아스윈의 입을 막는다는 것이 그만 그녀의 입에 손가락을 푹 집어넣고 말았다. 아스윈은 헤르쿨레스의 손을 뱉어내고 퉤퉤 침을 뱉었다.

"으웩, 더러워! 어디다 손을 집어넣는 거야!"

"미안."

헤르쿨레스는 겸연쩍게 웃었다.

"어쨌든 난 마법을 쓸 거야."

아스윈이 또 주문을 암송하려 하자 헤르쿨레스는 아예 손바닥으로 아스윈의 입을 틀어막았다.

"넌 마법을 쓰지 않는 게 모두를 돕는 길이야. 차라리 힘을 쓰는 방향으로 해줘."

"읍읍… 이어 모아……."

코까지 단단히 막고 있는 헤르쿨레스의 손 때문에 숨을 쉬지 못해 버둥거리던 아스윈은 간신히 헤르쿨레스의 손을 떼어내고 고래고래 소리 질렀다.

"이 자식이! 어딜 그 솥뚜껑 같은 손으로……! 숨 막혀 죽을 뻔했잖아! 그리고 뭐? 힘을 쓰라고? 날 뭘로 보는 거야? 내가 마도사지, 역사야?!"

눈에 핏발을 세우고 이빨을 번득이며 격분하는 아스윈의 기세에 겁을 먹은 헤르쿨레스는 엉거주춤 물러섰다.

"아, 아니… 사실 아스윈, 넌 마법만 썼다 하면 우리 편을 다 잡잖아. 그리고 힘 쓰는 게 뭐 어때서? 그쪽이 더 능력이 좋잖아."

"뭣이라! 말 다 했어? 날 모욕하다니… 너, 오늘 죽을 줄 알아!"

머리끝까지 화가 치민 아스윈은 마침 길 옆에 보이는 작은 바위를 집어 들어 그에게 던지려고 했다. 그러나 바위는 겉보기보다 훨씬 컸다. 바다 위의 빙산처럼 일부만이 지면에 드러나 있는 바위를 억지로 땅에서 끌어냈을 때는 거의 소규모 오두막 정도나 되는 크기였다. 자기 몸의 몇 배가 될지도 모르는 바위를 홧김에 들어 올린 아스윈은 무거운 줄도 모르고 헤르쿨레스를 겨냥해서 던졌다.

"으앗!"

헤르쿨레스는 기겁해서 바닥에 납죽 엎드려 그것을 간신히 피했다. 바위는 마침 뒤에서 다가와 헤르쿨레스를 찌르려던 용기사의 얼굴을 강타했다. 불의의 기습을 당한 용기사는 바위에 깔리면서 뒤로 넘어졌다.

"피했단 말이지!"

아스윈은 식식거리면서 쓰러진 용기사를 눌러 밟고서 헤르쿨레스를 쫓아갔다. 헤르쿨레스는 부리나케 일어나 용기사가 아니라 아스윈을 피해 결계 안을 휘저으며 달아났다. 결계 바깥으로는 나가고 싶어도 나갈 수가 없어 그는 일정 공간 속을 빙글빙글 돌면서 달아나야 했다.

그 와중에 유피, 미카데와 상대하던 용기사들까지 얽혀들어 상황은 완전히 뒤죽박죽이 되었다.

"정말 성가시군."

엘은 짜증스럽게 아스윈을 쏘아보고는 왼손에 섬광을 일으켜 그녀를 향해 쏘았다.

"히엑!"

아스윈은 기겁해서 재빨리 마법으로 방어막을 쳤다. 푸른 섬광이 마법 방어막에 부딪쳤다. 아스윈은 방어막이 뚫리지 않도록 유지하느라 안간힘을 썼다. 다행히 자신을 방어하는 데는 성공했지만 마신의 힘이 너무 강력해서 아스윈은 기진맥진해 버렸다.

그러나 이번에도 아스윈 덕택에 약간의 시간적 여유를 얻은 미카데가 옐에게 공격 마법을 준비하고 있었다. 미카데의 주위에 여러 개의 암흑의 구체가 생성되었다. 전에 맥카넨이 크로드 일행과 대결할 때 썼던 것과 비슷한 것이었으나, 이번에는 숫자가 훨씬 많았다. 30개 가까이나 되는 암흑의 구체를 만들어낸 미카데는 가슴께에서 가볍게 맞잡고 있던 두 손을 뻗어 옐을 가리켰다.

"가라!"

그녀의 말에 따라 암흑의 구체들은 일제히 옐을 향해 날아갔다. 그것을 눈치 챈 옐은 빠른 속도로 그 자리를 이동해 피했다. 그러나 암흑의 구체들은 그 자체가 의지를 가진 것처럼 더욱 빠르게 옐을 쫓아서 그녀의 몸에 부딪쳐 들어갔다. 엄청난 폭발 음이 일며 파괴적인 암흑의 기운이 사방으로 뻗어갔다.

"아악!"

여기에는 견딜 수 없었던지 고통스러운 비명이 터지면서 옐의 움직임이 멎었다. 그때 폭발을 뚫고 그녀에게 접근한 크로드의 네크로스가 옐의 왼팔을 내려쳤다.

"까아악!"

옐의 왼쪽 팔의 팔꿈치 아랫부분이 떨어져 나가고, 조금 전보다 더욱 끔찍한 비명이 울려 퍼졌다. 고막을 찢어버릴 듯한 높은 음역의 소리에 부딪치면서 결계 전체가 바람에 휘날리는 회색 커튼처럼 심하게 일렁였다.

"옐님!"

용기사들이 옐에게 모여들었다.

"오, 오늘은 이만 물러나자."

신음을 내뱉은 옐은 용기사들을 이끌고 서둘러 사라졌다. 그녀가 사라지고 나자 일행을 가두고 있던 결계는 곧 없어져 버렸다.

그 광경을 지켜보고 있던 카마엘은 엷은 미소를 머금고 가볍게 오른손을 저었다. 그것을 신호로 파워즈는 일시에 모습을 감추었고, 카마엘은 마지막으로 그곳을 떠나갔다.

"제기랄!"

용기사들과 더불어 어느 인적없는 숲 속에 나타난 옐은 아직도 피가 흐르는 왼쪽 팔을 부여잡고 이를 악물었다. 극심한 고통 때문에 그녀의 작은 얼굴은 심하게 일그러져 있었다.

"그 검만 아니었어도……."

옐은 호흡을 가다듬으면서 상처의 치유를 위해 힘을 집중시켰다. 그녀의 몸에서 암흑의 기운이 발산되었다.

"이런이런, 호되게 당하지 않으셨나?"

어디선가 들려오는 목소리에 옐은 고개를 돌렸다. 조금 전까지 공중에서 이 싸움을 지켜보던 파워즈의 사령관 카마엘이었다. 그의 몸에서 발산되는 빛을 받아 숲의 공기는 은빛으로 물들었다.

옐의 곁에 있던 용기사들은 크게 긴장하여 몸을 낮추고 카마엘에게 주의를 집중했다.

"뭘 구경하러 왔지?"

용기사들의 긴장과는 달리 옐은 별로 위축되는 기색 없이 무뚝뚝하게 말하고는 상처의 치유에 더욱 신경을 집중했다. 차차 상처에서 피가 멎고 고깃덩어리 같은 물질이 생겨나서 금세 손의 형체를 갖추었다. 그러나 아직 완전한 것은 아닌지 옐은 새로 생겨난 왼손을 천천히 쥐었다 폈다 하면서 팔목을 어색한 듯이 주물렀다.

"과연 '오랜 드래곤의 팔'이라 불릴 만하군. 너 정도나 되는 마신의 팔이 그렇게나 간단하게 잘려 나가 버리다니. 아무래도 마검은 그 인간 기사와 완전히 동화되어 버린 모양이군. 그 정도 힘까지 발휘해 주는 걸 보면 말이야."

카마엘은 재미있다는 말투였다.

"그만 떠들고 그 기분 나쁜 빛 좀 꺼뜨려."

그에게서 뿜어 나오는 하얀빛에 자극된 옐은 이맛살을 찌푸렸다.

"하하, 깜빡했어. 미안하게 되었군."

카마엘이 새하얀 날개를 한 번 폈다가 접자 날개가 사라졌다. 그리고 그를 감싼 빛이 차차 흐려지면서 대신 어스름한 암흑이 그를 둘러쌌다. 동시에 그의 눈동자 빛깔이 코발트 블루에서 고양이과 맹수의 그것과도 같은 황금빛으로 바뀌고 은빛 갑옷도 붉은색으로 바뀌었다. 그러나 그의 허리에서 빛나는 하얀 '빛의 검'만은 그대로였다.

"그 인간 기사도 그렇지만… 그 여자… 분명히 인간이 아니야. 인간이라면 그 정도의 힘을 쓸 수가 없어. 처음 봤을 때부터 느낌이 이상하더라니. 그리고 그 힘… 어쩐지 낯이 익어……."

분한 얼굴로 중얼거린 옐은 카마엘에게 고개를 돌리고 물었다.

"그것도 그렇지만 그들과 동행하고 있던 그분은 누구지? 도미니온즈(主天使)인가?"

"그 질문은 곤란한데……."

카마엘은 애매한 미소를 흘렸다.

"그분이 원하시지 않는 이상 함부로 발설할 수는 없어. 알다시피 나의 입장은 한쪽으로 쏠리기에는 위험 부담이 너무 크니까 말이야. 적절한 균형이야말로 시소 게임을 즐기는 법칙이지. 하지만……."

카마엘의 금빛 눈동자가 비밀스럽게 빛났다.

"네가 이 시점에서 군이 '오랜 드래곤의 팔'을 가져가려 하는 이유를 가르쳐 준다면 나도 생각해 보겠어."

"사양하겠어."

그의 말이 끝나기도 전에 옐은 매몰차게 거절했다.

"나는 나의 군주에게 충실해."

"나와는 다르다는 말인가?"

카마엘은 놀리듯이 웃었다.

"꼭 그런 뜻은 아니야."

옐은 조금 겸연쩍어하며 고개를 돌렸다. 어느새 다가온 카마엘의 손이 자신의 머리에 닿는 것을 느낀 그녀는 눈을 들어 그의 얼굴을 올려다보았다. 옐을 내려다보는 카마엘의 황금빛 눈동자는 온기를 품은 듯 따스해 보였다. 전투를 치르느라 헝클어진 옐의 까만 머리칼을 찬찬히 쓸어 넘겨 정돈해 주면서 카마엘은 농담처럼 가벼운 어조로 말했다.

"취향은 여전하군. 창조의 순간부터 조금도 변하지 않아. 너는 왜 자라지 않지? 이래서야 아무리 마신이라지만 근접전에선 팔다리가 짧아서 불리하잖아?"

"놀리지 마."

불쾌한 표정으로 내뱉은 직후 옐의 모습은 일순 변화해서 거대한 드래곤으로 바뀌었다. 카마엘은 자신의 눈앞에서 무섭도록 번득이는 드래곤의 붉은 눈을 보고도 여전히 미소 띤 얼굴이었다.

"내가 말한 것이 이런 뜻이 아닌 줄 알 텐데?"

"쓸데없는 간섭이야!"

옐은 퉁명스럽게 대답하고는 본래의 모습으로 되돌아갔다.

"잠시 마계에 다녀와야겠어. 할 말이 남았거든 마계로 오든지."

옐이 떠난 후 혼자 남은 카마엘은 씁쓸하게 중얼거렸다.

"언제나 변함없이 성실하군. 마계에서 뭔가 중요한 일이 일어나고 있는 것 같기는 한데… 나도 따라가서 형편이나 살펴볼까."

제9장

영광의 탈출

(1)

엘이 사라진 다음에도 크로드 일행은 긴장을 늦추지 않고 한참 동
안 주위를 살피며 경계하고 있었다. 반쯤은 넋이 나가서 우두커니 서
있던 유피는 이윽고 정신을 차리고 말과 짐을 챙기기 시작했다.

"대체 이게 뭔 소동이래?"

그는 땅바닥에 엉망이 되어 흐트러진 짐과 그 옆에 널브러진 말의
시신을 보고 투덜거렸다. 일행의 말 중 크로드와 헤르쿨레스, 트렌이
타던 말은 다행히 무사했으나 두 마리의 짐말을 비롯해 나머지는 전
투에 휘말려 심한 부상을 입거나 죽어버렸다.

"크로드, 조금 전의 그거, 마신 맞죠?"

유피를 도와 짐을 정리하면서 묻는 헤르쿨레스에게 크로드는 떨떠
름하게 대답했다.

"아마도 그렇겠지."

이제까지 마신을 만난 적이 없으니 뭐라고 말하기는 어렵지만, 미카데의 말도 있고, 또 파워로 보더라도 인간이라 볼 수는 없을 터였다.

"왜 네크로스를 내놓으라는 거죠?"

"글쎄……."

"뭐 짚이는 거 없어요?"

"그런 일이 있을 리 없잖아?"

크로드는 무뚝뚝하게 대꾸하고 자신의 말에게 다가가 다친 곳은 없는지 살펴보았다. 그 와중에도 큰 부상 없이 비교적 무사해 보였다.

평온해 보이는 표정과는 반대로 그의 머리 속은 매우 복잡하게 돌아가고 있었다. 네크로스가 마신의 검이라는 이야기는 그도 들어서 알고 있었다. 그것을 되찾으러 온 것이라면 그 여자 아이가 네크로스의 주인이라는 것일까?

크로드 등이 말과 짐을 챙기는 동안, 아스윈과 미카데 두 마도사는 땅바닥에 힘없이 쪼그리고 앉아 있었다. 둘 다 마력 소모가 심해 지쳐 있기는 마찬가지였지만, 특히 미카데의 낯빛은 창백한 정도를 지나 거무스름해 보일 지경이었다.

"우리는 몰라도 저 두 사람은 걷는 건 무리겠네요."

크로드에게 말한 유피는 트렌이 타던 말을 미카데의 앞으로 끌고 갔다. 아스윈의 말은 죽어버렸고 미카데의 말은 다리를 심하게 다쳐 더 이상 탈 수 없었다.

"아스윈이랑 미카데는 트렌의 말을 타요."

"그게 좋겠네요. 그나마 내가 좀 나은 것 같으니 앞에 탈게요."

아스윈은 휘청거리면서 일어나 말을 붙잡았다.

아스윈이 막 말에 올라타려는데, 길 저편 일행이 지나온 방향에서 가볍게 땅이 진동하는 소리가 들려왔다. 말들이 달리면서 내는 소리였다. 멀리서도 흙먼지가 희미하게 이는 것으로 보아 상당히 많은 숫자인 것이 분명했다.

"이건 군마 같은데……."

일정한 리듬을 가지고 질서 정연하게 달려오는 말발굽 소리에 크로드는 이상하게 여기며 바라보다 일행에게 일렀다.

"일단 말에 타시오."

그래서 일행은 말을 타고 길가 쪽으로 비켜섰다. 크로드의 짐작대로 일련의 기병들이 그들을 향해 달려왔다. 기사들의 선두에는 듀튼 근위 기사단의 단장 겔런드가 있었다. 기사들은 크로드 일행을 발견하고 그들에게서 약간 떨어진 곳에 전원 멈춰 섰다.

"당신이 바르트의 크로드 네크로스요?"

겔런드의 질문을 받은 크로드는 어떻게 자신을 알아보고 묻는 것일까 의아해하면서도 사실대로 대답했다.

"그렇소만."

그 대답이 떨어지자마자 겔런드 이하 기사들이 크게 긴장하는 것이 크로드에게도 느껴졌다. 겔런드는 표정을 가다듬고 엄숙하게 말했다.

"나는 듀튼 근위 기사단의 단장인 알렌 겔런드요. 네이드 폐하의 명으로 그대의 목을 가지러 왔소."

기사들이 자신을 찾을 때부터 불길한 느낌을 받기는 하였으나 설마 다짜고짜 이런 말이 나올 것이라고는 생각지 못했던 크로드는 당황할 수밖에 없었다.

"이유가 무엇이오?"

"폐하의 명령이오."

젤런드는 딱딱한 어조로 잘라 말했다. 여자까지 합해 다섯 명밖에 되지 않는 이들을 상대로 기사단을 끌고 와서 대치하는 지금의 상황은 그에게도 결코 유쾌한 것은 아니었다. 그러나 왕의 명령을 집행하는 것은 그의 의무였다.

잠시 동안 팽팽한 분위기에서 침묵이 흘렀다. 크로드는 냉철하게 지금의 상황을 정리했다. 젤런드를 따라온 기사들은 대략 100여 명에 달했다. 이 자리에서 일부라도 상대하려 들다가는 기사들에게 순식간에 포위될 가능성이 컸다. 그렇게 되면 필연적으로 많은 피를 보아야 할 것이다. 게다가 조금 전까지 마신과 벌인 전투 때문에 모두 지쳐 있는 상태였다.

우선은 이 자리에서 피해야겠다고 판단한 크로드는 말머리를 확 돌렸다.

"따라오시오!"

그 말을 남기고 크로드의 말이 힘차게 달리기 시작했다. 나머지 두 마리의 말도 그 뒤를 따랐다.

"쫓아라!"

젤런드는 크게 소리치고 서둘러 말의 옆구리를 걷어찼다. 그의 지시에 따라 길을 거의 메운 군마의 무리가 크로드 일행을 바짝 추격했다.

"엎친 데 덮친다더니… 저 사람들은 왜 쫓아오는 거예요? 듀튼은 괜찮을 거라고 했잖아요."

헤르쿨레스가 물었다.

"그런 말 할 틈이 있거든 빨리 달리기나 해!"

크로드는 무뚝뚝하게 말하고 앞을 보았다.

듀튼의 왕 네이드와 키르베인의 왕녀 이미리아 사이에 혼담이 있었다는 이야기는 크로드도 들은 바 있었다. 하지만 본격적으로 추진되기 전에 전쟁이 발발한 만큼 그렇게까지 심각하게 생각하지는 않았다. 왕족이나 귀족 간의 혼사는 대체적으로 필요에 의한 정략적인 것이 많은 법이라 그런 일 중 하나라고만 여겼었다.

"어떡해요, 크로드? 숫자가 너무 많아요."

유피가 달리다가 뒤를 돌아보고 초조하게 말했다. 그때 아스윈의 뒤에 타고 있던 미카데가 품에서 작은 자루를 꺼내 입속으로 뭔가 중얼거리며 길에 던졌다.

지면으로 떨어진 주머니에서 은빛 액체가 쏟아져 나왔다. 그것은 순식간에 길 전체로 넓게 퍼져 나가더니 갑자기 엄청난 기세로 불꽃을 일으켰다. 2미터 이상의 높이로 솟아오른 불꽃은 긴 혀를 내밀고 사납게 너울거리면서 기사들의 진로를 가로막았다.

불의 기세에 놀란 말들이 그 앞에서 모두 급히 멈춰 서고, 그 바람에 말에서 떨어지는 기사들도 여럿 나왔다.

"마도사, 어서 불을 끄시오!"

겔런드는 동행한 마도사에게 소리쳤다. 마도사가 냉기 주문으로 불을 끄려고 시도했다. 그동안에도 크로드 일행은 전력으로 달리고 있었다.

"전방의 숲으로 들어가! 숲에서 대처하는 편이 나을 테니까."

일행은 크로드를 따라 방향을 틀어 숲으로 말을 몰아갔다.

"헤르쿨레스, 숲의 도움을 얻을 수 있나?"

"네, 가능해요. 도움을 청할게요."

헤르쿨레스는 고개를 끄덕이고 숲에게 외쳤다.

"숲의 친구들이! 나의 부탁을 들어 뒤쫓는 자들로부터 우리를 숨겨
줘!"

그의 외침에 대답이라도 하는 것처럼 숲의 나무들이 가볍게 일렁였
다.

크로드 일행이 숲으로 달려 들어가고 얼마 뒤, 간신히 불길을 누른
기사들도 숲에 들어섰다.

"어엇?"

"이게 뭐야?"

선두 그룹이 숲으로 들어선 찰나, 바람도 없는데 일대의 나무들이
세차게 떨리더니 나뭇가지가 일제히 아래로 드리워지면서 빽빽하게
기사들의 시야를 가렸다. 기사들은 손으로 나뭇가지를 헤치면서 어렵
사리 숲으로 들어갔다.

"이상한 일이군."

겔런드는 짜증을 내며 숲을 둘러보았다. 불 때문에 지체되어 이미
크로드 일행의 모습은 보이지 않았다.

"골치 아프게 됐군요. 여긴 꽤 넓은 숲인데…….."

케인 성에서 동원된 기사들 중 하나가 가볍게 허를 찼다.

"여러 갈래로 갈라져서 쫓는 편이 좋지 않겠습니까?"

어느 젊은 기사의 의견에 겔런드는 고개를 저었다.

"안 될 말이야. 상대는 네크로스다. 뿔뿔이 흩어졌다가 적은 숫자로
네크로스와 마주치면 꼼짝없이 그의 제물이 되고 말 거야. 일단 두 갈
래로 나누어 찾아보도록 한다."

그는 근위 기사단의 기사를 한 명 지목해 기사들을 두 무리로 나누
었다.

"로벤 경이 절반을 데리고 저쪽으로 가보시오. 나는 이쪽으로 가보겠소. 발견하면 반드시 뿔고동으로 연락하시오. 함부로 맞붙는 것보다는 포위해서 죽이는 것이 피해가 덜할 것이오."

그리고 그는 다른 기사들 몇몇에게 일렀다.

"자네들은 케인 성으로 돌아가 병사들을 동원해 숲 바깥을 봉쇄하도록."

"넓은 숲인데다 길이 한두 군데가 아니라 어려울 텐데요."

"그러니까 병사들을 동원하라는 것 아닌가? 전서구(傳書鳩:통신에 이용되는 훈련된 비둘기)를 보내 다른 성에도 연락해서 막게. 이건 폐하의 명령에 따른 것이네."

"예."

케인 성으로 일부 기사들을 보낸 겔런드는 마도사에게 지시했다.

"그들이 이동 마법을 시도할 가능성도 있으니 잘 살피시오."

"이동 마법은 그렇게 아무나 사용할 수 있는 마법이 아닙니다. 10명의 마도사가 있다면 그것이 가능한 마도사는 채 1명도 안 됩니다."

마도사는 다소 어이없다는 투로 대답했다.

"만일을 대비해서요."

기사들의 추격은 재개되었다. 그러나 숲은 이상하게도 기사들에게 호의적이지 않았다. 겔런드를 비롯한 기사들은 번번이 가지가 아래로 처지고 뿌리가 들려 장애로 작용하는 숲에서 진행에 애를 먹었다.

크로드 일행은 숲을 가로질러 정신없이 달렸다. 지리도 모르고 무작정 달려나가는 중이라 불안하기 짝이 없었다.

그렇게 달려가던 일행은 숲 가운데에서 작은 오두막을 발견하고 그 앞에 멈추어 섰다. 오두막 옆에 커다란 장작 더미와 가마가 있는 것으로 보아 숯을 굽는 오두막인 모양이었다. 오두막 앞에는 여러 명의 사람이 일하는 모습이 보였다.

"크로드, 이렇게 되는대로 달려서 될 일이 아니에요. 길이라도 좀 알아보고 가도록 하죠."

유피는 길을 물어보겠다며 종종걸음으로 오두막으로 달려갔다. 오두막 앞에서 일하는 사람들은 일가족인 듯했다. 허리가 굽은 늙은 노파와 40대 중후반의 아들 내외, 그리고 아스윈 또래의 딸 하나와 장성한 아들이 둘 있었다.

"여기서 가장 가까운 마을로 나가는 길이 어느 쪽입니까?"

유피의 질문을 받은 남자는 머리를 긁적이더니 손가락으로 방향을 가리켰다.

"이리로 죽 가시면 포리 마을이 나오구요, 그리고 저쪽으로는 비즈가 있죠."

"어느 쪽이 가까운가요?"

"거의 비슷합니다. 하지만 비즈 마을이 더 크죠."

"그래요? 고마워요."

남자에게 인사한 유피는 일행에게 되돌아와서 미카데에게 속삭였다.

"미카데, 슬립 마법은 쓸 수 있겠어요?"

"슬립을? 왜?"

아스윈이 묻자 유피는 저쪽에게 들리지 않도록 목소리를 낮추었다.

"쫓기는 판에 우리가 간 방향을 읽히면 어떡해? 차라리 잠이라도 재워놓는 게 낫지."

"슬립은 나도 할 줄 알아."

"그게 슬립이야? 도로 깨우더구만."

유피는 입을 삐죽이며 아스윈의 말은 무시하고 미카데를 보았다.

"슬립 정도는 어떻게 될 것 같아요."

"그럼 됐네요."

돌아서려던 유피는 무슨 좋은 생각이라도 났는지 자기 이마를 탁 치고는 크로드에게 갔다.

"좋은 수가 있어요. 여기서 변장하고 가도록 해요."

"변장이라고?"

"왕의 명령으로 우릴 쫓을 정도면 이미 숲 바깥도 막아놓았을 가능성이 커요. 이대로 갔다가는 한바탕 피 바람이 일 테니 가능하면 평화롭게 해결하자구요."

"하지만 어떻게 변장을 한단 말이야?"

헤르쿨레스가 물었다.

"저기 있잖아."

유피는 장난스럽게 한쪽 눈을 찡긋하면서 오두막에 있는 사람들을 턱으로 가리켰다.

"괜찮죠, 크로드? 일단 여기를 빠져나가서 미카데랑 아스윈의 마력이 회복될 때까지만 잘 피하다가 그 다음엔 이동 마법으로 듀튼을 뜨면 되니까 그때까지는 참을 수 있죠?"

조용하게 지나가려면 어쩔 수 없다고 생각한 크로드는 고개를 끄덕여 동의를 표했다.

곧 크로드 일행은 떼를 지어 오두막으로 갔다. 일가는 심상치 않은 기색을 느끼고 일손을 놓고서 이들을 불안하게 바라보았다.

"미안하지만 모두 옷을 벗어주서야겠어."

유피는 조금 전과는 사뭇 다른 태도로 무게를 잡고 협박조로 말했다. 일가는 금세 사색이 되었다.

"에? 오, 옷을요?"

남자의 아내가 말을 더듬거렸다.

"시간이 없어. 빨리 벗어야 해."

유피는 허리춤에 찬 단검을 꺼내 짤각거리면서 눈에 힘을 꽉 주고 무서운 표정으로 으르댔다. 일가족은 공포에 질린 얼굴로 옷깃을 꽉 부여잡았다.

"나, 남자까지 벗어야 합니까?"

남자는 눈이 휘둥그레져서 유피와 크로드 등을 둘러보았다. 멀리서 기사들이 서로 신호를 주고받는 뿔고동 소리가 들려왔다.

"그래, 빨리 죄다 벗어! 아님, 여기서 모두 죽고 싶어?"

유피는 급한 나머지 성질을 부리면서 그들을 재촉했다. 세 부자는 어찌할 바를 모르고 서로를 바라보며 여자들보다도 더 안절부절못했다.

"어서 벗으라니까!"

그들은 잔뜩 겁에 질려 크로드 일행을 애원하는 눈빛으로 보기만 할 뿐 그대로 굳어버렸다. 그 숨 막힐 듯한 긴장을 깨고 갑자기 할머니가 뛰어나와 유피의 발 아래 엎드려 애걸했다.

"제발… 나으리. 여기 있는 건 다 가져가도 좋으니 제발… 자식들만은… 차라리 제가 하겠습니다요…….'

그제야 이들이 품은 두려움의 실체를 파악한 유피는 한심해져서 한숨을 푹 쉬었다.

"이봐요, 할머니… 지금 그런 차원의 문제가 아녜요. 그리고 정말로 그런 차원일 것 같으면 그 말 한 시점에서 할머니부터 바로 죽어요."

보다 못한 크로드가 말에서 내렸다.

"해치지 않을 테니 어서 옷이나 벗으시오."

크로드의 싸늘한 무표정 앞에 일가는 완전히 얼어붙어서 그때부터는 두말없이 훌렁훌렁 벗었다. 한 꺼풀씩 벗고 나니 남자들은 달랑 속바지 하나만 남았고, 여자들도 거의 비슷한 차림새였다. 유피는 반 알몸 상태가 되어 뭉쳐 서서 울먹이는 일가족을 오두막 안으로 들어가게 했다.

"미카데, 어서 슬립을 걸어줘요."

유피를 뒤따라온 미카데는 그들에게 마법을 걸었다. 주문이 끝나자마자 일가는 일제히 그 자리에 포개져서 죽은 듯 잠들어 버렸다. 크로드는 오두막 구석에 놓인 조잡한 테이블에 금화를 한 닢 놓고 그릇으로 덮어놓은 후 나왔다.

"비싼 옷 값이네요."

그것을 본 유피는 피식 웃었다.

"자, 이제 어서 시작하자구요. 언제 들이닥칠지 모르니까 서둘러요."

유피는 그들이 벗어놓은 옷가지를 집어 들고 모두에게 던졌다.

"갑옷은 어쩌지?"

크로드는 자신의 갑옷을 보며 난감해했다. 갑옷 위에 옷을 입자니 표시가 나겠고, 그렇다고 갑옷을 벗어버리자니 분실의 위험이 있었다.

"헤르쿨레스, 네 말은 요정 말이지?"

"응."

"그럼 요정의 길을 탈 수 있겠네?"

"녀석과 나는 할 수 있지."

"그럼 됐네. 헤르쿨레스의 말에 갑옷이랑 귀중품을 실어서 요정의 길로 보내고 우리는 숲을 빠져나가죠."

그래서 크로드의 갑옷과 헤르쿨레스의 검 등은 헤르쿨레스의 말에 싣고 각자 빼앗은 옷을 입었다. 헤르쿨레스와 크로드는 두 아들의 차림을 했고, 아스윈은 딸의 옷을, 미카데는 할머니의 옷을 입었다.

"옷이 너무 작아."

숯 굽는 총각의 옷을 억지로 껴입은 헤르쿨레스는 몹시 불편해했다. 윗옷은 몸에 딱 맞다 못해 실밥이 터지기 직전이었고, 허벅지에 꽉 끼는 바지도 장딴지까지밖에 닿지 않았다. 길이가 안 맞기는 크로드도 마찬가지였다. 팔다리가 모두 짧아 영락없이 마당쇠 패션이 된 상태였지만 그런 것에 신경 쓸 처지가 아니었다.

크로드는 군말없이 옷을 입고 할머니가 목에 두르고 있던 꼬질꼬질한 천 조각으로 네크로스가 보이지 않도록 왼손을 둘둘 감았다.

"참, 그 머리도 어떻게 해야지. 크로드, 머리 좀 줘봐요."

유피는 무척이나 서두르면서 숯 덩이를 집어 손바닥에 바르고는 크로드의 머리칼에 대고 마구 비볐다. 그는 아낙의 옷을 입고 있었는데, 유달리 키가 큰 그이다 보니 치마는 무릎 위에 겨우 닿는 길이였다.

"난 또 할 일이 있으니까 헤르쿨레스, 네가 크로드 머리에 숯이랑 마른 흙 좀 발라줘. 이 은빛 머리칼은 눈에 많이 띄니까 골고루 잘 칠해야 돼."

헤르쿨레스를 불러 숯 덩어리 하나를 쥐어준 유피는 이번에는 오두막 앞에 있는 나귀가 끄는 작은 짐마차로 쫓아가서 안을 대강 치웠다.

"그건 어쩌게?"

크로드의 머리에 숯을 바르면서 헤르쿨레스가 물었다.

"내가 타야지. 난 키 때문에 이대로 걸어갔다간 바로 눈에 뜨일 거
란 말야."

오두막으로 다시 들어간 그는 담요를 가져다가 짐마차에 놓고, 그
안에 무릎을 세우고 누운 다음 미카데와 아스윈을 불렀다.

"미카데랑 아스윈도 빨리 와서 타요. 자리가 있어."

미카데는 퍽 지쳤던지 사양 않고 올라앉았고, 아스윈도 그 곁에 자
리 잡았다. 크로드의 머리칼은 숯 검댕과 흙이 골고루 묻어서 거의 회
색이 되어 있었다.

"자, 이제 어서 출발해요. 둘 중에 작다는 마을이 저쪽이니까 저기
로 가요!"

유피가 소리치자 크로드는 자신의 말과 트렌의 말을 숲 다른 쪽으
로 가도록 풀어버리고 돌아와 짐마차를 끄는 나귀를 몰려고 했다. 그
런데 나귀는 고집스럽게 그 자리에 버티고 서서 꼼짝도 하지 않았다.
크로드가 잡아끌어 보았지만 소용이 없었다.

또다시 뿔고동 소리가 들려왔다. 거리가 멀지 않은 듯 퍽 가깝게 느
껴졌다.

"서둘러야 해요. 벌써 많이 지체되었어."

유피는 초조해했다.

크로드는 나귀를 풀어내고 짐마차를 헤르쿨레스에게 내밀었다.

"어쩔 수 없지. 자네가 끌어."

"엣? 내가?"

"그럼, 여기서 끌 사람이 또 있나?"

결국 헤르쿨레스는 나귀 대신 짐마차를 끌고 가는 처지가 되었다.

"서둘러. 지금도 우릴 쫓아오고 있을 거라구."

"그러고 있어."

헤르쿨레스는 투덜거리면서도 수레를 끌고 숲길을 날듯이 달렸다.

"내 팔자야… 세상에 어느 엘프가 이런 노가다를 다 한대?"

헤르쿨레스가 끄는 짐마차 뒤를 달려가면서 크로드는 혹여 뒤에 기사들이 쫓아오지 않는지 자주 뒤돌아보았다. 다행히 아직은 괜찮은 것 같았다.

그렇게 이들은 한참 동안 숲을 가로질러 달렸다.

얼마나 달렸을까, 문득 헤르쿨레스가 일행에게 말했다.

"저 앞에 사람들이 있는 것 같아."

크로드에게는 아직 잘 보이지 않는데도 헤르쿨레스는 느낌으로 아는 모양이었다.

"그대로 가. 태연한 척 통과해야 돼."

유피가 주의를 주었다.

"아유, 잘될까?"

헤르쿨레스는 슬슬 겁이 나는 기색이었다. 그러나 여기까지 와서 돌아갈 수는 없는 노릇이었다. 유피가 나머지에게 일렀다.

"내가 어떻게 해볼 테니까 다들 그냥 입 다물고 있어요. 특히 크로드랑 아스원은 가능하면 고개 좀 푹 숙이고요. 알았죠?"

거리가 가까워지면서 크로드에게도 사람들이 보였다. 짐작대로 병사들이었다. 이들이 다가가자 병사들이 길을 막아섰다.

"어디서 오는 길이야?"

"왜, 왜요?"

헤르쿨레스는 병사들의 눈치를 살피면서 우물쭈물 물었다.

"수상한 자가 아닌가 묻는 거야. 이 숲에서 나오는 기사 일행이 있거든 무조건 막으라고 해서 지키는 중이거든."

한 병사가 대꾸했을 때였다. 갑자기 짐마차에서 유피가 소리를 질렀다.

"아이고, 나 죽네! 애기가… 나오려고 해욧~"

유피는 지금이라도 숨이 넘어가는 사람처럼 큰 소리로 앓았다.

"저런, 임산부가 있었군. 저 배 좀 봐. 애를 낳으려나 봐."

"만삭인데?"

유피의 둥근 배는 병사들이 보기에도 영락없이 만삭의 임산부였다.

"어느 마을에서 왔지?"

다른 병사가 크로드에게 말을 걸자 유피가 얼른 앓는 소리 반 고함 반 섞어서 대신 대답했다.

"아이고오~ 제 남편은 벙어리예요~"

"그럼 너."

병사의 손가락이 헤르쿨레스를 가리키기가 무섭게 유피는 또 소리질렀다.

"나 죽네에~ 시동생은 천치라서 아무것도 몰라요~"

"그럼 마차의 할멈……."

"아우~ 시어머니는 노망이 드셨구요, 그 옆의 시누이는 머리가 살짝 돌아버려서 잘못 건드리면 큰일 나요오~ 아이고~"

유피의 야단스러운 호들갑에 병사들은 의심이고 뭐고 할 여유도 없었다.

"배가 장난이 아닌걸."

"어서 보내줘. 진통이 저렇게 오는 걸 보니 정말 낳으려는 모양이야."

병사들은 짐마차가 지날 수 있도록 비켜주었다.

"어서 가요, 도련님~"

유피의 재촉을 기다릴 것도 없이 헤르쿨레스는 짐마차를 힘껏 잡고 바람처럼 내달렸다.

"참, 문제가 많은 집안이군."

누군가 중얼거리자 다른 이가 맞장구쳤다.

"그러게. 어떻게 성한 사람이 없구만."

"그나저나 정말 못생긴 여자로군. 어떻게 저런 여자랑 사냐?"

병사들의 수군거림을 뒤로하고 크로드 일행은 순식간에 그들의 시야에서 벗어났다. 오랫동안 아무도 입을 열지 않았다. 모두 입을 꾹 다물고 그곳에서 멀리 떠나는 것에만 전념했다.

"헤르쿨레스, 좀 멈춰봐."

상당히 벗어난 지점에서 유피는 짐마차에서 몸을 일으키고 짐마차를 세웠다. 짐마차가 멈추자 유피는 인상을 구기며 그곳에서 내렸다.

"아으~ 허리 아파 죽겠네. 밑에다 뭘 깔 걸 그랬어."

허리를 두드리고 서 있는 유피에게 헤르쿨레스, 아스윈, 미카데가 슬슬 다가섰다.

"응? 왜, 왜들 이래?"

셋의 표정이 심상치 않았다. 불길한 예감을 느낀 유피는 한껏 애교 섞인 미소를 지어보았지만 그들의 분노를 가라앉히기에는 역부족이었다.

"뭣이라고라… 내 머리가 살짝 돌았다고?"

"나한테는 천치라 그랬어."

"노망난 할멈이라니……."

평소 말이 없는 미카데까지도 조용한 흥분 상태였다.

"잠깐만, 그건 말이야… 그냥 해본 소리야. 어쩔 수 없이 한 말이란 거 잘 알잖아? 응? 응?"

머리에 떠오르는 대로 변명을 하던 유피는 홱 돌아서서 치맛자락을 붙잡고 달아났다.

"거기서!"

그 뒤로는 헤르쿨레스와 아스윈, 미카데가 앞 다투어 그를 쫓아갔다.

(2)

크로드 일행이 숲 어귀에서 병사들에게서 놓여날 무렵, 젤런드와 기사들은 숯 굽는 오두막에 도착해 있었다. 일가족이 속옷 차림으로 오두막 안에 뒤엉켜 죽은 사람처럼 잠든 것을 발견한 젤런드는 부하 기사를 시켜 그들을 깨우도록 했다. 그러나 아무리 잡고 흔들어도 일어나지 않았다.

"마법에 걸린 모양이군. 깨워보시오."

젤런드의 지시를 받은 마도사가 마법으로 그들을 깨워보려 했지만, 그럼에도 겨우 눈을 게슴츠레하게 뜨다가 도로 잠들어 버렸다.

"슬립을 건 마도사가 대단한 레벨인 모양입니다."

마도사는 어깨를 살짝 움츠리며 변명처럼 말했다.

한 기사가 남자를 일으켜 뺨을 때리면서 깨웠다.

"일어나라."

그제야 남자는 마지못해 가늘게 눈을 떴다.

"여기에 말을 탄 기사 일행이 오지 않았나?"

"…기사요?"

잠에 취한 목소리로 간신히 대꾸한 남자는 또 늘어졌다. 기사는 다시 그를 흔들었다.

"왔었는가?"

"아… 예… 왔었습죠……."

"어디로 갔나?"

"글쎄요… 저희더러 옷을 벗으라고 하고… 오두막에 들어오게 하더니……."

거기까지 들은 겔런드는 상황을 대충 짐작했다.

"설마 그 크로드 네크로스가 이들의 옷을 뺏어 입고 숲을 나갔을까요?"

겔런드를 따라온 근위 기사 하나가 믿을 수 없어하며 중얼거렸다.

"그들 이외에 달리 누가 있겠나?"

반문한 겔런드는 오두막을 나갔다.

"여기서 가장 가까운 마을이 어딘가?"

케인 성의 기사가 대답했다.

"아마도 비즈와 포리일 겁니다."

"비슷한 거리인가?"

"예."

"그럼 일단 두 갈래로 나뉘어 간다. 센튼 경이 절반을 데리고 비즈쪽으로 가시오. 난 포리로 가보겠소."

듀튼의 기사들은 두 개 그룹으로 갈라졌다. 겔런드는 크로드 일행이 간 방향으로 말을 몰았다.

한참 달려가 숲 어귀에 다다르자 병사들이 가로막았다.

"비켜라! 근위 기사단의 단장이신 겔런드 경이시다."

기사의 호통에 병사들은 황급히 비켜섰다. 겔런드는 병사들에게 물었다.

"오늘 이 길을 지나간 자들이 몇이나 되나?"

"예, 나무꾼이 있었고 상인, 성직자……."

"대여섯 명 가량의 일행은 없었나?"

"대여섯 명 정도요?"

고개를 갸웃거리던 병사들 중 한 명이 대답했다.

"그러고 보니 아까 짐마차를 끌고 간 농부네가 있었습니다만……."

"어떤 자들이었나?"

"그러니까… 만삭의 못생긴 아낙과 벙어리 남편에 모자란 시동생, 노망든 시어머니, 머리가 돈 시누이 등이었습니다."

병사의 설명을 들은 겔런드와 기사들은 의아한 얼굴로 서로를 마주보았다.

"설마 하니 그들은 아니겠지."

"아무리… 천하의 은빛 늑대가 그런 꼴을 했을까?"

겔런드 역시 처음에는 기사들과 같은 생각이었다. 기사들은 크로드 일행이 다른 길로 간 것으로 생각하고 말머리를 돌렸다.

"계속 지켜라. 지금부터 숲을 나가려는 자는 무조건 막아라."

병사들에게 지시한 겔런드는 기사들과 숲으로 되돌아갔다. 돌아간지 얼마 지나지 않아 다른 길로 간 기사들이 뿔고동으로 신호를 전해왔다.

"저쪽도 아닌 모양입니다."

"그럼 어디로 간 거지?"

겔런드는 초조하게 중얼거렸다.

"이동 마법을 써서 빠져나간 거 아니오?"

마도사에게 물으니 그는 고개를 갸웃거렸다.

"이동 마법처럼 큰 마법을 쓰면 보통 그 힘이 느껴지기 마련인데, 그런 것 같지는 않습니다."

"다시 돌아가 보자."

설마 하면서도 조금 전에 병사들이 말한 일가가 마음에 걸린 그는 방향을 되돌렸다. 육감을 믿어보기로 한 것이다.

*　　　　*　　　　*

크로드 일행은 그때까지도 혹시 있을지 모를 추격을 의식하며 걸음을 서두르고 있었다. 그런데 갑자기 그들의 맞은편에서 오고 있는 트렌의 모습이 보였다. 어찌 된 일인지 숲에서 놓아 보냈던 그의 말을 타고 크로드의 말과 헤르쿨레스의 요정 말까지 몰고 있었다.

"트렌!"

그를 가장 먼저 발견한 헤르쿨레스는 반가운 나머지 두 팔을 벌리고 팔짝팔짝 뛰면서 그에게 달려갔다.

"어떻게 된 겁니까, 모두들?"

트렌은 일행의 행색을 보고 눈을 휘둥그레 떴다. 일행의 초라하고 덜떨어진 모습과는 대조적으로 트렌은 햇살 속을 막 헤어 나온 듯 변함없이 청정하고 우아했다.

"일일이 설명하자면 길구요, 우선 옷부터 입고 얘기해요."

유피는 헤르쿨레스의 말에 실린 옷가지부터 내렸다. 옷을 갈아입은 후 일행은 다음 계획을 의논했다. 이유가 무엇이든 듀튼은 이들에게 위험한 곳이 되어버렸다.

"미카데의 마력만 괜찮다면 이동 마법으로 뜨는 게 최선인데… 아직은 안 되겠죠?"

자신들이 지나온 방향을 걱정스레 뒤돌아보는 유피에게 미카데는 미안한 표정으로 머리를 흔들었다.

"트렌이 힐링을 하면 안 돼요? 전에 나한테 해줄 때 보니까 굉장히 효과가 좋던데."

헤르쿨레스의 제안은 트렌이 거절했다.

"그건 안 될 것 같아요. 미카데 씨와 나는 속성이 달라서 불가능해요."

"그럼 어쩌지? 어서 여기서 떠나야 할 텐데……."

불안하게 반대 방향을 바라보던 유피가 아스윈에게 고개를 돌렸다. 나머지도 그를 따라 시선이 옮아갔다.

"나? 그야 마력만 채워지면 지금이라도 이동 마법이야 쓸 수 있지. 하지만 내 마법은 필요없다며?"

아스윈은 유피를 슬쩍 곁눈질하면서 배짱을 퉁겼다.

"그런 걸 따질 때가 아니야. 여기서 잡혔다간 다 죽는다구! 지금도 우릴 쫓아오고 있을지도 모르는데."

"유피의 말이 맞아요. 내가 도울 테니까 어서 떠나는 게 좋겠어요."

트렌도 유피에게 찬성하고 아스윈에게 다가왔다.

"하지만 어디로 가자는 말이야? 이동 마법을 할래도 이미지가 있어야지?"

"잠깐 있어봐! 지금 생각하고 있으니까."

유피는 지도를 펼치고 적당한 장소를 골라보았다. 듀튼을 벗어난 곳이면서도 현재 있는 곳에서 가능하면 가까운 어딘가가 되어야 했다. 그러면서도 특별히 선명하게 기억에 남아 있는 장소라야 이동시 안전을 보장할 수 있었다.

"이 지도로 볼 때 듀튼의 이웃 나라들 중에 서쪽이고, 내가 가본 적 있는 나라라면 브린디인데……."

"브린디는 안 돼."

아스윈이 재빨리 말했다.

"거긴 바르트랑 사이가 나빠. 그래서 우리가 듀튼으로 온 거잖아."

"참, 그랬지. 듀튼과 브린디를 제외하면 아르코온인데… 거긴 좀 멀지 않으려나?"

"안 돼. 너무 멀어. 모티에는 간 적 없어?"

유피의 지도를 함께 들여다보며 아스윈이 묻자 유피는 머리를 흔들었다.

"모티에는 몰라. 아르코온에서 듀튼을 지나 브린디로 들어갔었거든. 어쩔 수 없어. 아르코온에서 찾아보자. 여기서 가장 단거리에 있고 이미지가 선명한 곳은……."

열심히 궁리하는 유피의 팔을 갑자기 헤르쿨레스가 흔들었다.

"야, 빨리 생각해 내! 추격이 오나 봐!"

"뭐?"

숲에서 들었던 뿔고동 소리가 귓전에 들려왔다. 길 저편을 보니 아직 뚜렷하지는 않지만 말을 탄 무리가 다가오는 것이 희미하게 보였

다. 주위를 둘러보았지만 이곳은 몸을 숨길 곳이 마땅치 않은 평지였
다. 그들도 크로드 일행의 모습을 발견한 듯 한층 속도가 빨라졌다.
이렇게 되면 오래 생각할 여유는 없었다. 유피는 지도를 말아서 배낭
에 쑤셔 넣고 아스윈에게 말했다.

"정했어. 빨리 시작하자."

"장소는?"

"있어. 리켈레라구 꽤 큰 사원이 있는 곳이었어. 그러니까 그 사원
앞으로 가면 될 거야."

"알았어. 한번 해보자."

아스윈은 서둘러 유피에게서 이미지를 잡아냈다.

"어때? 되겠어?"

자꾸만 커지는 말발굽 소리에 신경 쓰면서 유피는 아스윈에게 다그
쳤다. 그러나 아스윈은 미간을 찡그리며 애매한 표정을 지었다.

"장소가… 너무 먼 것 같아. 모두가 갈 수 있을지 모르겠어. 게다가
시간도 급박하구."

아스윈이 자신없어 하며 말을 흐리는데, 아스윈의 어깨에 트렌이
손을 얹었다.

"괜찮아요. 내가 도울게요. 어서 주문을 써요."

트렌의 격려에 아스윈은 결심을 굳혔다.

"알았어요. 다들 모여요."

아스윈이 주문을 암송하는 동안에도 적의 모습은 자꾸만 가까워져
왔다. 이제 그들의 윤곽이 상당히 뚜렷해지고 있었다.

크로드 일행의 모습을 발견한 겔런드가 뒤돌아보고 소리쳤다.

"이동 마법을 쓰려는 모양이오. 어서 막으시오!"

마도사는 달리는 말 위에서 정신을 집중하려 애쓰면서 주문을 암송하기 시작했다. 그의 몸 앞에 불꽃의 구가 생겨났다. 붉게 타오르는 불꽃의 구는 차차 커져서 사람 머리 정도 크기로 부풀어 올랐다.

마도사가 주문을 끝내자 불꽃의 구는 크로드 일행을 향해 날아갔다. 아스윈의 어깨에 손을 얹고 힘을 보태주고 있던 트렌이 그것을 눈치 채고 불꽃 쪽으로 고개를 돌렸다. 그의 시선이 향해지자 맹렬하게 타오르면서 그들에게 날아오던 불꽃의 구는 가느다란 연기만을 남기고 사그라져 버렸다. 마도사는 경악하여 숨을 삼키고 겔런드에게 말했다.

"저지가 불가합니다. 상대가 너무 강합니다."

겔런드는 다급히 명령했다.

"활을 쏴라!"

기사들은 안장에서 장전된 석궁을 집어 들었다. 제1발이 크로드 일행에게 덮쳐드는 찰나 이들의 모습은 그 자리에서 사라졌다.

*   *   *

"엄마야!"

이동 마법으로 어딘가에 도착해 발이 지면에 닿는가 싶은 순간 비명 소리부터 터졌다. 이들이 도착한 곳은 유피가 머리 속으로 그렸던 대사원의 지붕 위였던 것이다.

"우와앗!"

길게 이어진 경사진 지붕에 발이 닿자마자 죽 아래로 미끄러진 유피는 일촉즉발의 순간 지붕 끝을 붙잡았다.

"살류~"

유피의 곁에 내렸던 헤르쿨레스는 단말마의 비명을 남기고 데굴데굴 굴러 지붕에서 떨어져 아래로 수직 낙하했다.

"헤르쿨레스!"

유피는 그 모습을 고스란히 보았지만 손쓸 틈도 여유도 없었다.

쿠쿵—

이내 헤르쿨레스가 지면에 들이박히는 요란한 소리와 더불어 뽀얀 먼지가 피어 올랐다. 회당의 높이만 해도 거의 15미터에 육박하는 큰 건물이라 지붕에서 아래는 굉장히 멀었다.

"야, 헤르쿨레스! 너, 괜찮냐? 살아 있어?"

목청껏 부르자 엉덩이를 약간 들썩이는 것도 같았다. 그러나 한눈 팔 때가 아니었다. 손이 미끄러지면서 자신도 떨어질 지경에 처한 것이다.

"으앗!"

아슬아슬한 타이밍으로 크로드가 유피의 손을 붙잡았다. 그러느라 발이 미끄러지자 그는 허리에 찬 검을 뽑아 사원 지붕에 박아 넣어 균형을 잡았다.

"휴우~"

안도한 것도 잠시, 갑자기 뒤에서 무지막지한 힘이 실린 팔뚝이 크로드의 목을 억세게 휘감았다. 아스윈이었다.

"이악~ 무서워! 사람 살려! 미녀 마도사 살려!"

패닉 상태에 빠진 아스윈은 막무가내로 크로드의 목을 감아 잡고서 소리 질렀다.

"크윽!"

힘의 아이템을 갖게 된 이후 가히 역사(力士)의 반열에 들게 된 아스윈의 힘은 엄청났다. 목이 아프고 숨이 막혀왔지만 한 손으로는 유피를 잡고 있고, 다른 한 손은 검으로 간신히 미끄러지지 않도록 버티고 있는 터라 손을 사용할 수가 없었다.

"제길! 이거… 못… 놓겠소!"

목이 꽉 조여 숨을 쉴 수가 없었다.

"맙소사! 저러다 죽겠네. 누가 좀 도와줘요! 트렌, 어딨어요?"

이 광경을 본 유피는 애타게 트렌을 찾았다.

"전 여기에요."

트렌의 음성에 고개를 돌린 유피는 웃지도 못하고 입술을 실룩거렸다. 트렌은 공중에서 일행의 말 중 요정 말인 헤르쿨레스의 말을 뺀 두 마리를 붙잡고 있었다. 양 옆구리에 커다란 말머리를 끼고 힘겹게 부유해 있는 그를 보니 폼이 말이 아니었다.

위기에 처한 크로드를 구해준 것은 미카데였다. 그녀는 지붕의 경사도, 까마득한 높이도 아랑곳없이 지상에서처럼 자연스럽게 움직여 크로드의 목에서 아스윈을 떼내어 주고 유피도 붙잡아주었다. 미카데의 활약으로 무사히 땅바닥에 내려선 일행은 잠시 호흡부터 골라야 했다.

"크로드, 목은 괜찮아요?"

유피는 허리를 두드리며 크로드에게 물었다. 크로드는 대답없이 고개를 숙인 채 목을 어루만지며 몇 번이나 마른기침을 했다. 아스윈은 자신이 저지른 엄청난 행위를 뒤늦게 깨닫고 꽁꽁 얼어버렸다.

"저어, 저어… 크로드… 저, 절대로 고의가 아니구요……."

더듬더듬 변명을 하는데 크로드가 고개를 들었다. 그의 무척이나 상냥한 표정에 아스윈은 놀라는 한편 약간은 안심했다. 그러나 그의 입에서는 정반대의 말이 튀어나왔다.

"전부터 느끼던 건데… 우리가 같은 일행만 아니었어도 진작에 사생결단이 났을 거요."

"화 푸세요, 크로드. 그래도 아스윈의 이동 마법 덕분에 그 자리를 피할 수 있었잖아요."

트렌이 아스윈을 변호해 주었지만 크로드는 어느새 무표정으로 돌아가 싸늘하게 내뱉었다.

"사원 꼭대기에서 마도사에게 목 졸려 죽느니 차라리 싸우다 죽는 게 낫지."

아스윈은 입이 툭 튀어나왔지만 감히 말대꾸하지는 못했다.

"트렌, 애 좀 봐줘요."

유피는 트렌과 힘을 합해 땅에 처박혀 아직도 혼수 상태인 헤르쿨레스를 끄집어냈다.

"참, 대단한 생명력이란 말이야."

트렌이 헤르쿨레스를 회복시키는 것을 지켜보며 유피는 고개를 설레설레 흔들었다.

"그리고 남들 다 버티는데 어떻게 몸이 날래다는 엘프가 가장 먼저 떨어지냐고? 가지가지로 신기한 녀석이야."

잠시 후 헤르쿨레스는 땡한 얼굴로 일어나 앉았다.

"정신이 드냐?"

얼굴을 바싹 들이대고 묻는 유피를 한동안 멍청하게 바라보던 헤르쿨레스는 아직도 어지러운 표정으로 투덜거렸다.

"아우, 앞으로 아스윈이 이동 마법한다고 할 땐 다시는 안 낄 거야.

차라리 나 혼자 요정의 길로 가는 게 백 번 낫지. 완전히 살인 기술이 라니까."

유피도 맞장구쳤다.

"정말이야. 보통 이럴 땐 정문 앞이나 마당, 이런 데 나타나는 게 정석인데, 어떻게 지붕 꼭대기엘 다 나타나느냐고. 재주도 참 용해."

"시끄러! 물에 빠진 사람 살려냈더니 보따리 내놓으라 한다더니, 기껏 힘들게 위기에서 구해놓으니까 어떻게 그 따위로 말을 해!"

크로드 때는 무서워서 참았지만 유피와 헤르쿨레스에게까지 한소리 듣자 발끈한 아스윈은 따지고 들었다. 그러나 지고 있을 유피가 아니었다.

"그거야 미카데가 마법을 못 쓰니까 어쩔 수 없어서 그런 거잖아."

듣고 있던 트렌이 물었다.

"그러고 보니 미카데는 왜 마법을 못 쓴 거죠?"

"그게요, 어떻게 된 거냐면요……."

유피가 막 설명을 하려는데 하늘에서 굵은 빗방울이 두둑 소리를 내며 떨어졌다.

"어? 비가 오려나 본데?"

"일단 어디 여관이라도 갑시다. 길에서 비 맞기는 싫으니까."

자신의 말에 올라탄 크로드가 먼저 가기 시작하자 나머지도 이야기를 멈추고 따라갔다.

서둘러 여관 방을 잡고 대강 씻고 났을 무렵에는 주변 공기는 완전히 어두워졌고 스산한 바람을 동반한 비가 제법 세차게 내리고 있었다. 일행은 저녁을 먹으면서 그날 있었던 일에 대해 트렌에게 설명했다.

"정말 정신없는 하루였어요. 케인 성을 나온 직후부터 무슨 마가 씌인 것 같더라니까요. 마족에게 습격당하질 않나, 난데없이 왕의 기사들에게 쫓기지를 않나, 그 자리에서 꼼짝없이 죽는 줄 알았다니까. 세상에 그 언데드 마을에서 구해줬던 여자애가 마족일 줄 누가 알았겠어요?"

유피는 양 볼에 볼록하게 음식을 쑤셔 넣고 우물거리면서 손을 내저었다. 하루 종일 식사는커녕 숨 돌릴 틈도 없이 쫓겨 다닌 터라 모두 접시에 머리를 박다시피 하고 부지런히 먹고들 있었다.

"그 마족 소녀가 네크로스를 가져가려 했다는 것이지요?"

트렌은 식사에 별로 흥미가 없는 듯 수프만 몇 술 뜨다 말고 가볍게 팔짱을 낀 자세로 의자의 등받이에 기대앉아 있었다.

"네크로스가 마신의 검이었다는 이야기는 들은 적 있소. 하지만 어째서 지금에야 나타나 검을 내놓으라는 것인지 모르겠소."

크로드의 말에 트렌은 희미하게 웃었다.

"그냥 마신의 검이 아닙니다. 네크로스는 '오랜 드래곤'의 무기였으니까요."

한참 음식을 씹고 있던 아스원은 그 말을 듣자 귀가 번쩍 트여 얼른 먹던 것을 삼키고 물었다.

"오랜 드래곤이라면 혹시 '대기의 군대의 지배자', '새벽의 명성(明星)' 루시퍼를 말씀하시는 건가요?"

"그렇습니다."

트렌의 대답에 일행의 분위기는 심각함을 더했다. 크로드도 이들이 거론하는 존재에 대해 책에서 읽은 적이 있어 이름 정도는 알고 있었다.

"그렇다면 마계의 군주 중 하나란 말이오?"

"빛의 아이들의 지배자인 불꽃의 4왕과 대칭되는 존재죠."

유피도 한마디 거들었다.

"그렇다면 너무 거대한 상대잖아요?"

아스윈은 겁을 집어먹고 어깨를 움츠렸다.

"그렇게까지 걱정할 건 없습니다."

다른 이들의 불안한 반응과는 다르게 트렌은 침착했다.

"그가 직접 나서지는 못합니다. 그것은 명백히 중간계의 균형을 깨는 행위이고, 그렇게 되면 우리도 가만히 있지는 않을 테니까요. 그것을 잘 아는 이상, 무리한 짓은 하지 않을 겁니다."

트렌이 말하는 우리가 천계의 세력임은 일행도 짐작했다.

"하지만 그 소녀, 굉장히 셌어요. 분명 중급 이상의 마신이었어요."

미카데는 어두운 표정으로 조그맣게 말했다.

"당연히 하찮은 자를 보낼 리는 없지요. 그들에게 네크로스는 신성한 힘이 깃든 군주의 무기이니까요."

"그럼 이제 어떻게 해요, 크로드?"

유피는 크로드를 걱정스럽게 보고는 트렌에게 물었다.

"네크로스를 주면 크로드는 무사할 수 있을까요?"

"글쎄요, 크로드는 무사할지도 모르지만 그 다음이 문제겠지요."

트렌의 말투는 다분히 냉소적이었다.

"네크로스는 마신왕(魔神王)의 무기입니다. 무기가 필요한 경우란 과연 어떤 일이겠습니까?"

이 말은 모두를 더 더욱 긴장시켰다.

"아니, 그럼 세계 평화를 위해서 우리가 극구 버텨야 한다는 이야기인가요?"

비장한 얼굴로 부르짖는 유피에게 트렌은 미묘한 미소를 머금었다.

"어쩌면 그 말대로일지도 모르겠군요."

"재수없군."

무표정한 얼굴로 쓰게 내뱉는 크로드에게 헤르쿨레스가 나무라듯 말했다.

"그렇게 말하면 안 되죠, 세계를 지키는 일인데. 네크로스가 크로드 손에 있지 않았다면 그네들이 벌써 가져가 버렸을 것 아네요. 그럼 세계가 어떻게 되었을지도 모르는 일이잖아요?"

"난 내 문제만 해도 골치 아파."

헤르쿨레스의 말을 도중에 자르고 크로드는 자리에서 일어섰다.

"크로드, 식사는요?"

2층에 있는 방으로 올라가는 그에게 유피가 물었지만 크로드는 고개를 흔들었다.

"생각이 싹 가셨어. 쉬면서 생각이나 정리하는 게 나을 것 같아."

크로드가 자리를 뜨고 나자 유피는 의자에서 일어나 테이블 위로 몸을 쑥 내밀고 다른 사람들을 둘러보았다.

"여기서 우리도 앞으로 어떻게 할 것인지 태도를 확실히 정해놓는 게 좋겠어요. 나부터 말하죠. 나는 무슨 일이 있어도 남아서 크로드를 도울 거예요. 그게 당연한 도리기도 하고. 헤르쿨레스, 넌 어때?"

"나?"

헤르쿨레스는 눈을 멀뚱거리다가 별로 망설이지도 않고 선뜻 대답했다.

"당연히 함께 있겠어. 너랑 크로드랑 있는 게 더 좋은걸. 게다가 난 엘프 나이트잖아. 이런 일을 외면할 수는 없지."

"좋아요. 그럼 나머지 세 분 중 빠질 사람 있어요?"

세 사람이라고는 해도 유피의 시선은 노골적으로 아스윈을 향해 있었다. 아스윈은 미카데와 트렌의 눈치를 슬쩍 살폈으나 둘 다 아무 말도 하지 않는 것으로 보아 적어도 현재는 빠질 생각이 없는 것 같았다.

이제까지 그러했듯이 대세에 반대하고 나설 배짱도, 혼자 나가서 당장 먹고 살 자신도 없는 아스윈은 어떻게 되겠지 하는 심정으로 그대로 남기로 했다.

"그냥… 있어보지 뭐……."

*　　　　*　　　　*

듀튼에서 크로드 일행에게 일어난 일은 바르트의 베른히녀 왕에게도 즉시 보고가 들어갔다. 집무실의 책상에 앉아서 보고서를 읽어 나가던 베른히녀는 도중에 믿을 수 없다는 표정으로 미간을 좁히고 보고서 쪽으로 고개를 바짝 숙였다.

"듀튼의 왕이 이런 짓을?"

그는 어이없이 중얼거리고는 보고서를 책상 위에 소리나게 던져 버렸다. 잠시 턱을 괴고 생각에 빠져 있던 왕은 답답한 한숨을 쉬고 의자에서 일어나 창가로 갔다. 크게 열려 있는 창문 너머로는 밝은 푸른색으로 빛나는 초여름의 하늘이 끝없이 펼쳐져 있었다.

"결국 듀튼에서 놓치고 말았군."

베른히녀는 쓰게 중얼거렸다. 이동 마법으로 사라져 버린 이상 크로드의 행방은 이제 묘연해졌다. 이동 마법을 할 수 있는 마도사가 동행하고 있었던 것이 크로드의 목숨을 구한 셈이나, 한편 베른히너의 입장에서는 그가 가장 우려하던 상황이 오고야 말았다. 물론 크로드의 행적을 쫓는 작업은 계속되겠지만, 이 넓은 세상에서 그것이 용이할 리가 없다. 결국 꼼짝없이 크로드가 돌아오기를 기다려야 하는 입장이 된 것이다. 베른히너는 이런 식의 불확실함을 가장 싫어했다.

"듀튼의 왕 네이드가 내게 분명한 도전장을 내밀었구만."

듀튼이 있는 북서쪽을 노려보면서 베른히너는 단호한 표정으로 말했다.

"사사로운 감정에 치우쳐 국익에 전혀 도움이 되지 못할 하찮은 복수극이나 흉내 내다니… 생각보다도 안이한 자로군. 죽은 왕녀에 대한 애틋함이 살아 있는 나에 대한 두려움보다도 무겁더란 말인가? 이번의 빚은 언젠가 확실하게 갚아주겠다."

제10장

철갑 무적

(1)

리켈레는 듀튼의 이웃 나라인 아르코온의 도시였다. 크로드 일행이 듀튼을 탈출해 리켈레에 도착한 직후부터 내리기 시작한 비는 그때부터 좀처럼 그칠 줄 몰랐다. 일행은 그곳의 여관에 머물면서 휴식을 취했지만, 사흘째 여관에만 있게 되자 슬슬 지루해하는 기색이 완연했다.

"이제 그칠 만도 한데 말이야… 무슨 비가 이렇게 오냐?"

식당에 모여 앉아 밥을 먹다가 문 쪽을 쳐다본 유피는 푸념했다.

"사람들이 어디서 축제를 한다고 하는 것 같던데, 비가 와도 할까?"

헤르쿨레스가 걱정스레 물었다.

"그건 여기가 아니고 아가스라는 이웃 성이야. 그리고 사나흘 뒤부터라고 하던데, 그때까지는 설마 비가 그치겠지."

"축제하는 데 들렀다 갈 거죠, 크로드?"

아가스에서 큰 축제가 열린다는 이야기는 여관에서도 사람들 사이에 곧잘 오르내리는 화제였다. 헤르쿨레스는 그 이야기를 들은 때부터 축제를 구경하고 싶다며 꽤나 기대하고 있었다. 만약 가지 않는다면 크게 실망할 것이 뻔했다.

크로드에게는 축제 따위는 아무래도 좋았다. 조금이라도 빨리 목적지인 스트라든의 필렘에 도착하고 싶은 것이 솔직한 그의 심정이었다. 그러나 어차피 서쪽으로 가는 길이라 아르코온을 더 지나가야 하기도 했고, 싫든 좋든 자신의 일에 함께 얽혀들어 있는 처지인데 일행의 소망을 무시하고 자신의 뜻대로만 행동할 수는 없었다.

"가는 길에 들렀다 가지."

"아아, 신난다! 난 전부터 사람들의 축제 구경이 꼭 하고 싶었어. 축제에는 볼거리가 많다며?"

"지역에 따라 다르긴 하지만 보통 여러 가지 행사를 하지. 사람들 말이 아가스는 레슬링 대회가 유명하다더군. 힘깨나 쓴다는 사람들이 이 일대에서 많이 모인대. 레슬링에 우승하면 상도 크다지, 아마."

헤르쿨레스에게 축제에 대해 이야기해 주던 유피는 문득 아스윈을 쳐다보고는 무엇을 생각했던지 혼자 낄낄거리며 웃었다.

"왜 그래? 내 얼굴에 뭐 묻었어?"

아스윈이 기분 나빠하며 물었지만 유피는 그냥 웃기만 했다.

"아무것도 아냐."

도리질을 한 유피는 남은 음식을 전부 입에 털어 넣고 옆에 앉은 헤르쿨레스의 옆구리를 쿡 찔러 가자는 신호를 했다.

"왜?"

멀뚱멀뚱 눈을 굴리며 쳐다보는 헤르쿨레스에게 유피가 속삭였다.

"갑자기 재미있는 노래가 생각났거든."

"여기선 안 돼?"

"아스윈이 들으면 난리 칠걸."

노래를 좋아하는 헤르쿨레스는 재미있는 노래라는 말에 냉큼 유피를 따라 일어섰다. 잠시 후 둘은 2층으로 올라가는 계단 중간에 주저앉아서 억지로 웃음을 참는 괴상한 소리를 냈다. 신경이 쓰인 아스윈이 쳐다보자 둘은 자기들끼리 키득거리면서 방으로 들어가 버렸다.

"뭔데 저렇게 자기들끼리만 웃는 거야?"

아스윈은 볼이 부어 투덜거렸지만, 유피도 헤르쿨레스도 끝까지 가르쳐 주지 않았다.

다음날 새벽녘에는 비가 그쳤고, 해가 뜰 무렵에는 제법 산뜻하게 개었다. 일행은 오전 나절에 리켈레의 대사원을 둘러보고, 오후에는 말 시장에 가서 아스윈과 미카데가 탈 말과 짐말 두 마리를 사고, 시장을 돌면서 듀튼에서 잃어버린 물품들을 보충했다. 그러느라 하루를 보낸 일행은 다음날 아침에 축제가 있다는 아가스로 출발했다.

리켈레에서 아가스까지는 말을 타고 이틀 거리였다. 이틀째 날 노을이 지기 시작할 무렵 멀리 커다란 성이 보였다.

"저게 아가스야?"

헤르쿨레스가 성을 손가락으로 가리켰다.

"나도 이 부근은 처음이라 몰라. 하지만 방향으로 보면 저게 맞겠지."

"아아~ 크네."

높은 성벽으로 둘러싸인 아가스 성의 정면에는 그 자체가 성문이자 건물인 견고한 성문 탑이 있었다. 성벽에서 앞으로 돌출되어 있는 성문 탑은 2단 구조였는데, 성벽과 같은 높이로 지어져 연결된 하단부의 높이만 해도 10미터는 족히 됨직해 보였다. 사원이나 저택 같은 건물과는 달리 성문 탑의 지붕은 평평해서 많은 병사들이 그 위에서 움직일 수 있도록 되어 있었다.

"이 성은 이렇게 큰데도 바깥에 물이 없네."

매사에 궁금한 것이 많은 헤르쿨레스는 연방 유피에게 물어댔다.

"규모가 큰 성은 오히려 해자가 없는 거야. 전체를 다 둘러 팔 수가 없으니까. 그리고 보니 여긴 정말 큰 성인 것 같네. 이 근방은 전쟁이 잦다더니, 과연 성들이 모두 높고 방비가 대단해."

유피도 성문 탑을 올려다보며 감탄했다.

성문을 통과해 성내로 들어간 일행은 여관부터 찾아다녔다. 축제 전날이라 빈 방을 찾기는 쉽지 않았다. 완전히 어두워진 다음에야 시가에서 떨어진 여관이나마 겨우 잡을 수 있었다.

그날은 그대로 자고 다음날 아침, 식사를 마치자마자 일행은 축제가 열리는 광장으로 나갔다.

"와아, 사람도 굉장히 많네."

성내의 광장에는 여기저기 원색의 울긋불긋한 깃발이 나부끼고 곳곳에서 흥겨운 음악 소리가 들려와 떠들썩한 분위기였다. 축제의 하이라이트인 레슬링 대회는 정오 무렵부터 시작될 예정이라 그때까지 크로드 일행은 한가롭게 광장을 돌면서 구경했다. 헤르쿨레스는 어린아이처럼 즐거워하며 다른 이들보다 앞서 가면서 사방을 기웃거렸다. 그가 갑자기 큰 소리로 일행을 부르며 손짓했다.

"이리들 와봐요. 여기 재미있는 게 있어!"

"뭔데?"

"여자 역사를 뽑는대."

"뭐? 여자 역사?"

일행은 무슨 소리인가 싶어 헤르쿨레스가 부르는 곳으로 갔다. 그 곳에는 머리가 희끗희끗한 노인과 중년 남자가 '여자 역사를 찾습니다'라고 쓰여진 깃발을 세워 들고 앉아 있었다. 그들의 앞에는 커다란 무쇠솥이 바닥에 놓여 있었다. 성인 남자가 간신히 안을 수 있을 만큼 지름이 넓은, 대단히 두껍고 큰 무쇠솥이었는데 안에는 큼직한 돌까지 가득 들어 있었다.

"이걸 들어 올린단 말야? 그것도 여자가? 여기 사람이 하나도 없는 것도 알 만하네."

유피는 어이없어하며 주위를 둘러보았다. 무쇠솥만으로도 만만치 않은 무게일 터인데 돌까지 가득 들었으니 그 무게는 장난이 아닐 터였다. 일행 중에서 아스윈과 미카데의 모습을 본 중년 남자가 벌떡 일어나서 큰 소리로 말을 걸었다.

"한번 도전해 보십쇼. 이 무쇠솥을 들어 올리는 여자 분께는 금화 열 닢을 상으로 드립니다."

"에? 금화 열 닢? 상이 굉장하잖아!"

귀가 솔깃해진 유피는 당장 아스윈에게 권했다.

"한번 해봐. 다른 사람은 몰라도 아스윈이라면 이 정도는 가볍게 들 수 있잖아."

아스윈은 금화 열 닢이라는 말에 팔짱을 끼고 서서 잠시 동안 매우 심각하게 고민했다. 금화 열 닢은 보통 사람에게 꽤 큰돈이었다. 먹고 자는 거야 그렇다 쳐도 당장 수중에 돈이 전혀 없는 형편이라 몹시 구미가 당기기는 했다. 하지만 여기서 만일 저것을 번쩍 들어 올렸다가는 앞으로 두고두고 유피와 헤르쿨레스의 놀림감이 될지도 모른다는 생각에 선뜻 나설 수가 없었다.

"못해. 난 마도사야. 저렇게 큰 데다 돌까지 가득 들었는데 저걸 어떻게 들어?"

눈물을 머금고 마도사의 프라이드를 택한 아스윈은 연약한 척하면서 거절했다. 헤르쿨레스는 눈을 동그랗게 뜨고 말했다.

"왜 저걸 못 든다는 거야? 전에 나한테 저거보다 훨씬 큰 바위도 던졌잖아?"

"내가 언제 그랬어! 증거있어?"

아스윈은 새침한 표정으로 잡아떼고는 다른 곳으로 가버렸다.

"돈을 그렇게나 좋아하면서 웬일이래?"

유피는 좋은 구경거리가 없어진 것을 은근히 아쉬워했다. 아스윈을 따라 나머지도 그 자리를 떠나자 두 남자는 낙담한 표정으로 다시 자리에 앉았다.

"아버지, 역시 이 방법은 무리라니까요. 어느 여자가 이 무거운 걸 들겠습니까?"

중년 남자가 노인에게 볼멘소리로 투덜거렸다.

"이놈아, 그럼 다른 좋은 방법이라도 있냐?"

노인은 아들의 머리를 콱 쥐어박았다.

"잔말 말고 여자들이 올 때마다 좀 꼬셔봐라. 아니면 힘세 보이는 여자를 하나 데려오든지."

"제가 무슨 재주로요."

"그럼 잔소리하지 말고 자리나 지켜."

두 남자는 우울한 시선으로 광장을 지나는 여자들을 열심히 지켜보았다.

여자 역사를 찾는 부자의 앞을 떠난 일행이 다음으로 간 곳에서는 차력사가 차력을 선보이고 있었다. 그리 키가 크지는 않았지만 체격이 단단한데다 가슴에 시커먼 털이 가득했고, 억센 수염까지 기르고 있어 힘이 세어 보였다.

"자, 여러분, 이 쇠사슬을 보십쇼. 이건 보통 사슬이 아닙니다. 어떻습니까? 단단하죠?"

남자는 굵은 쇠사슬을 양손으로 잡고 탁탁 당겨 보이면서 쇠사슬이 단단한 것을 과시했다.

"이제 이걸 제 몸에 감고 끊겠습니다."

남자가 쇠사슬을 내밀자 조수인 듯한 젊은 여자는 그것을 받아 남자의 상체에 둘둘 감았다. 여자가 감기를 마치고 단단히 고정시키자 남자는 힘을 주기 시작했다.

"으싸아앗~"

입을 앙다물고 힘을 짜내는 남자의 얼굴이 삶은 문어처럼 시뻘겋게 달아오르고 이마에는 푸른 힘줄이 불거졌다. 사람들은 숨을 죽이고 과연 쇠사슬이 끊어질 것인지 지켜보았다. 긴장된 순간이 흐르고 마침내 쇠사슬이 팡— 소리를 내며 끊어지자 사람들은 감탄하며 박수를 쳤다. 그 순간을 놓치지 않고 젊은 여자는 납작한 그릇을 들고 사람들 앞을 돌았다. 그릇에는 사람들이 넣은 동전이 제법 들어찼다.

"에이, 그 정도는 우리도 할 수 있어요."

별안간 헤르쿨레스가 큰 소리로 하는 말에 사람들의 시선은 그에게 쏠렸다. 적어도 체격으로는 당당한 전사 급인 그이다 보니 그의 말은 단순한 허풍은 아니게 들렸다. 사람들은 박수를 치면서 환호했다.

"재미있겠는걸."

"한번 해보세요."

"차력사, 어서 쇠사슬을 건네드리쇼."

차력사는 떨떠름한 표정으로 헤르쿨레스를 보았지만 사람들의 열화와 같은 성원을 무시할 수 없어 다른 쇠사슬을 꺼내 헤르쿨레스에게 건네주었다. 그런데 뜻밖에도 헤르쿨레스는 쇠사슬을 받아서는 재빠른 동작으로 아스윈의 몸에 둘둘 감아버렸다. 워낙 빠른 손놀림이라 아스윈은 부지불식간에 그대로 당하고 말았다.

"무슨 짓이야?! 어서 풀어줘!"

아스윈은 화를 냈지만 헤르쿨레스는 싱글싱글 웃었다.

"어서 끊어봐. 이쯤이야 식은 죽 먹기 아냐?"

"장난치지 말고 빨랑 풀지 못해!"

아스윈이 힘을 쓸 생각을 하지 않자 헤르쿨레스는 유피를 툭 치고 말했다.

"전에 네가 가르쳐 준 아스윈 응원가 부르자."

유피는 괴상한 표정으로 키득거리더니 고개를 끄덕였다. 둘은 팔을 높이 들고 흔들면서 신나게 노래를 불렀다.

기운 센 천하장사, 무쇠로 만든 사람.

철갑 가슴 마도사, 아스윈 제트.

제 자신을 위해서만 힘을 쓰는 못된 이.

나타나면 모두모두 벌벌벌 떠네.

무쇠 팔 무쇠 다리 철권 주먹…….

둘의 노래는 제법 흥겨워서 다른 사람들까지 박수를 치며 장단을 맞추었다.

"이… 이것들이……!"

화가 머리끝까지 치밀어 오른 아스윈의 얼굴은 익다 못해 터지기 일보 직전의 홍시 빛깔이 되었다.

"용서 못해~!"

아스윈은 분한 김에 많은 사람들이 지켜보고 있다는 사실도 잊어버리고 쇠사슬을 두두둑 끊어버리고는 둘에게 달려갔다.

"앗, 뛰어!"

아스윈의 무시무시한 표정을 본 유피가 먼저 뛰기 시작하고 헤르쿨레스도 부리나케 다른 방향으로 달아났다.

"거기 서! 너희들, 오늘 내 손에 죽을 줄 알아!"

아스윈은 소매를 걷어붙이고 주먹을 휘두르면서 그들을 뒤쫓아 달려갔다.

"이야~ 쇠사슬이 도막도막나 버렸네."

"굉장한 장사다!"

사람들은 둘러서서 아스윈이 끊어버린 쇠사슬을 보고 탄복해 마지 않았다. 차력사가 겨우 한 군데를 끊은 것과는 달리 아스윈의 사슬은 군데군데 죄다 터져 있었다.

"저런, 아무래도 오늘 레슬링 구경은 어렵겠는데요."

유피와 헤르쿨레스가 두 방향으로 나뉘어 달아나는 모습을 지켜보던 트렌은 그로서는 드물게 낮게 소리 내어 웃었다.

"곤란하군."

크로드는 웃음이 나오려는 것을 눌러 참으면서 험악한 표정이 되지 않도록 입가를 문질렀다.

"일단 여관에 돌아가서 기다리기로 합시다."

그 말을 하고 돌아서던 크로드의 눈에 시무룩한 얼굴로 레슬링 대회가 열리는 큰 천막을 바라보는 미카데가 들어왔다.

"레슬링… 보고 싶소?"

미카데는 화들짝 놀라서 재빨리 고개를 흔들었다. 하지만 그녀의 얼굴에는 숨길 수 없는 서운함이 묻어 있었다. 태어나서 한 번도 집을 떠나본 적이 없다던 맥카넨의 말이 떠오른 크로드는 부드럽게 말했다.

"여관에서 기다려 보고 시간이 되어도 오지 않거든 우리끼리라도 봅시다."

미카데의 표정이 환해졌다. 아주 짧은 순간 생기가 돌면서 그녀의 얼굴이 소녀처럼 느껴졌다. 평소와는 사뭇 다른 묘한 느낌에 크로드는 잠시 로브에 가려진 그녀의 얼굴을 바라보다 걸음을 옮겼다.

세 사람은 여관으로 돌아가 아스원 등이 돌아오기를 기다렸지만, 정오가 다 되도록 아스원을 포함해 셋 중 아무도 돌아오지 않았다.

크로드는 약속대로 미카데와 둘이서 레슬링을 보러 갔고, 트렌은 레슬링은 그리 좋아하지 않는다며 여관에 남았다.

크로드와 미카데가 나가는 것을 보고 트렌이 방으로 들어오니 문을 마주 보는 자리에 카마엘이 서 있었다.

"마계에서 오시는 길인가 보군요."

머리를 숙여 인사하는 카마엘에게 트렌이 물었다.

"예, 찾으셨다고 하기에 바로 오는 길입니다. 특별히 내리실 분부라도?"

"아마 당신도 알고 계시겠지만 그 옐이라는 아이, 내가 없는 동안 상당히 거친 행동에 나섰더군요."

"물론 지켜보고는 있었습니다. 그러나 정당한 경로를 통해 중간계에 나와 있는 터라 제가 개입할 일은 아닌 것으로 보고 지나침이 없도록 감시하는 역할만 수행했습니다."

카마엘은 잠시 말을 멈추었다가 질문했다.

"저와 파워즈가 나서야 했던 것입니까?"

"아니, 그런 뜻으로 한 말은 아닙니다. 정당한 경로를 거쳤다면 누군가 그녀를 중간계로 불러낸 인간이 있다는 의미이고, 그런 경우 인간의 손으로 마무리될 때까지는 당신이 개입할 명분은 없으니까요."

"말씀대로입니다."

"다만 마음에 걸리는 것은 '오랜 드래곤의 팔'입니다. 그것은 본래부터 '오랜 드래곤'의 것이고 그의 권능의 일부이니, 그것을 찾겠다는 것을 정면으로 저지할 수는 없겠지요. 하나 창세대전(創世大戰) 때 잃어버렸던 것을 지금에 와서 군이 찾으려고 하는 데는 분명히 이유가 있을 겁니다. 그것으로 인해 어떤 일이 일어날지 모르는 상황에서 네크로스를 그대로 가져가도록 둘 수는 없겠지요. 현재로써는 조금 더 지켜볼 생각이지만, 포스포스의 사자가 내게 직접 맞서려 한다면 자칫 일이 복잡하게 얽힐지도 모르니 신경이 쓰이는군요."

"이번에는 당신의 부재를 틈타 한번 시도해 본 것에 불과합니다. 엘은 상대를 가리지 않고 막무가내로 행동할 만큼 무모하지는 않습니다."

"그리고 보면 그녀는 당신과도 꽤 안면이 있지 않던가요?"

탐색하듯 던지는 트렌의 질문에 카마엘은 대수로울 것 없다는 투로 무심하게 대답했다.

"그렇게 따지자면 그곳의 고위 마신들 전부가 그런 셈이지요."

"그도 그렇군요."

트렌은 카마엘의 대답에 수긍하고 말했다.

"어쨌든 이번 경우는 대단히 곤란하군요. 무조건 막자니 '오랜 드래곤' 측을 자극하는 것처럼 비칠 수도 있겠고, 그냥 두고 보기에는 그 뒷일이 마음에 걸리니 말입니다."

"이번에 이곳에 오신 것은… 이 일 때문입니까?"

카마엘은 주저하면서 질문했다. 트렌은 의미를 파악할 수 없는 미소를 보이고 대답 대신 다른 말을 했다.

"…당신도 나도 이 일에 대해서는 좀 더 지켜보아야 할 것 같군요. 당신과 마찬가지로 나도 원만한 수습을 바라고 있습니다. 당신이 나로 인해 마계에서 곤란한 입장이 되는 일이 없도록 그 점은 충분히 유의하겠습니다."

"그렇게 말씀해 주시니 감사합니다."

"귀찮게 해서 미안합니다, 파워즈의 사령관이여. 이제 그만 가보셔도 좋습니다."

"그럼, 다음에 또 뵙겠습니다."

카마엘이 물러난 후 트렌은 창가로 다가가서 나무 창문을 열었다. 멀리 광장을 가로질러 걸어가는 크로드와 미카데의 뒷모습이 보였다. 복잡한 인파 속에서도 불쑥 솟은 크로드의 큰 키는 금세 눈에 띄었다.

"네크로스… 마신왕(魔神王)의 검을 지배하는 기사여, 나는 그대를 어찌해야 하지?"

한낮의 태양 빛을 받아 달처럼 시리게 빛나는 그의 은빛 머리칼을 바라보면서 트렌은 나직하게 중얼거렸다.

(2)

　그날 레슬링 구경을 할 수 있었던 것은 결국 크로드와 미카데뿐이었다. 저녁이 되어서야 돌아와 여관 식당에 둘러앉은 유피와 헤르쿨레스는 저마다 아스원에게 얻어터진 흔적을 담고 있었다.

　어느 천막에서 흥겨운 노래에 이끌려 한눈을 팔고 있다가 아스원에게 먼저 붙잡힌 헤르쿨레스는 전신을 자근자근 밟힌 데다 얼굴에 벌겋게 할퀸 자국을 남기고 있었으며, 나중에 여관 근처에서 매복해 있던 아스원에게 잡힌 유피는 눈가에 멍이 시퍼렇게 들고 입술은 터져 있었다.

　"아무리 그렇기로, 같은 일행인데 어떻게 사람을 이렇게 패냐? 완전히 적이 따로 없다니까."

　유피는 날계란으로 눈가를 문지르면서 불평했다.

　"맞을 짓을 하니까 맞는 거야. 왜? 더 맞고 싶어?"

아스윈은 아직도 분이 덜 풀려서 유피와 헤르쿨레스를 무섭게 노려 보았다.

"아는 사람이라도 봤으면 어떻게 할 거야? 니들이 내 인생 책임져 줄 거냐구!"

"…내 생각엔 말야 아스윈, 별로 싹수도 없어 보이는 마도사는 이 번 기회에 폐업하고 아예 차력사로 나서는 게 어떨까? 분명히 돈도 많 이 벌고 명성도 얻을 수 있을 거야. 사실 아까 그 사람보다 아스윈이 훨씬 힘세잖아."

위로하는 건지 약 올리는 건지 헤르쿨레스는 아예 전업을 권유했 다. 진지하게 권하는 그 태도가 더 밉살스러워 아스윈은 원한 서린 눈 길로 노려보며 부르짖었다.

"시끄러~! 내 앞에서 두 번 다시 그 딴 소리 하면 그땐 정말 절단 낼꺼!"

버럭 성을 내며 헤르쿨레스의 멱살을 틀어쥐는데 누군가가 뒤에서 말을 걸었다.

"혹시… 아스윈 아냐?"

"엥?"

어디선가 들은 듯한 낯익은 음성에 아스윈은 불안한 예감을 느끼며 슬쩍 뒤돌아보았다. 로브를 입은 젊은 남자 마도사였다.

"야아, 아스윈 맞구나. 나야, 르메슈."

"아… 선배님……."

"반갑다. 이렇게 멀리 떨어진 곳에서 널 만나다니. 그렇지 않아도 아까 너 같기에 인사하려는데 네가 막 달려가지 뭐야."

"아, 아까?"

예감이 현실화될 것 같은 끔찍한 느낌이 들기 시작했다.

"대단하던데, 아스윈. 난 네가 그렇게 힘이 센 줄 몰랐어. 그렇게 굵은 쇠사슬을 단숨에 끊다니 대단한 일이야."

예감은 현실로 다가왔다.

"누구야? 아는 사람?"

유피가 아스윈에게 물었으나 이미 석상처럼 굳어버린 아스윈은 아무런 대답도 하지 못했다.

"안녕하십니까? 아스윈의 선배인 카미오 르메슈라고 합니다. 일행이신가 보군요."

"그러세요? 아스윈의 선배님이면 우리의 친구나 다름없죠. 앉으세요. 마침 식사 중이었는데."

"초면에 그래도 되겠습니까?"

"그럼요."

아스윈의 속이 뻘이 되든 어떻든 알 리 없는 르메슈는 붙임성 좋은 유피에게 이끌려 식사까지 함께했다.

"아스윈, 뭐 해? 앉지 않고."

유피가 아스윈을 끌어다 르메슈의 옆에 앉혔다.

"대단한데~ 은빛 늑대 크로드 네크로스 경과 같은 일행이란 말이지? 정말 부러운걸. 성공했구나, 아스윈. 게다가 힘도 그렇게 세어지고."

멋모르는 르메슈의 찬사에 크로드를 제외한 일행의 얼굴은 웃음을 참느라 묘하게 구겨졌다. 당사자인 아스윈은 이미 현실 도피 상태였다.

"어, 그래… 고마워, 선배."

"대접 잘 받았습니다. 그럼 아스윈, 다음에 또 만나자. 다른 사람들한텐 내가 안부 꼭 전할게."

르메슈가 떠나고 나서야 아스윈은 현실로 돌아왔다.

"으으으~ 난 이제 망했어. 내가 차력사라고 소문이 다 날 텐데, 이제 어쩜 좋아~"

아스윈은 테이블에 엎드려 닭똥 같은 눈물을 질질 흘렸다.

그때였다. 식당에 몇 명의 사람이 들어섰다. 두 명의 기사와 평민 차림의 남자 둘이었다. 그중 젊은 기사가 큰 소리로 식당 안의 사람들에게 말했다.

"혹시 여기에 낮에 광장에서 쇠사슬을 끊었다는 여자 역사가 있소?"

"네, 바로 이 사람인데요."

유피의 대답과 동시에 아스윈이 부인할 틈도 없이 전원의 손가락이 아스윈을 가리키고 있었다. 아스윈은 어쩔 줄 모르고 죄지은 사람처럼 고개를 푹 숙였다. 그러자 그들은 서둘러 일행이 앉은 테이블로 왔다. 어쩐지 낯이 익은 것 같아서 자세히 보니 노인과 중년 남자는 광장에서 여자 역사를 뽑는다는 깃발을 들고 있던 바로 그들이었다.

"당신이 여자 역사요? 잠시 이야기를 나눌 수 있겠소?"

중년 기사가 아스윈에게 말을 걸었다.

"잘못 아셨어요. 전 여자 역사 아녜요."

그가 자신을 역사로 부른 사실에 분개한 아스윈은 핏발 선 눈을 하고 반항적 태도를 보였다. 그러나.

"우리의 부탁을 들어만 주신다면 사례는 금화로 지불하겠소. 이것은 착수금이오."

하며 기사가 제법 묵직한 작은 자루를 들어 보이자 그녀의 태도는 180도 바뀌었다.

"으음… 뭔가 절박한 사정이 있으신 모양이네요. 마도사된 입장에서 모른 척할 수는 없죠. 제 스승님은 언제나 어려운 사람들은 도우라고 제게 가르치셨어요."

기사들과 함께 온 두 남자의 눈이 휘둥그레졌다.

"아니, 마법도 하십니까?"

"오옷~ 대단하시군요. 역사 겸 마도사라니……."

그들의 말에 아스윈의 눈이 찢어지는 것을 본 유피는 얼른 화제를 돌려 그들에게 자리를 권했다.

"자자, 그렇게 서 계실 게 아니라 우선 앉으시죠."

"그럼, 실례하겠소."

자리에 앉은 기사는 일행에게 말했다.

"미안하지만, 우리의 소개는 여자 역사께서 이 일을 맡기로 결정하면 그때 하기로 하겠소. 보안을 유지할 필요가 있어서 말이오."

"어떤 일이기에 굳이 여자 역사가 필요하십니까?"

크로드가 흥미를 보였다. 젊은 기사가 두 평민 남자들을 가리키며 말했다.

"거기에 대해서는 이들이 설명해 드릴 겁니다."

노인이 아들에게 말하라고 눈짓했다. 중년 남자는 이들에게 가볍게 고개를 숙인 후 일의 전모를 이야기하기 시작했다.

"저는 스마이드라고 합니다. 그리고 이분은 제 아버님으로 마을의 촌장을 하고 계시죠. 저희가 사는 마을은 큰 광산을 끼고 있습니다. 그래서 옛날부터 광산 일을 하면서 살고 있지요. 그런데 어느 날 평화

롭던 마을에 엄청난 일이 일어났습니다."

남자는 갑자기 흥분하며 집게손가락을 흔들었다.

"어디에선가 이따시만한 바퀴벌레가 수도 없이 마을로 밀려든 겁니다. 시꺼멓게 번들거리는 그것들이 사방에서 바글바글 들끓는 그 광경은 상상도 못하실 겁니다. 기지요, 날지요, 들러붙지요… 아아~ 그야말로 지옥, 그 자체였습니다."

그는 진저리를 치며 주먹을 부르쥐고 바르르 떨었다. 그리고 이 이야기는 더 들을 필요도 없겠다고 판단한 일행은 말없이 일제히 일어서고 있었다. 죽으면 죽었지 그런 지저분하고 소름 끼치는 광경 속으로 들어가고 싶지는 않았던 것이다.

"잠깐만요. 아직 얘기가 덜 끝났는데요."

남자가 붙잡았다. 유피는 어색한 웃음을 흘리며 고개를 저었다.

"아하하… 우린 벌레 잡는 전문이 아니라서……."

"하지만 본론은 이제부터입니다. 바퀴벌레는 이미 퇴치되었거든요."

"그럼, 뭐가 문제죠?"

"그러니까 계속 들어주십시오."

크로드 일행은 다시 테이블에 앉았다. 스마이드의 이야기는 계속되었다.

"바퀴벌레를 퇴치하기 위해 군대가 오기도 했지만 병사들도 수많은 바퀴벌레 앞에서는 속수무책으로 달아나기에 바빴습니다. 마을은 당연히 패닉 상태에 빠져들었고, 광산 일도 불가능해졌죠. 그러던 어느 날 한 남자가 폐하의 앞에 나타났습니다. 그는 단 하루 만에 모든 바퀴벌레를 퇴치할 수 있다면서, 그 대신 자신이 퇴치한 바퀴벌레의 무게만큼의 금을 대가로 달라고 말했지요. 바퀴벌레가 아무리 많다 해도 무게로 환산하면 그리 대단치는 않을 것이라 생각한 폐하는 그의 제안을 받아들이셨습니다. 마을에 나타난 남자는 류트 비슷하게 생긴 악기를 연주하며 마을을 가로질러 갔습니다. 그러자 신기하게도 온 마을의 바퀴벌레들이 기어나와 그의 뒤를 따르기 시작하더군요. 길을 까맣게 메우고 지나가는 바퀴벌레의 행진에 우리는 질려서 그저 바라만 보았지요. 남자는 바퀴벌레 무리를 이끌고 마을을 벗어나 근처의 계곡으로 들어갔습니다. 바퀴벌레들은 계곡 안으로 계속 밀려들었습니다. 그 수는 워낙에 엄청나서 그 큰 계곡이 차차 바퀴벌레로 메워질 정도였습니다. 마침내 바퀴벌레가 모두 모이자 남자는 품에서 작은 병을 꺼내 뚜껑을 열었습니다. 그러자 그 안에서 반짝이는 금빛 가루가 뿜어져 나와 바퀴벌레 무리 위로 흩어졌습니다. 놀랍게도 바퀴벌레들은 그걸로 죄다 죽고 말았습니다."

"…어디서 많이 들어본 이야기 같은데?"

유피는 눈을 껌뻑거렸다.

"그럼, 문제는 해결된 거잖아요?"

헤르쿨레스가 묻자 두 남자는 고개를 흔들었다. 촌장은 한숨을 섞어가며 말했다.

"진짜 문제는 거기서부터입니다. 바퀴벌레가 너무 많았던 겁니다. 바퀴벌레를 퇴치한 남자가 왕궁에 가서 상을 요구하자 폐하께서는 예상보다 너무나 많은 바퀴벌레에 놀라 조건을 바꿀 것을 제의했습니다. 그러나 남자가 끝까지 바퀴벌레 무게만큼의 금을 요구하자, 화가 나신 폐하는 그렇게 고집을 부린다면 한 푼도 줄 수 없노라고 하셨지요. 그러자 남자는 성을 내며 떠나 버렸습니다. 그리고 우리 마을로 돌아와서는……."

촌장은 목이 메여 말을 멈추었다.

"어떻게 됐는데요?"

호기심이 인 유피는 뒷이야기를 재촉했다.

"그 이상한 악기로 마을의 여자를 죄다 몰고 가버렸습니다."

"여자를요?"

스마이드가 고개를 끄덕였다.

"예. 어린애부터 시작해서 할머니들까지, 여자란 여자는 하나도 남김없이요. 그는 자신의 음악에 홀린 여자들을 이끌고 광산 안으로 들어가 버렸습니다. 그동안 우리들 남자들은 이상한 무기력 상태에 빠져 제대로 움직일 수가 없었습니다. 남자애 하나가 겨우 뒤를 따라갔는데, 그들은 광산의 조그만 갱도로 들어가서는 모습을 감춰 버렸다고 합니다. 그 끝은 아직 뚫지 않아 막혀 있는데도 말입니다."

유피는 멀뚱한 표정으로 귀밑을 긁었다.

"정말 어디서 많이 듣던 얘긴데?"

스마이드는 눈물을 줄줄 흘리면서 하소연했다.

"여자들이 사라진 후 마을 남자들은 의욕을 잃고 일손을 놓고 있습니다. 여자가 없는 생활의 비참함을 아십니까? 긴긴 밤 홀로 송곳으로 허벅지를 쑤시며 지낼 제……."

이 대목에서 두 부자는 동시에 머리를 숙이고 애원했다.

"그런 이유로 저희에겐 여자들을 되찾아줄 여자 역사님이 꼭 필요합니다. 제발 우리를 도와주십시오."

"이야기는 알겠는데, 왜 하필 여자 역사가 꼭 필요하다는 거죠?"

유피가 물었다.

"그건 이 문제를 해결하기 위해 우리 마을로 오신 왕실 마도사께서 하신 말씀입니다. 여자 역사만이 그 막혀 있는 바위를 열 수 있다는군요. 그러시면서 이쪽으로 가면 여자 역사님을 만날 수 있을 거라고도 하셨습니다."

"그럼 아스윈이 예언된 여자 역사란 말이야?"

유피의 감탄에 아스윈은 테이블 아래로 유피의 발을 꽉 밟았다.

"난 여자 역사 아냐! 마도사라구!"

격분하는 아스윈에게 중년 기사가 간곡한 어조로 부탁했다.

"부탁하오. 당장 마을 사람들의 고통이 크고, 끌려간 여자들의 안전도 우려되는 바이오. 무사히 일이 끝난 후에는 착수금 이외에도 큰 상을 내리겠소."

그러면서 그는 금화가 들어 있다는 자루를 벌려 안을 볼 수 있도록 해서 일행의 앞으로 내밀었다. 유피는 손을 넣어 안을 살짝 휘저어보았다. 반짝거리는 금화가 가득 있었다.

유피는 구미가 당기는 표정으로 일행의 얼굴을 둘러보았다. 크로드는 눈을 내리깔고 생각에 잠겨 있고, 아스윈은 테이블에 얹힌 돈 자루에 눈이 가 있었다. 금화 열 닢의 유혹까지는 어떻게 이겨냈지만, 저만한 부피의 금화가 착수금이라면 보상은 대단한 액수가 틀림없었다.

"이 정도의 금화를 착수금으로 제공하는 것을 보면 보통 광산은 아닌 모양이군요?"

크로드가 물었다. 중년 기사는 조금 당황한 표정을 보였지만, 사실을 말해 주었다.

"그렇소. 데임에 있는 금광이오."

역시, 라고 크로드는 내심 생각했다. 아르코온의 금광은 규모가 꽤 큰 것으로도 알려져 있어 크로드도 그에 대해서 들은 적이 있었다.

유피는 아스윈의 기색을 살피다가 그들에게 말했다.

"잠깐 저쪽에 가서 기다려 주시겠습니까? 우리들끼리 일단 의논을 해보죠."

그들이 자리를 옮기고 나자 유피는 일행을 둘러보았다.

"괜찮은 이야기 같은데. 어때, 아스윈?"

"글쎄, 잘 모르겠어."

"딱 한 번만 눈감고 힘 쓰면 될 거 아냐? 착수금만 저 정도인데, 일만 잘 해결되면 모르긴 몰라도 한몫 잘 챙겨 받을 수 있을걸? 넌 전부터 돈 벌어야 한다고 누누이 말했었잖아."

유피가 아스윈을 설득하는데 트렌이 말했다.

"제가 보기에도 보통 일은 아닌 것 같군요. 사람들이 잡혀 있다는데, 우리가 도울 수 있는 일이라면 도와야 하지 않겠습니까?"

헤르쿨레스 역시 심각하게 받아들였다.

"정말이에요. 마을 여자들을 죄다 끌고 가다니 진짜 큰일이잖아요."

모두가 이렇게 말하는 데다 역시 돈에 마음이 끌린 아스윈은 망설이다가 조건부로 찬성했다.

"좋아. 다들 간다면 나도 가겠어. 대신 무슨 일이 생기면 다 같이 나서줘야 돼."

"당연하지! 우린 공동 운명체이잖아."

아스윈의 어깨를 두드리며 격려한 유피는 크로드에게 얼굴을 돌렸다.

"크로드의 생각은 어때요? 우리 갈 길도 급하기는 하지만, 저쪽 사정도 딱하잖아요. 부녀자들이 납치되었다는데 모르는 척하기도 그렇고……."

"결론을 내려놓고 묻는 격이군. 어쩔 수 없겠지. 여자 역사라는 게 그리 쉽게 찾아지는 존재는 아닐 테니까."

필렘으로 가는 일정이 늦춰지는 것이 마음에 걸렸지만, 유피의 말처럼 여러 사람들의 생명이 걸린 일을 외면하기는 그랬다.

"미카데 씨는 어때요?"

미카데는 유피의 물음에 잠자코 고개를 끄덕여 동의를 표했다.

"그럼 결론난 거예요."

유피는 남자들을 다시 데려왔다. 그들은 불안한 시선으로 아스윈을 보았다.

"아스윈이 하겠다는군요. 사실 우리도 갈 길이 무척 바쁘지만 사정이 워낙에 딱하니까 특별히 시간을 내서 가드리죠."

유피의 생색내는 말에 두 마을 남자는 반색을 하며 절을 했다.

"감사합니다, 정말 감사합니다. 뭐라 감사의 말씀을 드려야 할지……."

기사들도 안도의 눈짓을 주고받고, 중년 기사가 정식으로 자신들을 소개했다.

"도와주시겠다니 고맙소. 인사가 늦었소. 나는 코이드의 백작 디온 리브너스이고, 이 사람은 근위대의 기사인 애를런 오넥 경이오."

"레시어의 크로드 네크로스입니다."

리브너스 백작과 오넥의 표정이 미묘하게 경직되는 것을 감지한 유피는 재빨리 설명처럼 덧붙였다.

"우리 일행은 서쪽으로 여행 중입니다. 여긴 그냥 지나는 길에 축제를 보러 들렀지요."

백작은 얼른 표정을 가다듬고 부드럽게 응대했다.

"그렇소? 바르트의 네크로스 경에 대해서는 소문으로는 많이 들었소. 아르코온 땅에서 이렇게 만나게 되다니, 묘한 인연이군. 아무튼 잘 부탁하오."

"저희야말로 잘 부탁드립니다."

되도록 서둘러 달라는 기사들의 요청을 받아들여 일행은 다음날 아가스를 출발해 금광이 있는 데임으로 갔다.

(3)

아가스를 출발해 말을 달려 5일 간 여행한 끝에 데임에 도착한 일행은 마을 어귀까지 마중 나와 있는 사람들로부터 열렬한 환영을 받았다. 듣던 대로 마을엔 여자라고는 한 명도 없었다.

"만세! 만세! 여자 역사(力士)님, 만세!"

말로만 환영하는 것이 아니라 마을 입구에는 「환영, 여자 역사님!」이라는 현수막까지 걸려 있었다.

"아아~ 아스윈. 스타 됐네! 굉장한 환영 무드잖아?"

유피의 축하를 받고 아스윈의 눈이 살벌하게 찢어졌다.

"난 마도사예요! 역사가 아니라구요!"

아스윈은 함께 온 촌장에게 강력하게 항의했다. 그러자 촌장은 당황한 얼굴로 마을 사람들에게 달려가 뭔가 지시했다. 잠시 후 다시 걸린 현수막에는 「환영, 여자 차력 마도사님!」이라고 쓰여져 있었다.

"허걱!"

눈이 튀어나온 아스윈의 옆에서 유피는 유쾌하게 깔깔거렸다.

"와하하~ 굉장해! 완전히 새로운 클래스의 탄생이야. 지금까지 나온 어떤 모험 이야기에서도 저런 클래스는 없었어!"

마을 남자들은 목소리를 합해 아스윈에게 호소했다.

"기다리고 있었습니다, 차력 마도사님! 제발 우리 마을을 구해주십시오!"

"난 그런 거 아네요!"

강력히 부인하는 아스윈을 대신해 유피가 인사를 받았다.

"걱정하지 마세요. 지금 차력 마도사님께서 여행으로 잠시 피곤하신 것뿐이니까. 때가 되면 무시무시한 괴력을 발휘해 여러분을 도와주실 겁니다."

아스윈은 광분하여 유피를 한 방 먹이려다가 자신들에게 쏠려 있는 수많은 젊은 남자들의 시선을 의식하고는 가까스로 참았다. 마을에는 그곳의 남자들뿐 아니라 꽤 많은 숫자의 병력이 머물고 있었다. 현재 병력을 지휘하고 있는 것은 아르코온의 첫째 왕자 에르윈이었다.

리브너스 백작과 오넥의 안내를 받아 촌장의 집에서 만난 에르윈은 깨끗한 인상을 주는 20대 초반의 청년이었다. 에르윈은 크로드에게 정중하고 호의적인 태도를 보였다.

"네크로스 경의 명성은 익히 들었습니다. 얼마 전에 있었던 키르베인 병합전에서도 공이 크시다면서요. 그런데 어떻게 아르코온까지 오시게 되었습니까?"

"여행으로 지나던 길입니다."

"여자 역사가 필요하다는 말을 듣고 과연 그런 사람이 있을지 걱정

했었는데, 네크로스 경의 일행 중에 있었다니 놀랍습니다."

에르원의 입에서까지 나오는 여자 역사라는 말에 아스윈은 따지고 싶은 마음이 간절했지만, 상대가 다른 나라의 왕자인지라 함부로 말을 할 수가 없었다. 그녀는 불만스런 시선을 아래로 향하고, 이 모든 일의 원인이 된 미스릴 갑옷을 원망하고 있었다.

"왕실 마도사 카르네가 그 사악한 요술사를 잡으려면 여자 역사가 필요하다고 말하기에 부득이하게 여러분의 도움을 빌리게 되었습니다만, 그자를 상대하는 것은 우리 아르코온의 기사들과 마도사가 맡을 테니 걱정하실 것 없습니다. 여자 역사께서는 바위를 열어서 우리를 그자가 있는 곳으로 들어갈 수 있도록만 해주시면 됩니다."

아르코온에서 일어난 일을 자체적으로 해결하지 못하고 타국의 무장인 크로드의 힘을 비는 것이 못내 마음에 걸렸던지 에르원은 아스윈의 역할을 부분적인 것으로 강조했다.

에르원의 곁에 있는 왕실 마도사 카르네는 드문드문 흰 머리가 섞인 검은 머리칼을 곱게 빗어 틀어 올린 단아한 외모의 초로의 여자였다. 그녀는 흥미 어린 시선으로 아스윈을 바라보고 있었다.

"착수금은 리브너스 백작으로부터 받으셨을 터이고, 일이 끝나면 사례는 금화로 지불하겠습니다."

곧 젊은 기사가 금화가 가득 담긴 상자를 일행의 앞으로 가져와 열어 보여주었다. 제법 큰 상자라 안에 담긴 금화는 상당한 양이었다. 아스윈은 찬연하게 빛나는 황금빛 금화를 보고 침을 꼴깍 삼켰다. 크로드 일행이 보수에 대해 이의없이 받아들이자 에르원은 기사에게 지시해 상자를 치우도록 했다.

"여기까지 오시느라 많이 피곤하시겠지만, 이곳의 여자들이 잡혀간

지가 벌써 여러 날이 지난 터라 사정이 급합니다. 괜찮으시다면 내일이라도 광산으로 가주셨으면 합니다만⋯⋯."

"저희도 일정이 있어 어차피 오래 머물지는 못합니다. 전하의 말씀에 따르도록 하겠습니다."

"그러면 그렇게 합시다. 피곤하실 텐데 오늘은 편히 쉬십시오. 이곳에 방을 마련토록 해놓았습니다."

"예, 이만 물러가겠습니다."

크로드 일행이 인사하고 나가는 모습을 지켜보던 에르윈은 문이 닫힌 다음, 그들을 안내해 온 리브너스 백작에게 감탄을 담아 말했다.

"여자 역사가 실제로 있었다는 것도 놀라운데, 바르트의 은빛 늑대까지 한자리에서 보게 될 줄은 몰랐습니다. 워낙 무서운 이미지로 소문이 나서 어떤 사람인가 했더니 생각보다 젊고 잘생긴 남자로군요."

"젊을 수밖에요. 제가 알기로는 올해 26살인데다 아직 미혼이라고 합니다."

"26세⋯ 젊군요."

에르윈은 고개를 끄덕이고 백작과 나란히 있는 근위 기사 오넥에게 물었다.

"26살이면 오넥 경과 같은 나이로군. 오넥 경이 보기에는 어떤 사람 같았소?"

"평민 출신이라는 말을 들었었지만, 이곳까지 함께 오면서 제가 느끼기에는 교양이 있고 지적인 인물 같았습니다. 장군다운 카리스마도 있고, 보통 인물은 아니라고 생각합니다."

오넥은 크로드에게 호의적인 평가를 내렸다. 그러나 리브너스 백작은 냉소적인 태도로 오넥의 말에 반론했다.

"신분이 변변치 않으니 그걸 메우기 위해 그만큼 노력을 한다는 의미겠지요. 검의 실력은 어느 정도인지는 모르나, 왕의 기사가 되기 전에는 변변한 기사 수련도 거치지 않은 것으로 알고 있습니다. 바르트의 베른히너 왕 같은 특이한 군주를 만나지 않았더라면 중용되기 힘들었을 겁니다."

백작의 말에 에르윈은 다른 반응을 보였다.

"그러나 지금까지 실제로 전장에서 그가 보여준 활약은 대단하지 않습니까? 왕뿐 아니라 바르트 병사들의 신망도 대단히 크다고 들었습니다."

"네크로스에게 관심이 있으십니까?"

에르윈은 솔직히 시인했다.

"여러 면에서 흥미로운 남자라고 생각합니다."

"흥미 정도로 그치는 것이 좋지 않을까 싶습니다. 아르코온은 바르트와 다르고, 베른히너 왕 같은 파격은 쉬운 일이 아닙니다."

에르윈은 백작의 말에 대해 달리 반박은 하지 않았으나, 백작이 나간 후 오넥에게 가벼운 어조로 말했다.

"같은 사람을 보고도 백작과 경의 평가가 상당히 엇갈리는군. 백작의 말씀이 과히 그르다고는 할 수 없겠지. 변화와 파격은 언제나 내부의 저항을 수반하는 법이니까. 그런 점에서도 베른히너 왕은 대단한 군주인 것 같아."

"바르트는 왕권이 강한 나라니까요."

오넥의 말에 에르윈은 빙그레 웃었다.

"물론 그 점도 있겠지. 하지만 강한 왕권은 거저 생겨나는 것은 아니네. 왕이 허술하거나 조금이라도 틈을 보이게 되면 군신 간의 힘의 역학 관계는 금세 역전되는 법이지. 그런데… 전쟁이 끝난 지 오래되지도 않는데 네크로스 경이 바르트를 떠나온 이유가 뭘까?"

"그런 것을 물어볼 정도의 사이는 아니라 자세한 것은 모르겠습니다. 다만 오면서 얼핏 듣기로는 서쪽의 스트라든 쪽에 볼일이 있어 간다고 하는 것 같았습니다."

"스트라든에? 혹시 바르트에서 뭔가 껄끄러운 일이라도 있었던 것인가?"

"제 느낌으로는 꼭 그런 것 같지는 않았습니다."

에르윈은 잠시 생각하다가 혼잣말로 중얼거렸다.

"어찌 되었든 내일은 대단한 날이 되겠군. 소문의 마검의 위력을 직접 확인할 수 있을지도 모르고… 네크로스라는 인물을 한번 잘 살펴봐야겠어."

마을 남자들의 환대를 받으며 하루를 보낸 크로드 일행은 다음날 아침 에르윈 왕자가 지휘하는 아르코온의 군대와 더불어 마을 여자들이 사라졌다는 광산으로 안내되었다. 안내를 맡은 마을 청년들은 횃불을 밝혀 들고 사람들을 갱도 내부로 이끌어갔다. 한참을 여러 갈래로 갈라진 어두운 갱도를 들어가다가 어느 곳에 이르자 구멍이 차차 좁아지더니 이내 막혀 버렸다.

"이 안으로 들어갔습니다."

마을의 남자들 중 유일하게 입구까지 따라올 수 있었다는 제이라는 소년은 횃불을 든 손으로 그곳을 가리켰다. 자그마한 체구에 곱상한 외모를 한 소년은 행동거지나 외모에서 여성적인 느낌을 많이 풍겼다. 그가 가리킨 곳에는 거대한 회색의 암벽이 일면을 가로막고 있었는데,

주변의 흙과는 색깔이 달라 쉽게 구분이 되었다.

"이건 암벽이네요? 바위로 쳐도 보통 큰 바위가 아닌데… 이게 사람 힘으로 밀어지겠습니까?"

유피는 바위를 살펴보면서 고개를 갸웃거렸다.

"여기를 보십시오."

왕실 마도사 카르네가 바위로 다가서서 어느 부분을 가리켰다. 그곳에는 알 수 없는 문자가 적혀 있었다.

"마법 문자인 모양이죠? 뭐라고 적혀 있는 겁니까?"

유피가 묻자 미카데가 읽어주었다.

"'여자만이 열 수 있다'는군요."

"…그럼 옆 마을의 여자라도 데려오면 되는 것 아니었나요?"

"위에 한 줄이 더 있어요."

"거긴 뭐라고 되어 있는데요?"

"'아주 힘센'."

"과연~ 그러니까 '아주 힘센 여자만이 열 수 있다'는 말이 되는군."

유피는 그제야 납득하고 킬킬거리면서 아스윈을 돌아보았다.

"자, 레베 씨, 어서 이것을 열어주세요."

카르네가 아스윈을 불렀다. 아스윈은 내키지 않는 태도로 바위 앞에 와서 섰다.

"어떻게 하라는 거죠?"

"밀어야 하지 않겠어요?"

카르네는 아스윈의 투정 섞인 질문에도 친절하게 응대하며 격려했다.

"모두 기다리고 있습니다. 부탁드려요."

여기까지 와서 못한다고 버틸 수도 없고, 아스윈은 바위에 엉거주춤 두 손을 대고 밀기 시작했다. 그러나 뒤에서 자신을 지켜보고 있는 젊은 남자들의 눈치를 보느라 제대로 힘을 쓰는 자세가 아니었다.

이래서는 안 되겠다고 생각한 유피는 제이의 귀에 뭔가 속삭이고는 일부러 큰 소리로 그에게 물었다.

"그런데 말이야, 저 안에 금이 그렇게나 많더라면서?"

"네, 바위가 닫히기 전에 조금 봤는데 안이 온통 황금색이고 금 덩어리가 돌처럼 굴러다니고 있었어요."

"야아~ 그럼 금이 얼마나 많다는 얘기야?"

이런 대화를 듣고 있는 동안 아스윈의 머리 속에 금빛으로 찬란한 보물의 산이 떠올랐다. 그러자 심장이 거세게 고동치면서 자신도 모르게 팔에 힘이 팍 들어갔다. 그에 따라 도저히 움직여질 것 같지 않던 바위가 조금씩 밀려나기 시작했다.

"우, 움직인다……."

사람들은 믿을 수 없는 표정으로 중얼거렸다.

"아스윈, 힘내! 저 안에 찬란한 금산이 널 기다리고 있어! 먼저 들어가는 게 임자야!"

유피의 격려에 아스윈은 힘차게 기합을 넣었다.

"이야아앗~!"

앞뒤로 천천히 흔들거리던 바위는 아스윈의 찢어지는 기합 소리에 뒤이어 완전히 넘어갔다. 거대한 바위가 바닥에 부딪치면서 울리는 둔중한 소리가 귀를 멍멍하게 만들고, 그와 함께 찬연한 금빛이 사람들의 시각을 강렬하게 자극했다. 사람들은 황급히 눈을 가렸다.

"금이다!"

아스윈은 바위를 타고 넘어 허겁지겁 달려 들어갔다.

"금은 어딨어? 내 금, 내 금!"

어두운 갱도에 있다가 갑작스럽게 밝은 빛에 노출된 사람들은 잠시 후 눈이 익숙해지자 하나둘 안에 들어섰다.

"어떻게 이런 곳이 있지?"

모두들 그곳을 둘러보며 놀라움을 감추지 못했다. 비록 금은 보이지 않았으나, 그곳은 너르게 펼쳐진 초록의 들판과 한낮의 햇살이 가득한 공간이었다.

"이곳은 마법 공간입니다."

카르네는 심각한 어조로 에르원에게 말했다.

"이 정도의 공간을 만들어낼 수 있는 자라면 대단히 강한 자가 분명합니다. 이 정도까지인 줄은… 정말 예상 밖입니다."

그녀의 경고를 듣고 에르원은 기사와 병사들에게 지시했다.

"만만치 않은 상대인 듯하다. 모두 경계를 늦추지 말도록."

그때 유피가 들판 한쪽을 가리키며 큰 소리로 말했다.

"저기 뭔가 건물 같은 게 있는데요!"

그곳에는 과연 거대한 석조 건축물이 보였다.

"가봅시다."

에르원이 앞장서자 아르코온의 기사들이 그의 뒤를 따랐다. 크로드 일행도 그들과 같이 움직였다.

들판에 우뚝 홀로 서 있는 건축물은 매우 생소한 생김새였다. 가장 바깥쪽에는 폭 1미터에 높이가 10미터는 됨직한 반듯한 직사각형 돌기둥이 크게 원형을 이루며 둘러서 있고, 그 안에는 그보다 훨씬 작은 자연석들이 역시 원형으로 세워져 있었다. 중앙에는 바깥의 돌기둥보다 더욱 크고 높은 20미터 가량의 돌기둥들이 'ㄷ'자를 엎어놓은 형태로 지붕을 이고 배치되어 있었다.

돌기둥 사이로 보이는 건축물의 안쪽으로 사람들이 오가는 모습이 눈에 들어왔다. 기사들의 뒤를 따라온 마을 청년이 소리쳤다.

"우리 마을의 여자들입니다!"

여자들도 그들의 모습을 보았다.

"우리를 구출하러 왔나 봐!"

여자들은 웅성거리면서 그곳을 빠져나와 기사들에게 달려왔다. 그런데 그들은 모두 노파와 중년 여자들뿐으로 젊은 여자들은 없었다. 근위 기사 오넥이 여자들을 안심시키고 물었다.

"에르윈 전하께서 직접 오셨으니 이젠 걱정 마시오. 나머지 여자들은 어디 있소?"

"저 안에 잡혀 있어요."

여자들을 바깥에 남겨두고 이들은 원형 기둥 내부의 지붕이 있는 건축물로 들어갔다.

그곳에 도착한 기사들은 잠시 말을 잃고 멍하니 안의 정경을 바라보았다. 마을의 젊은 여자들이 몸매가 노출되는 아슬아슬한 복장을 한 채 떼 지어 있고, 그들의 가운데에는 젊은 남자가 등나무로 짠 긴 의자에 비스듬히 누운 채 여자들의 시중을 받고 있었다.

자신을 향해 오는 기사들의 모습을 발견한 남자는 놀라기는커녕 여유로운 웃음을 보였다.

"호오~ 놀라운걸. 정말 그걸 여는 여자가 있었나 보지?"

"이 무슨 짓이냐! 어서 여자들을 놓아주고 순순히 항복하라!"

에르원이 정색을 하고 호통을 쳤지만 남자는 그런 것쯤 전혀 개의
치 않고 놀리듯이 웃었다.

"그렇게 열을 낼 건 없지 않나? 먼저 약속을 깬 것은 당신의 아버지
가 아닌가?"

"처음부터 무리한 약속을 내걸고 당신이 유도한 것이 아니오!"

카르네가 큰 소리로 비난했다. 남자는 여전히 유들유들한 태도였
다.

"그래서 여자들을 돌려받겠다고들 몰려온 모양인데, 글쎄… 생각
처럼 잘될까? 내가 너무 강해서 말이야. 그렇지만 너무 일방적인 건
재미가 없기도 하고, 사실 이 여자들한테 목메는 처지도 아니니까…
내기를 하는 건 어떠냐?"

"허튼소리 마라!"

에르원이 당장에라도 기사들에게 공격 명령을 내리려는데 카르네
가 그를 말리고 남자에게 물었다.

"전하, 일단 말이라도 들어보도록 하지요. 어떤 내기를 하자는 거
냐?"

"역시 나이를 허투루 먹은 건 아니로군. 제법 말귀를 알아먹는 것
같으니 말이야. 떼로 덤벼들어서 피바다를 이루는 게 취미가 아니라
면 내 조건에 응하는 게 좋을걸? 너희들 중 하나와 일 대 일로 승부를
볼까 하는데… 너!"

침입자들을 주르르 훑어가던 남자의 손가락이 아스원을 가리켰다.

"에? 나?"

아스원은 어리둥절해했다.

"그래, 너 말이다. 보아하니 문을 연 여자가 너이지 싶은데, 나와

내기를 하자. 나와 힘 겨루기를 해서 네가 이긴다면 이 여자들을 두말없이 풀어주겠다."

"그럼, 지면?"

"내 여자가 되어라."

"에엥?"

아스윈은 눈이 동그래져서 남자를 쳐다보았다. 남자는 대답을 재촉했다.

"어떻게 할 거냐?"

"말도 안 돼. 왜 이 많은 사람들 놔두고 나 혼자 떠맡아야 해?"

턱도 없다며 도리질하는 아스윈을 유피가 설득하기 시작했다.

"그래도 저 녀석 말처럼 집단전보다는 개인전이 피해가 적잖아?"

"그치만 왜 하필 나냐고? 크로드나 헤르쿨레스도 있는데."

"그야 저 녀석이 여잘 밝히니까 그렇지."

"아무튼 혼자 하는 것도 싫고, 힘 겨루기는 더욱 싫어."

아무래도 아스윈이 그냥은 받아들일 것 같지 않다고 판단한 유피는 비장의 카드를 꺼냈다.

"좋아. 네가 하면 이번에 받는 돈의 반은 너 줄게."

같은 일행이니 보통은 어떻게 얻어진 수익이든 공평하게 나누는 것이 무언의 룰이었고, 당연히 이번에도 그렇게 될 터였다. 절반이라는 파격적인 조건에 아스윈의 귀가 쫑긋거렸다.

"어때? 괜찮은 조건 아냐?"

잠시 망설이고 있던 아스윈이 슬쩍 말했다.

"그래도 나 혼자 먼저 싸우는 거니까… 이기면 2/3 줄래?"

유피는 크로드가 고개를 끄덕이는 것을 보고 얼른 대답했다.

"알았어. 그렇게 해."

"그리고 내가 지면 다 같이 나서줘야 해."

"그거야 당연한 거 아냐? 별걱정을 다 하네."

이렇게 해서 여자들의 구출은 우선적으로 아스윈의 어깨에 걸리게 되었다.

"네크로스 경, 의외의 결정을 내리시는군요. 레이디에게 싸움을 맡기고 기사들은 뒤로 물러나 있자는 겁니까?"

이 지역의 영주로서 참가한 리브너스 백작은 크로드의 결정에 불만을 표시했으나 크로드는 담담하게 대답했다.

"피를 보는 것이 목적이 아닌 이상, 가능하면 적은 희생으로 일을 끝내는 것이 좋다고 생각합니다. 모두가 나서는 것은 그 다음으로 해도 좋지 않겠습니까?"

에르윈도 크로드의 결정에 동의했다.

"네크로스 경의 말씀대로 합시다. 우선은 추이를 지켜보고, 여의치 않을 경우 우리가 나서기로 하지요."

리브너스 백작은 납득한 것은 아니지만 에르윈 왕자의 말을 받아들였다.

"좋아. 결정이 끝난 모양이니 바깥으로 나가지."

남자는 긴 의자에서 몸을 일으키고 눈앞에서 사라지는가 싶더니, 어느새 건물 바깥의 들판으로 나가 아스윈을 기다리고 있었다.

"한 번에 끝내는 건 서운하니까 승부는 삼세판으로 하자. 두 번 이기는 쪽이 승자가 되는 거다."

"좋아. 방식은?"

"닭싸움, 팔씨름, 그리고 레슬링이다."

"뭐야? 순 자기 맘대로잖아."

"그래서, 불만인가?"

"아냐, 그냥 해."

이왕 하기로 정하고 나온 거니 새삼 뺄 것도 없었다. 어깨를 가볍게 흔들면서 몸의 긴장을 풀고 있는 아스윈에게 유피가 말했다.

"그 로브는 벗고 하는 게 어때? 닭싸움할 때 걸리적거리지 않겠어?"

"싫어! 이건 마도사의 상징이라구. 그리고 이걸 벗으면 뭘 입으라는 거야?"

아스윈은 유피의 말을 무시하고 남자의 앞으로 갔다.

"그럼, 시작할까?"

남자는 닭싸움 자세를 잡고 경기 시작을 선포했다. 아스윈도 왼발을 접어서 손으로 잡고 나갈 태세를 취했다.

"간다!"

남자가 아스윈을 향해 외발로 껑충껑충 뛰어오는 찰나 아스윈도 행동을 개시했다.

뿌지직—

채 두세 발짝 나가기도 전에 뭔가 주르륵 뜯어지는 소리가 나더니 아스윈은 자기 옷자락을 밟고 앞으로 엎어지고 말았다.

"푸하하핫! 정말 재미있는 여자군. 더 더욱 마음에 들었다."

남자는 유쾌하게 웃었다.

"어이구, 내가 못살아. 그러니까 로브 벗으랬잖아."

지면에 강하게 부딪친 충격으로 자기 힘으로는 일어서지도 못하는 아스윈을 유피가 일으키고 보니 그녀는 정면으로 얼굴을 땅에 들이박아 쌍코피를 줄줄 흘리고 있었다.

"으윽~ 분하다~"

게슴츠레한 눈을 하고 남자를 째려보는 아스윈에게 유피는 핀잔을 주었다.

"분하긴 뭐가 분해? 제풀에 넘어지고서는."

"이건 무효야. 다시 해!"

아스윈은 코피를 닦으며 소리쳤지만 남자는 코웃음 쳤다.

"무슨 소리야? 승부는 이미 끝났어."

"쳇, 정말 못됐어. 순 자기 맘대로고. 누구랑 정말 똑같애."

투덜거려도 소용없었다. 첫 번째 승부가 어이없이 끝난 직후 두 번째 승부가 시작되었다.

"잘해봐, 아스윈. 이번엔 이겨야 돼."

헤르쿨레스의 격려를 들으며 비장한 마음으로 남자에게 가니, 그는 육중하게 생긴 두꺼운 나무 테이블을 준비해 두고 있었다. 나무 테이블에는 서로 마주 보는 위치에 등받이가 없는 둥근 의자가 마련되어 있었다.

"레이디 퍼스트, 먼저 앉으시지."

아스윈은 사양하지 않고 남자가 권하는 대로 앉아서 옷소매를 걷어 붙였다. 가까이에서 본 남자는 생각보다 매끈한 생김새였다. 남자치고는 큰 편인 장난기 어린 갈색 눈동자와 깨끗한 피부는 이런 상황에서 만난 것만 아니라면 충분히 호감을 느낄 수 있을 정도였다.

"잠깐안~ 시작 신호는 제가 하죠."

이들의 옆으로 달려온 유피는 두 사람의 팔꿈치가 테이블에 정확하게 닿아 있는 것을 확인하고 시작을 외쳤다.

"시작!"

신호가 떨어지자마자 아스원은 힘을 주었다. 거의 순식간에 상대의 팔이 넘어가는가 싶었으나 가까스로 바닥에 닿는 것은 면했다.

"흐음~ 과연! 생각보다 상당한데?"

남자는 빙그레 미소 지었다. 그의 미소에 아스원은 불안해졌다. 상대방이 전혀 힘들어 보이지도 않을 뿐더러 퍽 여유가 있다는 것이 느껴졌다. 그리고 다음 순간 그의 팔이 엄청난 힘으로 반격을 개시했다.

'이것까지 질 순 없어.'

아스원은 이를 악물고 힘을 짜냈다. 그럼에도 전세는 차츰 역전되어 가고 있었다.

'이 남자… 너무 세……. 혹시… 인간 아닌 거 아냐?'

조금 전까지와는 반대로 이제는 아스원 쪽이 밀리기 시작했다.

이대로는 안 되겠다고 판단한 유피가 소리쳤다.

"힘내, 아스원. 이거 이기면 2/3에다 금화 천 닢을 더 얹어줄게!"

"뭣? 금화 천 닢?!"

눈이 번쩍 뜨인 아스원은 순간 이성을 상실했다.

"으으으~ 금화야~ 처언 니잎~!"

굉장한 기합 소리가 터지면서 아스원에게서 무시무시한 기운이 솟아났다. 상대가 미처 상황을 깨달을 틈도 없이 아스원은 남자의 팔을 테이블에 힘차게 내리꽂았다.

쿠당탕! 하는 요란한 소리가 울리고 둔중한 나무 테이블이 그대로 두 조각나면서 남자는 조각난 테이블과 함께 바닥에 나뒹굴고 말았다.

"크으~ 굉장한 투지군."

그는 금방 일어나기는 했지만, 꽤나 아팠던지 얼굴을 찡그리고 팔목을 주물렀다.

"유피, 금화 천 닢… 정말 주는 거지?"

가쁘게 숨을 몰아쉬면서도 유피에게 달려와 그것부터 확인하는 아스윈의 핏발 선 눈에 유피는 무조건 고개를 끄덕였다. 행여 농담이라고 그랬다간 무슨 사태가 날지 두려웠던 것이다.

"아, 알았어. 줄게, 줘."

"이름이 뭐지, 여자 역사?"

남자는 바람을 일으켜 옷에 묻은 먼지를 털어내고는 아스윈에게 물었다.

"아스윈 레베야. 그리고 난 역사가 아니라 마도사야!"

"훗, 어느 쪽이든 좋아. 그런데 왜 아까부터 내게 반말을 하지?"

"별꼴이야. 자기가 먼저 해놓구선."

아스윈의 야무진 대답을 들은 남자는 재미있어 했다.

"정말 재미있는 성격이군. 좋아, 이제 이 여자들은 어떻게 되든 상관하지 않겠다. 네 쪽이 더 흥미로우니까 말이야."

"눈이 너무 높으시군."

자신의 외모에 우쭐해진 아스윈은 자신에 찬 포즈로 재며 대단히 기고만장해했다. 뒤에서는 헤르쿨레스가 크로드에게 속삭였다.

"내가 보기엔 눈이 높은 게 아니라 취향이 엄청 이상한 것 같아. 안 그래요?"

"세상엔 여러 인간이 있으니까."

크로드는 표정이 이상해지지 않도록 조심하며 대답했다. 남자는 이제 진지해진 눈빛으로 아스윈에게 선고하듯 말했다.

"이제 진짜 승부를 내도록 하자. 이번으로 널 내 여자로 삼고 말겠다. 마지막은 레슬링이다~"

그의 말이 끝나자마자 남자의 몸이 커지기 시작했다. 모두 놀라서 멀거니 바라보는 동안 남자는 자꾸자꾸 커져서 어느덧 10미터나 되는 거인이 되어 있었다.

"이건 심해. 반칙이야!"

"반칙이라니? 이러면 안 된다고 정한 적 있나?"

남자의 당당한 대꾸에 아스윈은 할 말을 잃었다.

"아스윈도 크게 만들 수 있어요."

지금까지 일의 추이를 지켜보고 있던 미카데가 입을 열었다.

"방법이 있어요?"

헤르쿨레스가 묻자 미카데는 고개를 끄덕였다.

"그럼, 어서 해봐요."

유피도 재촉했다. 미카데는 아스윈에게 거대화 마법을 걸었다.

잠시 후 아스윈도 남자처럼 거대해지기 시작했다. 그와 다른 점이라면 아스윈의 경우는 옷까지 같이 커지지는 않는지 로브가 금방 발기발기 찢어져 버리고 말았다는 것이다. 로브가 찢어진 아스윈에게는 원피스 수영복 형태의 미스릴 갑옷만 남고 말았다.

에르윈을 비롯한 남자들은 팔다리를 죄다 드러낸 이 파격적이고 전위적인 복장에 벌어진 입을 다물지 못했다.

"이것까지 따라하다니, 제법이군."

남자는 감탄했다. 남자와 비슷한 사이즈로 커진 아스윈은 모습뿐 아니라 성격까지 변해 버렸는지 평소와 다르게 투지에 불타는 강렬한 눈빛으로 남자를 노려보았다.

"시작해 볼까?"

그가 말을 채 끝내기도 전에 갑자기 아스윈이 남자에게 달려가더니 힘차게 옆차기를 하며 외쳤다.

"아스윈 킥~!"

느닷없이 옆구리를 걷어차이는 불의의 기습을 당하고 남자가 비틀거리자 아스윈은 주저없이 다음 공격에 들어갔다.

"아스윈 펀~ 치!"

아스윈의 주먹이 허공을 가르고 남자의 얼굴을 강타했다.

"으윽!"

아스윈의 공격은 숨 쉴 틈 없이 계속되었다.

"아스윈 헤드 락!"

아스윈은 남자의 머리를 팔로 감아 옆구리에 끼고 힘껏 조였다. 남자는 거기서 빠져나가려고 머리를 흔들며 몸부림을 쳤다. 그러나 그럴수록 아스윈은 더욱 힘을 주어 꽉 조여갔다. 그러자 남자는 몸을 옆으로 휙 돌리더니 팔꿈치로 아스윈의 옆구리를 강타했다. 얼굴을 찡그리며 아스윈이 물러서자 남자는 이때를 놓칠세라 주먹을 날렸다. 그러나 아스윈은 이것을 피하면서 손날로 남자를 공격했다.

"아스윈 춉!"

옆으로 세운 손날에 가슴을 얻어맞은 남자가 약간 흔들렸다. 아스윈은 두 손으로 그의 머리를 잡고 자신의 머리로 들이박으며 소리쳤다.

"아스윈 헤딩!"

들판에서 펼쳐지는 두 거대 전사들의 장렬한 싸움에 나설 자리를 잃은 나머지 사람들은 둘의 싸움을 그저 망연하게 지켜보고 있었다.

"굉장한 기술이네. 언제 저런 기술들을 익혔을까? 근데 모든 기술에 '아스윈' 이 꼭 붙네?"

감탄하는 헤르쿨레스의 곁에서 유피는 고개를 설레설레 저었다.

"저러고 싶을까?"

"커지면 원래 저렇게 되는 거요?"

크로드는 미카데에게 심각한 태도로 물었다.

"아마도……."

사실 미카데 자신도 처음 쓰는 마법이라 결과가 이렇게 되리라고는 생각지 못했다. 말끝을 흐리는 미카데에게 크로드는 단단히 다짐을 놓았다.

"앞으로 무슨 일이 있어도 절대로 내게는 저걸 쓰지 마시오."

알몸에 갑옷만 달랑 걸치고 레슬링을 하고 있을 자신을 상상하니 차라리 그냥 죽는 게 낫겠다는 생각이 절로 들었다.

"걱정 마세요."

미카데는 진지하게 대답했다.

"이 마법은 아무에게나 쓸 수 있는 마법이 아니에요."

그 말이 무슨 뜻일까 물어보려던 크로드는 사방에 쩌렁쩌렁 울리는 아스윈의 고함 소리에 그쪽으로 다시 주의를 돌렸다. 거인들의 레슬링은 이제 거의 막바지에 접어들고 있었다.

"아스윈 레그 드롭!"

다리를 길게 쭉 찢어서 남자의 가슴을 세게 걷어찬 아스윈은 견디지 못하고 쓰러진 남자에게 다가가 몸을 잡고 일으켜서는 그의 상체를 숙여서 땅 쪽으로 머리가 가도록 잡고 점프했다.

"아스윈~ 파일 드라이버!"

아스윈이 뛰어올랐다가 내려오는 순간 남자의 머리는 지면에 강하게 부딪치며 아예 땅을 파고들어 가 박혀 버렸다. 남자의 몸은 부들부들 떨리다가 힘없이 옆으로 쓰러졌다.

"으으~ 내가 졌다… 이렇게 무지막지하고… 힘센 여자는 처음 본
다……."

"감히 이 아스윈님에게 도전한 대가다."

엄숙하게 선언한 아스윈은 팔짱을 끼고 큰 소리로 호탕하게 웃었
다.

"하하하하!"

아스윈이 웃는 동안 적의 몸은 차차 작아지더니 이윽고 흔적도 없
이 사라져 버렸다. 그리고 미카데가 걸어놓은 마력의 효력이 풀리면
서 아스윈도 조금씩 작아져서 보통 크기로 돌아갔다. 그때까지도 승
리 포즈를 취하며 웃고 있던 아스윈은 어느 순간 퍼뜩 정신을 차렸다.

"엥?"

썰렁함과 경악이 뒤섞인 표정으로 자신을 바라보는 사람들의 시선
을 느낀 아스윈은 슬그머니 포즈를 풀고 주위를 둘러보았다. 그녀의
시선이 자신들을 향하자 에르윈 이하 아르코온의 기사들은 어색한 표
정으로 황급히 고개를 돌려 다른 곳을 쳐다보았다. 마을 여자들도 마
찬가지였다. 크로드 일행만이 어이없어하면서도 용감하게 그녀에게
다가갔다.

"정말 수고했어, 아스윈. 멋진 솜씨였어."

유피의 칭찬에도 반응없이 고개를 푹 숙이고 있던 아스윈은 풀죽은
목소리로 슬그머니 물었다.

"…내가 지금까지 레슬링을 한 거야?"

헤르쿨레스가 얼른 대답했다.

"응. 진짜 근사한 플레이였어. 그런 현란한 기술은 처음 봐. 정말

대단해."

"크윽, 그걸 지금 위로라고 하고 있냐!"

흥분해서 헤르쿨레스의 멱살을 틀어쥔 아스윈이었으나 이내 힘없이 팔을 내렸다.

"너무 피곤해……."

아닌 게 아니라 그녀의 눈 밑은 새까맸고 얼굴은 황달 환자처럼 노랗게 떠 있었다.

"여러분, 어서 이곳을 나갑시다. 마법 공간이 사라지려 합니다!"

저쪽에서 카르네가 크로드 일행을 소리쳐 불렀다. 헤르쿨레스가 아스윈을 들쳐 업고 모두는 서둘러 원래의 갱도로 빠져나갔다.

사람들이 나오고 오래지 않아 햇살이 비치던 들판은 사라지고 입구가 있던 자리는 바위 암벽으로 바뀌어 버렸다.

완전 무장을 하고 잔뜩 긴장해서 쳐들어갔는데 정작 전투를 치른 것은 아스윈 한 사람뿐이라 기사들은 안도하는 한편, 다소 맥이 풀려서 마을로 돌아갔다.

그날 저녁, 마을에서는 여자들이 무사히 구출된 것을 축하하여 성대하게 잔치를 벌였다. 그러나 정작 대활극의 주인공인 아스윈은 마을에 와서도 깊은 잠에 빠져든 채 깨어나지 못했다. 아스윈을 제외한 크로드 일행은 에르윈 왕자가 주최하는 연회에 참석해 약속받은 금화를 받았다.

연회라고는 해도 마을 촌장의 집에서 열린 소규모 모임이었다. 주인공이 빠진 자리라서 그런지 술과 음식을 먹으며 담소를 나누는 정도에서 연회는 끝났다.

연회가 끝나고 유피와 같은 방에서 잠자리에 들려는 크로드에게 뜻밖에도 에르원이 방문했다. 아가스에 여자 역사를 찾으러 왔던 근위 기사 오넥과 함께였다.

"갑자기 찾아와 미안하게 되었소. 네크로스 경과 긴히 할 이야기가 있는데 잠시만 자리를 비켜주시겠소?"

방에 들어선 오넥이 유피에게 양해를 구했다.

"그러죠. 크로드, 그럼 전 헤르쿨레스의 방에 갔다 올게요."

유피는 얼른 방을 나갔다.

"앉으실 곳이 없는데……."

크로드는 방을 보면서 조금 난감해했다. 침대 두 개가 양편으로 놓인 작은 방에는 테이블도 의자도 없었다.

"괜찮습니다. 침대에 앉아서 이야기하도록 하지요."

에르원은 미소 지으며 유피가 있었던 침대에 가서 앉으며 크로드에게도 앉도록 권했다.

"앉으십시오."

크로드는 에르원에게 가볍게 고개를 숙이고 그의 맞은편 침대에 앉았다.

"네크로스 경, 아르코온은 처음이시지요?"

"그렇습니다."

"아르코온의 인상은 어떻습니까? 바르트에 비해서 다른 점이 많습니까?"

"글쎄요. 솔직히 아르코온에 온 지 오래되지도 않았고, 여행 도중에 지나던 길이라 잘 모르겠습니다. 하지만 안정된 느낌은 듭니다."

왕자는 고개를 끄덕였다.

"확실히 주변 국들에 비해서는 역사도 있고 비교적 안정되어 있기는 하지요. 그러나 네크로스 경도 아시다시피 그것만으로는 충분치 못한 시대라는 것이 문제입니다. 우리가 가만히 있는다고 해도 주위는 언제나 움직이고 있으니까요."

그는 크로드의 눈을 똑바로 보면서 말을 이었다.

"나는 아르코온이 앞으로도 살아남고 더욱 발전해 나가기 위해서는 변화가 필요하다고 생각합니다. 내부적으로는 전통의 중시에서 오는 경직성을 완화시키고, 외부적으로는 새로운 바람을 맞이할 필요가 있다는 것이지요. 네크로스 경, 만일 바르트에서 불편한 점이 있으시다면 아르코온에 대해서도 고려해 보시기 바랍니다. 아르코온은 당신에게 충분한 예우를 제공할 의향과 자원이 있습니다."

에르윈의 직설적인 제안에 크로드는 약간의 당혹감을 느끼며 대답했다.

"감사한 말씀입니다만, 과연 제게 그만한 자격이 있겠습니까?"

"겸손이 지나치시군요. 과거 6년 간 바르트에서 보여주신 활약이 있지 않습니까? 그 정도면 증명은 충분하다고 봅니다. 솜씨가 뛰어난 기사라면 아르코온에도 많이 있습니다. 그러나 대규모 병사들을 능수능란하게 다루는 무장은 다른 문제지요. 내가 알기로 네크로스 경께서는 바르트에서도 특히 용병 집단의 지휘를 맡아 몇 년째 이끌고 계신 것으로 알고 있습니다. 용병들을 제대로 묶어서 통솔하는 일의 어려움은 어느 정도 들어서 알고 있습니다."

에르윈은 크로드의 반응을 살피려는 듯 그의 얼굴을 똑바로 바라보았다. 크로드는 표정의 변화 없이 묵묵히 생각에 빠진 모습이었다. 잠시 후 크로드는 차분한 어조로 대답했다.

"지금은 저도 다른 볼일이 있어 여행을 하는 도중이기 때문에 확답은 드리기가 곤란합니다. 그러나 전하의 말씀은 마음에 담아두고 있겠습니다."

"알겠습니다. 이런 문제에 바로 대답이 나오기는 어렵지요. 나의 제안은 앞으로도 계속 유효하니, 여행을 하시면서 잘 생각해 보시기 바랍니다. 좋은 대답을 기다리고 있겠습니다."

왕자는 산뜻한 태도로 그렇게 말하고 일어났다.

"늦은 시각에 실례가 많았습니다. 제가 하고 싶은 이야기는 대강 드렸으니, 이만 가보겠습니다."

"아닙니다. 찾아주셔서 영광입니다."

크로드는 에르원과 오넥을 배웅하고 자신의 침대에 돌아와 앉았다.

'아르코온의 태자는 바르트의 조슈아 전하와는 퍽 다른 타입의 사람이로군. 굳이 따지자면 베른히너 폐하와 비슷한 타입일지도.'

그런 생각을 하고 있는데, 문을 살짝 두드리고 유피가 고개를 쏙 들이밀었다.

"이야기가 끝난 모양이네요?"

유피는 크로드 혼자 있는 것을 확인하고 방으로 들어왔다.

"헤르쿨레스 녀석은 또 어딜 나가고 없더군요. 밤에 쏘다니는 걸 왜 그렇게 좋아하는지 모르겠어요. 게다가 오늘은 트렌도 방에 없더라구요. 트렌은 잠을 자는지 어떤지는 몰라도 보통은 방에 잘 있던데 헤르쿨레스랑 같이 나갔는지 지금은 없어요. 대체 둘 다 어딜 간 건지… 여긴 별로 볼 데도 없더구만."

자신의 침대에 걸터앉은 유피는 신발을 벗으면서 말했다. 호기심이 많은 그의 성격상 에르원과 어떤 이야기가 오갔는지 물어볼 법도 한데, 유피는 그 일에 대해서는 전혀 언급하지 않고 침대에 벌렁 드러누웠다. 그대로 조용하기에 잠든 줄 알았는데, 이내 유피는 혼자서 키득거렸다.

"여기 사람들 말이에요. 아까 아스원이 싸우는 모습에 굉장히 충격을 받았나 봐요. 기사들이 자기들끼리 그 이야기를 하면서 꽤나 감탄하던걸요. 앞으로 두고두고 이야깃거리가 될 것 같아요. 그 거대화 마법이라는 거, 진짜 무서운 마법인 것 같아요. 어떻게 성격이 그렇게 변하는지."

상상만 해도 웃음을 참을 수 없는지 유피는 잠들기 전까지 간헐적으로 쿡쿡거렸다.

그 시각, 트렌은 아무도 없는 광산의 갱도에 혼자 있었다. 그곳은 한 점의 빛도 새어들지 않는 완벽한 암흑의 공간이 되어 있었다. 아스원이 괴력을 발휘해 입구를 열었던 지점에 멈춰 선 그는 평범한 암벽이 되어버린 그곳에 손을 대어보았다.

"그리고리(Grigori: 신의 아이, 파수꾼(Watcher)으로도 불리며, 응시하는 자, 눈뜨고 있는 자, 잠들지 않는 자를 의미한다. 9개의 천사 계급과는 별도인 10번째 천사 계급이었다는 설도 있고, 하위의 엔젤단에 속한 노동자 계급이라고도 한다. 인간들을 교육하기 위해 파견된 천사들이었다고 하며, 많은 비밀의 지식들을 전수했으나 인간 여인들에게 유혹되어 그들을 아내로 삼아 타락했다고 전해진다) 중 누군가의 장난인 것 같군요."

문득 뒤에서 들려오는 목소리에 트렌은 고개를 돌렸다. 키가 크고 마른 체형의 남자가 그에게 우아한 자세로 인사했다. 목덜미를 살짝 덮는 짙은 푸른색 고수머리를 가진 그는 깔끔하면서도 편안하고, 왠지 나른한 분위기의 소유자였다. 그는 얼른 보기에는 30대 초반쯤으로 보였지만 자세히 볼수록 나이의 경계가 희미해지면서 마침내는 소년처럼 보이기도 하는 기묘한 느낌을 풍겼다.

그가 나타나자 어두웠던 갱도 내에는 희미한 백색의 빛이 입자를 흩뿌리며 피어났다.

트렌은 그와 잘 아는 사이인 듯 인사도 생략하고 그의 말을 받았다.

"그가 그리고리인 것은 나도 알고 있습니다. 문제는 누가 그를 불러냈느냐이지요. 아시는 바가 있습니까, 조피엘?"

"라신이 나왔습니다."

조피엘의 대답을 들은 트렌의 눈빛이 달라졌다.

"라신이라면 '인류를 유혹하는 자(그리고리의 지도자, 사령관인 아자젤(Azazel)의 별칭)'의 부하가 아닙니까?"

"그렇습니다. '아자젤의 전령사'이며, 그리고리들의 지휘관 중 하나이지요."

"그 정도의 마신이라면 자신이 혼자서 나올 수는 없었을 테고, 누군가 그를 불러낸 인간이 있겠군요."

"예, 어느 인간이 자신을 제물로 하여 그를 불러냈습니다. 현재 라신은 매개가 된 인간의 육신을 사용하고 있습니다."

"그런 일을 하면 그 인간 자신은 죽게 될 텐데, 그렇게까지 해서 그를 부른 인간의 목적이 무엇이었습니까?"

"복수입니다. 젊고 능력이 뛰어난 인간 남자로서, 네필림(Nephilim: 그리고리와 인간 사이의 자손. 터무니없이 큰 거인으로 지상을 파멸시켰다고도, 고대의 용사였다고도 한다. 여기서는 후자를 의미)의 후예인 자였는데, 대단히 극한 상황에 몰려 있었던 모양입니다. 라신은 그 인간의 소망을 들어주고 그의 육신을 받은 것으로 보입니다. 덕분에 라신이 나타난 곳에서는 한바탕 소동이 있었지만, 여기서 매우 멀리 떨어진 곳의 일이기 때문에 이곳까지 알려지는 일은 없을 겁니다."

조피엘의 보고를 들은 트렌의 낯빛은 더욱 심각해졌다.

"오랜 드래곤의 사자에 이어 아자젤의 전령사까지 나오다니, 마계에서 중대한 일이 일어나고 있는 것은 분명한 것 같군요. 라신의 목적을 무엇이라 보십니까?"

"분명히 어떤 목적이 있는 것으로 보입니다만, 아직은 저로서도 알 수가 없습니다. 조금 더 지켜봐야 하지 않을까 싶습니다."

"포스포로스의 사자와 관련이 있는 것 같습니까?"

"글쎄요… 옐과 라신은 개별적으로 특별히 친분이 있는 사이도 아니고, 서로 다른 군주를 모시고 있습니다. 루시퍼님과 아자젤님 사이에 모종의 협의가 있지 않는 한 둘이 힘을 합할 리는 없습니다."

"그렇겠군요."

트렌도 수긍했다.

"라신은 그렇다 치고, 옐이 이대로 포기하지는 않을 텐데 어떻게 할 의향이십니까? 만일 당신에 대해 마계에서 알게 되면 곤란해지지 않겠습니까?"

"알고 있습니다. 일단은 조심할 수밖에요. 이쪽이 먼저 꼬투리를 잡혀서 손을 놓고 물러나는 일이 있어서는 안 되겠지요. 그런데… 오랜 드래곤이 이 시점에서 자신의 무기를 되찾고자 하는 이유는 무엇일까요? 그의 진영에 어떤 변화가 있습니까?"

"겉으로 보기에는 별다른 이상은 없어 보였습니다. 다만 약간 신경이 쓰이는 것은… 오랜 드래곤의 어둠인 '사멸의 불꽃'이 근래 보이지 않습니다.”

“'데스 드래곤' 말입니까? 언제부터지요?”

“그렇게 오래되지는 않았습니다. 처음에는 저도 깊이 생각하지는 않았습니다만, 당신의 말씀을 듣고 문득 생각이 나서 드리는 말씀입니다.”

“내분인가요?”

조피엘은 애매한 표정으로 고개를 저었다.

“그런 것이라면 조짐이 보이지 않을 수가 없습니다. 오랜 드래곤의 지배력에 이상이 발생한 것 같지는 않습니다. 물론 데스 드래곤의 종잡을 수 없는 기질로 볼 때 아직은 뭐라 단정 짓기는 이릅니다만.”

“소피아에 이어 두 번째로군요. 이전에 카마엘이 소피아의 소멸과 데스 드래곤이 모종의 관계가 있는 것 같다는 보고를 했었는데, 그 일과의 연관 가능성은 없습니까?”

“그것도 역시 현 단계에서는 뭐라고 말씀드리기 어렵습니다. 소피아의 소멸은 분명히 오랜 드래곤에게 심각한 사태일 터이지만, 자세한 사정은 알려져 있지 않습니다.”

“당신과 카마엘에게 잘 보이지 않는다는 것은 오랜 드래곤 측이 굳이 숨기려는 무엇인가가 있다는 뜻이겠군요. 이대로 넘어갈 일은 아닌 것 같습니다. 라신의 행보를 포함해 각별히 주의를 기울여 살펴보도록 하십시오.”

“알겠습니다. 부디 당신께서도 조심하시기를.”

조피엘은 친근한 미소를 머금어 보이고 사라졌다. 혼자 남은 트렌은 생각에 잠겨 어둠의 미로가 되어버린 갱도를 조금 더 거닐다가 숙소로 돌아갔다.

*　　　　*　　　　*

　마을에 돌아온 이후에도 사흘 밤낮을 내리 축 늘어져서 잠만 자던 아스윈은 사흘째 한낮이 되어서야 겨우 일어났다.

　"으흐흑… 날 그렇게 망가뜨리다니……. 미카데, 당신… 내 미모를 질투한 거죠?"

　죽을 가져다 주는 미카데에게 흐느끼면서 항의한 아스윈은 그러면서도 왕성한 식욕으로 죽을 네 그릇이나 비웠다.

　"참 잘 먹네. 어디로 그게 다 들어가냐?"

　유피는 그녀가 먹는 모습을 지켜보며 혀를 내둘렀다.

　"…배가 고프니까 그렇지."

　와구와구 죽을 퍼먹고 난 아스윈은 그제야 여유를 되찾고 유피와 헤르쿨레스에게 물었다.

　"크로드와 트렌은 뭐 해?"

　"응, 말을 돌보고 있어. 너만 괜찮아지면 내일이라도 출발할 거래."

　헤르쿨레스의 대답에 아스윈은 눈을 빛냈다.

　"난 지금이라도 괜찮아. 그런데 돈은 전부 받았어?"

　"당연하지. 네 활약 덕분에 피해없이 일을 끝낼 수 있었다면서 에르윈 왕자님이 처음 약속보다 더 주셨어."

　유피가 말했다.

　"약속대로 금화 나눠줄 거지?"

　조금 불안한 기색으로 분배 문제를 확인하는 아스윈을 보고 유피는 쓴웃음을 지었다.

"물론이야. 크로드는 그런 걸로 다른 말 할 사람 아냐. 너 깨어나면 너 보는 앞에서 나눠주라고 했어."

"네가 말했던 그건……?"

팔씨름할 때 유피가 약속했던 천 닢을 기억하고 있던 아스윈은 그래도 그것까지 챙기기는 조금 미안했던지 유피의 눈치를 살피면서 물었다.

"뭐? 아, 그 금화 천 닢? 참 악착 같다니까……."

유피는 질렸다는 표정을 하기는 했지만, 아스윈의 이런 점을 몰랐던 바도 아닌지라 새삼 놀라지는 않았다. 그는 미리 방 한구석에 가져다 두었던 상자를 헤르쿨레스와 함께 옮겨와서 침대 옆에 놓고 뚜껑을 열었다.

"자, 이번에 받은 금화 전부야. 나눌 것도 없이 그 천 닢까지 넣어서 이거 너 다 줄게. 너 자는 동안 우리끼리 의논해서 그러기로 했어."

"크로드가 그래래?"

"응. 나랑 헤르쿨레스도 그렇고, 미카데 씨랑 트렌도 특별히 돈 챙기는 이는 없으니까."

"고마워."

아스윈은 멋쩍게 웃으면서도 결코 사양하지는 않았다. 그녀는 침대에서 몸을 굽혀 금화를 대여섯 닢 집어 유피에게 내밀었다.

"전에 내가 너한테 돈 빌렸던 거 이제 갚을게. 고맙게 잘 썼어."

"빌려준 것보다 많은 것 같은데?"

"이자라고 생각해."

아스윈은 뿌듯한 얼굴로 그녀답지 않게 인심을 썼다. 유피는 갸웃거리면서 받았다.

"주니까 받기는 하겠는데… 넌 참 묘한 데가 있는 것 같아."

"뭐가?"

"정확하게 설명하기는 어렵지만, 특히 돈 문제에 관한 한은 묘하게 모순적인 부분이 있다는 말이지."

"인간은 원래 모순적인 존재야. 생각이 많은 사람일수록 더하지."

아스윈은 약간 뻐기듯이 말했다.

둘의 셈이 끝나자 헤르쿨레스는 시무룩해져서 아스윈에게 물었다.

"이제는 어떡할 거야, 아스윈? 돈이 많이 생겼으니까 우리랑 헤어지는 거야?"

"응?"

그 순간 자신이 더 이상 빈털터리가 아니라는 사실을 깨달은 아스윈은 금화가 담긴 상자를 내려다보면서 재빠르게 계산에 들어갔다. 불과 얼마 전까지만 하더라도 생각지도 못했던 거금이었다. 이 정도 돈이면 자신이 목표로 하는 아담하고 예쁜 집과 어지간한 살림살이는 끄떡없이 마련할 수 있을 터였다. 그 생각을 하니 저절로 입이 길게 찢어졌다. 그때 유피가 대뜸 말했다.

"헤어지긴 왜 헤어져? 아스윈 혼자 이 돈을 가지고 바르트까지 무사히 돌아갈 수 있겠어? 그러다 도둑이라도 만나면 어쩌려고?"

그 말에 아스윈의 사고는 짧은 상념에서 깨어나 엄혹한 현실로 돌아왔다. 유피의 말이 옳았다. 자기 혼자서 이 돈을 가지고 다닌다는 것은 위험천만한 일이었다.

"그냥 이대로 같이 가자. 어차피 크로드도 나중에 바르트로 돌아갈 건데, 그 편이 이 돈을 제대로 간수할 수 있는 길이야. 우리랑 헤어졌다가 나쁜 놈이라도 만나면 어떡해? 세상이 얼마나 험한데."

"유피 말이 맞아. 그게 안전할 거야."

유피에 이어 헤르쿨레스도 남기를 권했다.

크로드를 노리는 강력한 마신이 있다는 것을 생각하면 일행에 남는 것도 그다지 안전하다고는 생각되지 않았지만, 그렇다고 혼자 떠나는 것도 불안하기는 마찬가지였다. 미우나 고우나 그간 지내온 정도 있고, 낯선 나라에서 혼자가 될 것이라는 불안도 거들어 아스윈은 못 이기는 척 그들의 제의를 받아들였다.

"그래, 너희들 말이 맞는 것 같아. 내가 꼭 필요하다니, 그러지 뭐."

"그런 뜻의 말이 아니었는데……."

유피의 썰렁한 반응을 무시하고 아스윈은 방금 비운 죽 그릇을 미카데에게 건네고 침대에서 나왔다.

"벌써 걸을 수 있겠어요?"

미카데는 그녀를 걱정했다.

"이젠 아무렇지도 않아요. 한숨 잘 자고 일어난 기분인걸."

아스윈은 팔을 가볍게 앞뒤로 흔들면서 가뿐하게 대답했다.

"그래도 그렇게 격렬하게 레슬링을 했는데 좀 더 쉬는 게 좋지 않겠어?"

헤르쿨레스의 염려 어린 발언에 아스윈의 얼굴은 순간 딱딱하게 굳어졌다. 거인이 된 상태에서 자신이 펼쳤던 과격한 액션이 기억 속에 되살아난 것이다.

"이러고 있을 때가 아냐. 빨리 이곳을 떠나야 해!"

그녀는 갑자기 서두르며 어서 이 마을을 떠나자고 성화를 부렸다. 그 레슬링에 대해 알고 있는 사람들과는 앞으로 평생 마주치고 싶지 않았다. 그때부터 시작된 아스윈의 득달같은 재촉에 못 이겨 일행은 마을에서 바로 서쪽으로 떠나기로 했다.

짐을 꾸려 마을을 떠나려는데 촌장이 아스윈에게 보여줄 것이 있다며 일행을 광장으로 안내했다. 광장에는 마을 사람들 전원과 기사들이 모여 있고 하얀 천을 씌운 큰 물건이 있었다.

"차력 마도사님, 당신의 활약을 기리고 영원히 잊지 말자는 의미에서 이것을 마련했습니다."

촌장의 인사말이 끝나고 마을 사람들이 천을 벗긴 순간, 아스윈은 거의 눈이 튀어나올 뻔했다. 미스릴 갑옷을 입고 두 팔을 높이 치켜든 아스윈의 동상이었던 것이다.

"차력 마도사님, 만세~ 만세~!"

마을 사람들의 환호성이 울려 퍼지는 가운데 아스윈은 처절하게 절규하며 혼자서 저 멀리 달려가 버렸다.

"제발 잊어줘~!"

제11장

섀도

(1)

대륙 서남의 국가 베이리어의 도시 더버.

서부의 여러 대국 중 하나인 베이리어에서도 몇 손가락 안에 꼽히는 큰 도시인 더버의 외곽에는 세워진 지 800년이 넘는다고 전해지는 더버 수도원이 있었다.

처음 수도원이 건립되었을 당시는 오지의 벽촌에 불과했던 더버는 이후 교통의 요지가 되면서 발달해 현재는 베이리어의 주요 도시가 되어 있었고, 도시의 건설 이전부터 존재하면서 오랜 세월 동안 더버와 역사를 더불어 해온 수도원은 더버 사람들에게는 언제나 그곳에 자연스럽게 존재하는 풍광의 하나였다.

깊은 밤, 대부분의 사람들이 잠들어 인기척이라고는 찾아볼 수 없는 시간, 암흑에 휩싸인 사원의 대형 회당 가운데 엘이 나타났다. 일반 신도들이 앉는 긴 의자들이 놓인 회중석과 성가대석을 지나 정면의 단상으로 이동해 간 그녀는 설교단과 그 앞에 놓인 백색 대리석 제단의 주변을 천천히 돌았다.

백색의 대리석 덩어리 하나를 통째로 깎아서 만든 제단은 길이가 4미터이고 폭 1.5미터, 높이 1미터에 달하는 거대한 것으로, 네 귀퉁이에는 날개가 달린 짐승의 조각이 각각 붙어 있었다. 옐의 발걸음은 제단 앞에서 멎었다.

"여기로군."

옐의 시선이 닿자 바닥에 단단히 고정되어 있던 육중한 대리석 제단은 바닥에서 밀리듯이 좌우로 조금씩 움직이다가 공중으로 떠올랐다. 제단을 공중에 머물게 해놓고, 옐은 제단이 놓여 있던 자리에 가서 섰다. 오랫동안 제자리에서 움직인 적이 없기 때문인지 단상 전체와 주변에 두루 깔린 붉은 카펫도 제단 아래의 바닥에는 깔려 있지 않았다.

제단이 있던 자리에는 일정한 크기로 다듬은 회색의 돌이 규칙적인 배열을 이루며 깔려 있었다. 그리고 그 가운데에는 같은 재질의 돌로 만들어진 커다란 정사각형 돌이 있었다. 사방 1.5미터인 정사각형 돌은 표면을 매끄럽게 깎고, 그 위에 갖가지 빛깔로 채색된 마법의 문자와 그림이 가득 그려져 있었다. 그것은 주위의 돌과 틈을 두지 않고 밀착해 있어서 그냥 보기에는 장식적인 의미로 만든 바닥재로 보였다. 그러나 옐이 다가서자 돌에 새겨진 마법 문자는 그녀의 존재에 반응하여 밝은 백색 빛을 발했다.

"여기인가, 섀도의 봉인이 있는 곳이?"

옐이 허리를 굽혀 그 돌에 손대려 하자 문자에 감돌던 백색의 빛은 갑자기 공격적인 섬광을 발하며 튀어나와 그녀의 손을 공격했다. 그것에 닿은 옐은 감전이라도 당한 사람처럼 다급히 손을 치우고 물러섰다.

"강한 봉인이군. 역시 인간의 손을 빌리지 않으면 열기 어렵겠어."

옐은 꽤나 타격을 받은 모양으로 손을 만지작거렸다. 제단을 본래의 자리로 돌려놓은 다음, 옐은 그 자리에서 몸을 띄워 수직으로 날아올라가 사원 지붕을 통과해서 지붕에 올라섰다.

회색의 석재로 지은 사원 건물은 정면 입구의 좌우 끝에 팔각형의 탑이 높이 솟아올라 있고, 대륙 동쪽 일대의 일반적인 사원들의 경사진 지붕과는 달리 지붕이 평평했다. 사원 건물의 왼편에는 수사들이 생활하는 수도원이 있고, 그 뒤쪽에는 장서관이 있었다. 수사들도 이미 잠자리에 든 지 오랜 시간이 지난지라 불이 켜진 방은 없었다.

옐의 검은 원피스 자락이 크게 펄럭이는가 싶더니 별안간 사방에서 시커먼 구름이 몰려와서 하늘을 뒤덮고 강한 돌풍이 발생했다. 옐이 있는 곳을 중심으로 일어난 바람은 무시무시한 기세로 사방을 두들기면서 억센 손아귀로 모든 것을 거칠게 뒤흔들었다. 먹구름에 가려진 하늘은 분노한 짐승처럼 사납게 으르렁거리다가 천지를 찢는 굉음을 내지르며 벼락을 쏟아냈다.

휘몰아치는 세찬 바람에 옐의 머리칼과 옷자락은 춤을 추듯 어지럽게 너울거렸다. 옐은 손을 앞으로 내밀어 섬광을 발생시켰다. 그녀의 손끝에서 짙은 푸른빛 전기가 번득였다. 옐은 아래로 손을 돌려 그것을 지붕으로 떨어뜨렸다.

검은 전기 덩어리는 지붕에 흡수되듯이 잠겨들었다. 그러더니 이내 그곳을 중심으로 쩌억 소리를 내며 굵은 균열이 발생하고, 제단 바로 위의 지붕이 부서져 아래로 떨어져 내렸다. 그곳을 통해 다시 회당 내부로 내려간 옐은 제단 위에 지붕의 파편들이 낙하해 있는 것을 보곤 미소 지었다. 그러나 그 미소도 잠시, 그녀의 표정은 차갑게 굳어졌다.

옐의 눈동자에 붉은빛이 일어났다. 바닥에 떨어진 파편들이 공중으로 떠올랐다. 그 아래에는 여러 조각으로 부서진 제단이 보였다. 옐은 제단도 떠오르도록 했다. 제단은 대여섯 조각으로 나뉘어 부상했다. 그러나 그 아래 바닥에 박혀 있는 정사각형의 돌은 아무런 손상 없이 매끈했다.

"주문이 보호하고 있는가 보군."

옐은 눈살을 찌푸리고 그 앞에 내려섰다. 그녀의 접근에 마법 문자는 다시 빛을 발했다.

"조금은 손을 가할 수밖에 없다는 이야긴가."

떨떠름하게 중얼거린 그녀는 눈을 감고 잠시 호흡을 가다듬었다. 옐의 오른손에 암흑의 벼락이 일어나 정사각형 돌을 가격했다. 그러나 돌의 문자가 눈부시게 빛나면서 옐의 공격을 삼켜 버렸다.

"소용이 없군."

옐은 어쩔 수 없이 자신의 손에 암흑기를 머물게 하고 그것이 충분히 형태를 갖추기를 기다렸다. 그리고 조금 뒤로 물러섰다가 있는 힘을 다해 돌진했다. 마법 문자에서 백색의 섬광이 칼날처럼 날카롭게 뻗어 나와 옐을 덮쳤다. 옐의 작은 몸 여기저기에서 피가 튀었다. 그리고 그 섬광은 옐의 손에도 가차없이 박혀들었다. 그러나 옐은 이를 악물고 비명을 참으면서 기어이 접근해 들어가서 돌의 한 귀퉁이를 강하게 내리찍고 재빨리 크게 물러섰다.

옐은 오른손과 얼굴 등에 생긴 상처에서 흐르는 피를 핥아내면서 눈을 가늘게 뜨곤 증오의 눈길로 마법의 빛을 노려보았다. 옐의 가격을 받은 돌은 한쪽 모서리가 부서져 위로 약간 튀어 올라 있었다.

"굉장한 의지시군 그래."

씹듯이 내뱉은 옐은 공중에 떠올라 있는 깨어진 제단과 천장의 파편들을 제자리에 돌려놓고 단상 쪽으로 몸을 돌렸다.

옐의 눈길은 단상의 뒤쪽에 정면을 바라보고 세워진 높이 5미터의 흰 대리석 석판에 멎었다. 그것의 표면에는 아름답게 채색한 세피로트 나무(Sephirothic Tree:정신계의 3차원적 이미지의 실태를 도형적으로 표현한 것에 대해 카발리스트들이 부여한 호칭)가 새겨져 있고, 양 옆에는 석판과 같은 높이의 날개가 달린 아름다운 대리석 천사 조각이 석판을 잡고 있는 자세로 놓여 있었다.

석판에 다가간 옐은 손을 뻗어 그 표면에 대고 살짝 앞으로 끌어당기는 동작을 취했다. 높이 5미터, 두께 50센티미터에 달하는 거대한 석판과 그에 달린 천사 조각은 옐의 손짓에 따라 앞뒤로 가볍게 흔들렸다. 손을 내민 채 옐이 크게 물러서자 그것은 그녀를 따라 앞으로 크게 기울어지더니 균형을 잃고 제단 위로 넘어졌다. 그 거대한 형체가 쓰러지면서 일어나는 요란한 소리는 때마침 내리친 천둥 소리와 어우러져 사방을 뒤흔들었다.

"이쯤이면 되겠지. 과연 대단한 항마력(降魔力)을 지닌 봉인이지만, 정작 같은 인간의 손에 걸리면 어떻게 될까 볼 만하겠는걸."

옐은 아직도 통증이 흐르는 몸을 추스르고 그곳에서 사라졌다.

잠시 후, 사원 건물의 한 방에서 숙직을 하고 있던 젊은 수사 두 명이 회당 내부의 문을 열고 들어섰다.

"이크, 웬 바람이야. 어디서 이렇게 들어오는 거지?"

회당 안은 부서진 지붕을 통해 밀려 들어온 거센 바람으로 가득했다. 두 사제가 들고 있는 촛불은 바람에 견디지 못하고 금방 꺼져 버렸다. 둘 중 한 명이 부싯돌로 불을 켜려고 했지만, 바람이 너무 세서 도저히 불을 붙일 수가 없었다.

"천장이 부서졌어."

그들의 시선은 뻥 뚫려 있는 천장으로 향했다.

"제단 위쪽인 것 같은데."

두 사람은 깜깜한 회당 내부를 손으로 더듬어가며 단상이 있는 방향으로 갔다. 그때 벼락이 내리치면서 순간적으로 눈앞이 밝아졌다. 그 덕분에 잠시나마 단상의 상태를 제대로 볼 수 있게 된 두 사람은 거의 동시에 멈춰 서고 말았다.

"오, 맙소사!"

무너져 내린 천장에 더해 단상 뒤에 세워져 있던 석판이 앞으로 넘어져서 산산이 부서져 있었다. 그 밑에 깔린 설교단과 제단이 무사하지 못하리라는 것은 누구라도 짐작할 수 있었다.

"원장님께 빨리 알려드립시다."

수사들은 허겁지겁 회당을 나갔다.

잠시 후 이 사실을 전해 듣고 회당에 달려온 수도원장과 부원장은 이 광경을 직접 목도하고 망연자실해서 무너진 제단을 멀거니 바라보았다.

"이게 어찌 된 일이람……."

수도원장은 머리 뒤까지 벗겨진 이마를 문지르며 낭패스럽게 중얼거렸다. 자그마한 체구에 단정한 인상을 가진 그는 60을 넘은 노인으로 남아 있는 머리칼도 반이 넘게 세어 있었다.

"제단이며 설교단이며 전부 부서졌군요."

부원장 기라르는 바닥에 어지럽게 흩어진 파편들을 바라보며 허탈해했다. 40대 후반인 그는 키가 훤칠하니 커서 원장보다 머리 하나는 더 컸고, 체격도 건장했다. 짧은 턱수염도 짧게 자른 머리칼도 검은색으로, 사제라기보다 기사를 연상시키는 강한 인상의 남자였다.

"이러고 있을 일이 아니오. 어서 여기 있는 물건들부터 치웁시다. 저렇게 천둥이 치는 걸 보면 비가 내릴지도 모르겠소."

원장은 단상으로 다가서며 수사들을 재촉했다. 수사들은 바람에 지금이라도 꺼져 버릴 것 같은 횃불을 들고 어렵사리 내부를 비춰가며 회당 내의 물건들을 날랐다.

아침이 되자 하늘은 지난밤의 소동이 거짓말처럼 화창하게 개었다. 새벽녘에 잠깐 눈을 붙였다가 일어나 아침 식사를 마친 수사들은 다시 회당에 모여들어 제단을 비롯해 단상 주위를 치우기 시작했다. 설교대는 물론이고 대리석으로 만든 제단도 완전히 깨어져 있었다. 수사들은 우선 형체를 알아볼 수 없을 지경으로 망가진 설교대부터 바깥으로 옮겼다.

"지붕과 단상의 수리가 끝날 때까지는 사원을 폐쇄할 수밖에 없겠습니다."

기라르의 말에 원장은 고개를 끄덕이고 한숨을 쉬었다.

"그래야겠지요. 이게 무슨 변고인지. 한 번도 이런 일이 없었는데."

깨어진 제단을 치우는 작업은 대단히 어려웠다. 여러 조각으로 깨어졌다고는 해도 육중한 대리석 조각을 들어서 옮기기란 쉽지 않았던 것이다. 젊은 수사들이 거의 총동원되어 하나둘 치우고 나자 바닥이 드러났다.

"원장님, 여기 이상한 것이 있습니다."

수사 한 명이 원장을 불렀다.

그곳에 가보니 모퉁이가 깨어지고 금이 간 정사각형의 돌이 있었다. 돌은 깨어진 모퉁이 때문에 제자리에서 약간 뒤틀려져 위로 들려 있었다. 그것은 두께가 4센티미터 정도로 바닥에 깔린 나머지 돌에 비해 훨씬 얇았으며, 석재가 아니라 석판에 가까웠다.

돌의 표면에 새겨진 문자와 그림을 유심히 살펴보던 원장은 고개를 갸웃거렸다.

"이것은 흡사 주문 같은데…….."

"어쨌든 끝이 깨진 것 같으니 일단 들어내서 손을 봐야 하지 않겠습니까?"

부원장인 기라르가 말했다.

"그렇군. 들어내서 치웁시다."

그래서 젊은 수사 두 명이 양쪽에서 도구로 걸어 조심스럽게 들어 올렸다. 뜻밖에도 그 아래에는 지하로 내려가는 좁은 계단이 있었다. 원장을 비롯한 사람들은 모두 놀라서 그곳에 모여들었다.

"제단 아래에 이런 곳이 있었다니, 원장님께서는 알고 계셨습니까?"

기라르의 질문에 원장은 머리를 흔들었다.

"아니오. 그런 이야기는 들은 바가 없소."

"이렇게 제단 아래에 숨겨놓은 것을 보면 뭔가 비밀스러운 것이 있다는 이야기일 텐데…….."

턱수염을 만지작거리면서 호기심 어린 시선으로 계단을 내려다보던 기라르는 원장에게 말했다.

"어찌 되었든 수도원에 있는 것이니 이 아래에 무엇이 있는지 조사해 봐야 하지 않겠습니까?"

"……."

원장은 옆에 치워져 있는 정사각형 석판을 바라보며 잠시 침묵했다. 육중한 제단 아래에 이런 식으로 감추어놓은 데는 무엇인가 중대한 이유가 있을 것이라는 생각이 들었던 것이다. 그러나 다른 수사들의 얼굴을 둘러본 그는 이대로 덮을 수만은 없겠다고 판단했다.

"알겠소. 부원장과 내가 같이 내려가 보도록 합시다."

그래서 원장과 부원장 기라르는 계단을 내려갔다. 계단의 폭은 무척 비좁아서 1미터에 불과했고, 나선형으로 빙글빙글 돌아 내려가는 형태였다. 부원장이 횃불을 들고 앞장서고, 원장은 그의 뒤를 따랐다. 두 사람은 한참을 내려간 끝에 아래에 도달했다. 그곳에는 돌로 만든 석벽이 가로막고 있었다.

"이것이 입구인 모양이군요."

부원장은 횃불을 들고 석벽을 자세히 비추어서 입구를 찾아냈다. 직사각형의 석판을 벽면에 맞게 만들어 끼워놓은 것이었다. 작은 문 정도 크기인 석판의 가운데 높이쯤에는 양 가 쪽에 손을 끼울 만한 길쭉한 구멍이 나 있었다. 부원장은 들고 있던 횃불을 원장에게 건네고 구멍에 양손을 끼워서 석판을 들어냈다.

벽면 옆으로 석판을 치운 뒤 안으로 들어선 두 사람은 처음에는 깜짝 놀라서 한 걸음 뒤로 물러섰다. 문을 향해 한 사람이 앉아 있었기 때문이다. 놀란 가슴을 진정시키고 찬찬히 보니 그것은 바닥에 앉은 자세로 죽은 사람의 시신이었다. 죽은 이는 미라화가 진행되어 제 골격을 유지한 채 말라 있었다. 그는 수도사의 로브를 입고 손에는 커다란 홀을 쥔 채 앞으로 약간 몸을 숙이고 있었다.

"이분은 혹시……."

시신의 차림새와 지니고 있는 물건을 가만히 살펴보던 원장은 고개를 숙여 그에게 공손하게 절하고 기라르에게 말했다.

"부원장께서도 어서 예를 갖추시오. 저분께서는 우리 수도원을 세우셨던 길시언님이시오."

"예?"

기라르는 얼른 원장을 따라 인사하고 물었다.

"이 수도원을 세우고 얼마간 머무시다가 홀연히 어디론가 떠나셨다더니, 이곳에서 돌아가셨다는 말입니까?"

"그런 모양이오. 하지만 이곳은 그냥 무덤이 아니오."

원장은 시신이 앉아 있는 바닥을 가리켰다. 그곳에는 원형의 마법진이 그려져 있고, 죽은 이는 그 마법진의 가운데에 자리하고 있었다. 원장은 마법진을 밟지 않도록 주의하면서 그 안에 쓰여진 문자를 살펴보기 시작했다.

그동안 기라르의 주의는 길시언이 쥐고 있는 홀에 쏠려 있었다. 길이는 80센티미터 정도로 그다지 길지는 않았으나 자루 부분을 은으로 만들고, 길이와 지름이 10센티미터인 구형 두부는 놀랍게도 주먹만큼이나 큰 에메랄드로 이루어져 있었다. 구형 에메랄드의 중간 부분부터 그것을 감싸고 있는 부분은 백금이었다. 보석은 햇불의 불빛을 반사해 영롱한 초록빛을 발했다.

"굉장한 보물이군."

기라르는 탄식처럼 중얼거리고 침을 삼켰다.

보물은 그것뿐이 아니었다. 길시언이 입고 있는 짙은 갈색의 로브 위에는 보석이 박힌 브로치가 여러 개 달려 있었고, 마법진의 테두리에도 줄잡아 대여섯 가지가 넘는 보물들이 일정한 간격을 두고 가지런히 놓여 있었다.

"정말 아름다운 보물들입니다."

기라르가 감탄하며 길시언의 시신에 다가서려 하자 원장은 엄하게 그를 불러 세웠다.

"뭘 하려는 것이오? 그분께 손대서는 안 되오. 어서 뒤로 물러서시오."

머쓱해진 기라르는 손을 거두고 제자리에 섰다.

"내가 조금 전에 말하지 않았소? 이곳은 단순한 무덤이 아니오. 무엇인가를 가두어두고 있는 봉인이오."

"무슨 근거로 그런 말씀을 하십니까?"

기라르는 원장의 단정에 대해 불만스러운 어투로 물었다. 그러자 원장은 바닥의 마법진을 가리키며 말했다.

"이것들을 보시오. 신의 이름과 천상에 계신 불꽃의 왕들의 이름으로 이루어진 항마 주문이오. 그리고 길시언님의 시신도 그렇소. 이분은 돌아가신 다음에 이곳에 모셔진 것이 아니라 이곳에 앉은 채 스스로 죽음을 맞이하신 것이오. 길시언님은 도처에서 사악한 마(魔)를 제압한 능력으로 이름이 높으신 분이오. 그런 분이 이렇게까지 해서 막아야 할 그 무엇인가가 있었다는 뜻이오."

"그렇게까지 생각할 필요가 있겠습니까? 생전에 마계의 세력과 다툼이 많으셨던 분이니 시신을 보호하기 위한 조치일 수도 있지요."

"시신의 보호를 위해서라면 이런 고통스러운 마지막을 택하실 리가 없소."

단호하게 잘라 말한 원장은 성큼성큼 문으로 걸어갔다.

"이곳은 발견되어서는 안 될 곳이었소. 보지 못한 것으로 하고 폐쇄하도록 합시다."

"폐쇄한다구요?"

기라르는 놀라서 그의 뒤를 따라갔다.

"그렇소. 수도원이 세워진 이래 800년이라는 긴 세월을 무거운 제단으로 입구가 막혀 있던 것이 무엇 때문이겠소? 나가서 다른 수사들에게는 길시언님의 무덤이었다고만 말해 두고, 이전처럼 제단으로 막아둡시다. 그것이 우리의 도리일 것이오."

"하지만 이곳에 있는 것들은 모두가 사원의 신성한 재산입니다. 그것을 그냥 땅속에 묻어버린다는 말씀입니까?"

"어차피 이번 일이 아니었으면 언제까지나 모르는 채로 넘어갔을 일이오. 그리고 누차 말씀드리지만, 이곳은 무덤이 아니라 중요한 봉인이오. 저 물건들도 보석이 아니라 봉인의 장치로 생각해야 하오."

단호하게 말한 원장은 문을 닫기 전에 방 안의 성자에게 한 번 더 고개를 숙이고 문을 닫았다. 그리고 계단을 오르기 시작했다. 기라르는 불만스러운 기색으로 묵묵히 그의 뒤를 따랐다. 계단 중간쯤에서 원장은 기라르에게 단단히 주의를 주었다.

"다른 수사들에게는 내가 이른 대로 말하시오. 이곳은 무슨 일이 있어도 지켜야 하오."

바깥에서는 수사들이 호기심에 차서 두 사람을 기다리고 있었다. 회당에 올라온 원장은 다른 수사들에게 말했다.

"부원장과 내가 확인해 본 결과, 이 아래는 800여 년 전 이 수도원을 건립하셨던 성자 길시언님의 무덤이었소. 수도원을 수호하겠다는 의지로 회당의 아래에 잠드셨던 것이오. 이곳을 무덤으로 삼은 것은 그분의 뜻이셨으니 우리는 마땅히 그 뜻을 받들기로 합시다. 그래서 여러 형제들께 당부드릴 일이 있소. 이 사실을 외부에는 절대 비밀로

붙여주서야 하오. 혹, 불경스러운 사람들이 이 안에 다른 것이 있는 것으로 오해하여 성자의 안식을 방해할지도 모르니 말이오. 그분의 유골에 행여 손상이라도 간다면 이 얼마나 죄송스러운 일이겠소."

원장은 그 자리에서 젊은 수사 한 명에게 지시를 내렸다.

"브래너 형제, 이 석판 뚜껑과 제단을 다시 만들어야 할 터이니 당장 석공을 찾아가서 주문하도록 하시오. 가능한 한 빨리 석재를 구해 달라고 특별히 부탁하시오. 그리고 제단에 앞서 우선 이 뚜껑부터 이것과 똑같은 크기로 석판을 빨리 만들어달라고 하시오. 표면의 문자와 그림은 나와 다른 수사들이 새겨 넣을 것이니, 석판이 만들어지는 대로 곧장 보내달라고 하시오."

다음으로 그는 다른 중년의 수사에게 말했다.

"퍼즈 형제께서는 꺾쇠를 가져다가 이 뚜껑을 고정해 주시오. 새 뚜껑이 만들어질 때까지 사람이 함부로 드나들어서는 안 될 테니까 말이오."

"예."

퍼즈 수사는 원장의 명에 따라 연장을 가지러 가고, 브래너는 석판을 주문하기 위해 그것의 크기와 폭을 쟀다.

원장은 회당의 수리가 끝날 때까지 외부인의 출입을 금하도록 조치하고, 퍼즈가 돌아와 석판 뚜껑과 바닥에 구멍을 내고 꺾쇠를 돌아가면서 박아 넣어 계단으로 통하는 뚜껑을 단단히 봉하는 것을 확인했다. 수사들은 저녁때까지 회당을 정돈하다가 어두워진 후 수도원 건물로 돌아갔다.

칠흑 같은 어둠의 공간에 불현듯 불빛이 어른거리며 나타나고, 크게 그림자가 졌다. 촛불을 들고 나타난 것은 수사의 복장을 한 사람이었다. 그는 발소리를 죽이며 나선식의 계단을 내려와 소리 죽여 입구를 가린 석판을 치웠다.

방 안으로 들어간 그는 들고 온 양초를 한쪽 구석에 내려놓고 그곳의 보물들을 자루에 쓸어 담기 시작했다. 마법진에 있는 것들을 죄다 담고 나자 그는 마지막으로 남은 홀에 손을 뻗었다. 촛불을 등지고 쪼그리고 앉은, 어둡고 사악한 그림자가 드리워진 그 얼굴은 바로 원장이었다.

원장의 손이 홀의 두부를 꽉 움켜쥐고 그것을 잡아당기는 순간.

기라르는 잠에서 깨어나 침대에서 벌떡 일어났다.

"꿈인가……."

그는 그곳이 자신의 방임을 확인하고 안도인지 불안인지 모를 한숨을 쉬었다. 목덜미와 등이 땀으로 축축하게 젖어 있었다.

"아냐, 혹시 모를 일이지……."

혼잣말로 중얼거린 그는 일어나서 초를 켤까 하다가 그만두고 그냥 복도로 나갔다. 복도는 고즈넉한 정적과 어둠에 잠겨 있었다. 복도의 벽을 손끝으로 더듬어가며 원장의 방이 있는 곳으로 가보았을 때, 방문은 꼭 닫혀 있었다. 불빛이 새어 나오지 않는 것으로 보아 잠든 모양이었다.

문 앞으로 조심조심 다가간 기라르는 문에 귀를 대고 방 안을 살피려 했다. 그러나 두꺼운 나무 문으로 가로막혀 있는 터라 어지간히 큰 소리가 나지 않고서는 바깥에서 들릴 리가 없었다.

'원장님이 과연 안에 있을까?'

그는 사실을 확인하고 싶은 충동에 몇 번이나 문고리에 손을 대었다가 결국은 손을 떼고 돌아섰다. 만일 원장이 잠들어 있다가 문을 연 것 때문에 깨어나기라도 하면 마땅히 변명할 말이 떠오르지 않았던 것이다.

'내가 왜 이러지?'

자신의 방으로 돌아가면서 그는 자괴감을 느꼈다. 원장이 그런 짓을 저지를 사람이 아니라는 것은 잘 알고 있을 터였다. 그런데 왜 그런 꿈을 꾼 것일까? 스스로 생각해도 알 수가 없었다.

다시 침대에 누워 잠을 청했지만 잠이 오지 않았다. 낮에 회당의 지하에서 보았던 광경이 자꾸만 머리 속에 떠올랐다.

"고지식한 양반 같으니……."

기라르는 신경질적으로 눈을 감으면서 투덜거렸다. 아무도 모르는 무덤 안에 그런 보물들을 둔 채로 막아버리겠다니, 이해할 수가 없는 처사였다. 그 보물들은 당연히 수도원의 재산이 아닌가? 그것을 꺼내면 그만큼 수도원의 부가 늘어나는 셈이 될 것이고, 더버 수도원의 오랜 역사와 명성에 걸맞는 상징이 되어줄 수도 있을 터였다.

"그런 보물들을 그대로 묻어버리겠다니……."

생각할수록 아깝고 애석했다.

아침에 원장을 한번 더 설득해 볼까 하는 생각도 했지만, 그래 보았자 소용없을 것이라는 예상이 그것을 가로막았다. 환영처럼 눈앞에 어른거리는 보물들의 광채에 시달리면서 그는 새벽이 될 때까지 뒤척였다.

.

(2)

다음날은 아침부터 본격적으로 사원의 지붕 수리가 시작되었다. 원장은 전날과 조금도 다름없는 태도로 회당에서 작업을 지켜보다가 원장실에 가서 집무를 보았다. 갑작스럽게 회당을 크게 수리하는 까닭에 챙겨야 할 일이 한두 가지가 아니었다.

"이것 참, 보통 일이 아니로군."

책상에 앉아 서류를 뒤적이며 이맛살을 찌푸리고 있는 원장에게 기라르는 말을 건넸다.

"어제 오후 내내 장서관에서 수도원의 옛날 기록을 뒤적이시는 것 같던데, 무슨 단서라도 나왔습니까?"

"아니오."

원장은 곤란한 미소를 짓고 머리를 흔들었다.

"그에 대해서는 아무 기록도 없었소."

"그건 이상하지 않습니까? 원장님의 말씀대로 그렇게 중요한 봉인이라면, 그것을 지키도록 유훈이라도 남길 법도 하지 않습니까?"

"길시언님께서 이 수도원을 세우신 것은 그분이 행방을 감추기 얼마 전의 일이오. 아마도 처음부터 봉인의 목적으로 만드신 것이 아닌가 싶기도 하오. 후대에 알리지 않은 것은 유훈 같은 것을 남김으로써 오히려 쓸데없는 호기심을 불러일으키거나, 행여 외부에 알려질 것을 저어한 뜻이 아닐까 싶소."

원장은 수북하게 쌓인 서류를 열심히 들여다보았다.

"그만 잊으시오. 제단이 도착하는 대로 예전처럼 덮어놓으면 그만이오. 보지 않은 것으로 합시다. 그리하면 달라질 것은 아무것도 없지 않겠소."

무덤덤한 어조로 말하는 원장의 태도에서는 그가 이 일을 마음에서 깨끗이 털어냈음이 느껴졌다. 기라르는 더 말해도 소용없을 것이라 깨닫고 그의 앞을 물러났다.

오후의 기도 시간.

제대로 잠을 자지 못한 때문에 소예배실의 의자에 앉아 깜빡 졸던 기라르는 지난밤과 똑같은 악몽을 꾸다가 같은 대목에서 퍼뜩 눈을 떴다. 다행히 주위의 수사들은 그 사실을 눈치 채지 못한 것 같았다. 왜 자꾸 그런 꿈을 꾸는 것인지, 스스로에게 짜증이 나고 비참한 기분이 들었다. 그런 기분에 더해 시간이 지날수록 정신이 맑아지기는커녕 눈꺼풀이 묵직하고 자꾸 아래로 당기는 느낌이 떨쳐지지 않았다. 기도 시간 내내 그런 자신과 싸우느라, 기도가 끝났을 무렵 기라르는 그만 지쳐 버리고 말았다.

예배실에서 나오는 그를 원장이 자신의 집무실로 불렀다. 방 안의 큰 테이블에는 계단 입구를 덮을 정사각형의 석판과 그것과 같은 크기의 천에 떠놓은 석판 그림이 놓여 있었다.

"석판이 벌써 도착했습니까?"

"특별히 서둘러서 보내주더군."

원장은 환한 표정이었다.

"제단도 모레 오후에 도착하게 되었소. 마침 재질과 크기가 적당한, 아직 가공되지 않은 대리석이 있더군. 우선 그 상태로 가져다가 놓고, 석공들이 와서 회당에서 다듬기로 했소. 원래 칼퍼스 자작 댁에서 주문한 것이었는데, 양해를 해주셔서 우리가 먼저 쓸 수 있게 되었소."

"회당 안에서 석공들이 대리석을 다듬는다는 말씀입니까? 돌 먼지가 많이 날 텐데요."

기라르는 석연치 않은 얼굴로 물었으나 원장은 고개를 끄덕였다.

"어쩔 수가 없지. 수사들에게 굳게 입 단속을 시키기는 했지만, 혹시 실수로라도 외부로 말이 나갈지도 모르는 일이고 해서 빨리 덮어버리려는 거요. 어차피 지붕과 천장도 수리해야 하고 먼지가 발생할 수밖에 없지 않소? 회당 안이야 나중에 청소를 해야지."

제단을 이루는 대리석의 크기나 무게를 감안해 보면 원장의 말이 옳았다. 대여섯 명의 장정이 덤벼들어도 들어 옮기지 못할 만큼 육중한 제단이니, 제단으로 덮어놓는 것이 가장 안전한 길이기는 했다.

"그래서 말인데, 나는 다른 수사들과 이것에 문자와 그림을 먼저대로 새겨 넣는 작업을 서둘러야겠소. 그러니 부원장께서 이 서류들을 대신 검토해 주시오."

원장은 책상에 있는 서류 뭉치를 기라르에게 건넸다. 회계 장부였다.

"급하게 큰돈이 들게 되어서 그만한 금액을 만들기도 쉽지가 않군. 꽤 복잡한 계산이지만, 어느 정도는 내가 해놓았으니 나머지를 부탁하오."

기라르는 다른 말을 하지 못하고 그것들을 받아 자신의 집무실에 들어갔다.

800여 년이라는 긴 역사와 전통을 자랑하는 수도원답게 재정 상태는 양호한 편이었으나, 사원의 지붕과 제단, 설교단, 회당 정면의 대형 석판에다 바닥에 깔려 있던 카펫까지 전부 교체해야 할 지경이라 그 비용 규모는 자연히 클 수밖에 없었다. 장부를 들여다보며 비용 각출과 계산에 골몰하던 기라르는 나중에 머리가 아파져서 펜을 놓고 말았다.

"정말 바보 같은 짓이군. 그 안에 있는 보물의 일부만 있어도 이런 고생을 하지 않아도 될 것을……."

잠이 부족해 여전히 무겁게만 느껴지는 눈꺼풀을 문지르고 앉아 있던 그는 잠시 머리를 식히기로 마음먹고 집무실을 나왔다.

'그런데 그곳에 있던 보물들은 어디에서 구한 것이었을까? 설마 그 모두가 길시언 한 사람만의 것은 아니었을 테지?'

문득 그런 의문이 들었다. 이왕 생각난 김에 길시언에 대한 자료를 찾아보기로 생각한 그는 장서관으로 갔다.

더버 수도원의 장서관은 갖가지 서책과 자료들이 풍부하고 잘 갖추어진 것으로도 알려진 곳이었다. 그래서 이곳의 수사들은 물론이고 각지에서 찾아드는 학자들의 출입이 끊이지 않는 곳이었다. 그것을 증명이라도 하듯 장서관으로 오르는 화강암 돌 계단은 계단마다 가운데 부분이 유독 닳아 있었다.

장서관의 서가에 들어선 기라르는 후각을 자극하는 퀴퀴한 그곳 특유의 냄새에 처음에는 손으로 코 주위를 막았다. 딱딱하고 어려운 교리 책과 철학 책이 그득한 이곳은 그다지 그의 마음에 드는 곳은 아니었다.

빽빽하게 책과 두루마리가 꽂힌 책장이 여러 겹으로 늘어선 서가를 돌면서 책을 찾고 있는데, 문득 그가 서 있는 책장의 건너편에서 두런 두런 이야기하는 소리가 들렸다. 나이 지긋한 수사들의 목소리 같았다. 엿들을 생각은 없었기에 그냥 다른 곳으로 피하려 하는데, 그중에 자신의 이름이 설핏 들렸다.

"부원장이 그래도 업무는 잘 보지 않소?"

누군가의 말에 이어 장서관의 관장인 클로이가 비아냥거렸다.

"그야 명색이 백작가의 셋째 아들인데 어느 정도 공부야 했겠지요."

클로이는 기라르와 비슷한 연배의 사람으로 그와는 여러 면에서 곧잘 비교 대상이 되는 사람이었다.

"하지만 솔직히 사제직에는 맞지 않는 사람입니다. 제가 장서관에 있은 지가 20년이 다 되지만 도통 장서관에 오는 것을 본 적이 없어요. 아까도 예배실에서 보니 졸고 앉아 있더군요."

클로이의 신랄한 말투에 다른 수사들이 낮게 웃는 소리가 들렸다. 서가 뒤에서 듣고 있던 기라르의 얼굴은 저절로 붉어졌다. 아무도 보는 이가 없건만 어디에라도 숨고 싶은 기분이었다.

웃음소리가 잦아들고 나이 지긋한 어느 수사가 말했다.

"너무 그러지 맙시다. 생각해 보면 그도 딱한 사람이오. 백작가의 아들이라 해도 셋째이니 가문을 이을 가능성도 없고, 그의 아버님이신 시텐가트 백작의 뜻을 따라 여기 온 것이 아니오."

그러자 조금 연배가 아래인 다른 수사가 반박했다.

"아무리 그렇기로 수도원이 어디 갈 데 없는 귀족 자제들의 안식처입니까? 여기 있는 우리는 모두 신앙을 수호하고 그에 따른 생활을 하기 위해 모인 사람들입니다. 그런데 귀족가의 아들이라는 이유로 특별 대우를 하다니요. 시텐가트 백작가의 아들이 아니면 어떻게 부원장이 되었겠습니까? 이러다 나중에는 그가 원장까지 되는 것 아닙니까?"

"그럴 가능성은 없네. 부원장까지는 몰라도 원장 직위는 원로 수사들의 논의도 거쳐야 하고, 그렇게 쉽게는 안 되지."

다른 늙은 수사의 말까지 들은 기라르는 그들에게 들키지 않도록 조용히 그 자리를 벗어났다. 책을 찾아볼 생각 따위는 완전히 가서 버렸다. 굳은 얼굴로 장서관을 나와 수도원으로 돌아간 그는 자신의 방문을 거칠게 닫았다.

"이 좁아터진 곳이 어지간히 마음에 드시는 모양들이군. 신앙의 수호? 입에 발린 소리나 지껄여 대는 위선자들."

책상에 앉아 마음을 가라앉히려 했지만, 좀처럼 진정되지 않았다. 자신의 몸을 감싸고 있는 짙고 우울한 빛깔의 수사복과 검소하게 짜여진 방이 갑자기 너무나 숨 막히게 느껴졌다. 세상 물정 모르던 어린 소년 시절, 신심이 깊은 아버지의 뜻에 따라 시작했던 사제 생활. 그동안 가끔씩 불쑥불쑥 갑갑한 마음이 치밀어 오르지 않은 건 아니었으나, 그런 것이려니 체념하고 살아왔다. 그런데 지금은 앞으로 죽는 날까지 이런 생활을 계속해야 할 것이라는 생각만으로도 미칠 것 같았다.

그렇지만 이곳에서 나간다 한들 이제 와서 무엇을 할 수 있을까? 자신을 이곳에 밀어 넣은 아버지와 어머니는 이미 여러 해 전에 세상을 떠났다. 아버지도 그러했지만, 현재의 백작인 큰형도 그에게는 어렵고 거북한 존재였다. 그들에게 필요한 것은 가문의 명예의 한 축이 되어줄, 성직자로서의 자신이라는 것을 기라르는 모르지 않았다. 수도원에 대한 백작가의 후원은 그 때문이기도 했다. 성직을 버린다면 그때부터는 혼자서 모든 것을 해결해야 할 것이다. 그러나 어릴 때부터 사제로서 생을 보낸 그에게는 새로운 생활을 시작할 자금도 경험도 없었다.

"얼마나 더 이런 식으로 살아야 하지? 10년? 20년? 아니면 30년?"

그는 책상에 괴고 있던 손으로 머리칼을 움켜쥐고서 비참한 심경으로 중얼거렸다. 어쩌면 자신이 서서히 미쳐 가고 있는 것이 아닐까 하는 끔찍한 생각까지 들기 시작했다.

다음날도 밤새 악몽에 시달리느라 제대로 자지 못한 기라르는 절반쯤 몽롱한 상태로 하루를 보냈다. 그에 비해 원장은 갈등의 흔적조차 찾아볼 수 없는 개운한 얼굴이었다. 원장은 아침나절에 잠깐 회당에 나가 작업을 지시하고, 그 다음에는 하루 종일 몇몇 수사들과 정사각형의 석판 뚜껑에 원래 있던 마법 문자와 그림을 새겨 넣는 작업을 계속했다.

"내일 제단을 얹고 나면 이제는 한시름 덜 것 같소."

저녁 식사 때 원장은 기라르에게 기분 좋게 말했다. 기라르는 그의 그런 마음의 평화가 차라리 부러웠으나, 결코 자신에게는 허락되지 않을 평안인 것을 알고 있었다. 며칠 간 뇌리를 점령한 악몽과 마음의 전장에서 되풀이되는 격한 갈등은 기라르의 심신을 초토화시키고 있었다.

그날 밤, 사원에서 숙직을 하고 있는 젊은 수사들에게 기라르가 찾아왔다. 숙직실에서 졸음을 쫓기 위해 책을 읽고 있던 두 수사들은 조금 의아해하면서도 반갑게 그를 맞아들였다.

"부원장님께서 이런 시간에 웬일이십니까?"

"왠지 잠이 잘 오지 않아서 한번 들러보았네. 수도원에는 다들 자고 있을 테니 이야기를 나눌 사람도 없고."

"그러십니까? 여기 앉으십시오."

기라르는 작은 바구니에 담아온 술과 약간의 고기, 마른 과일을 테이블에 얹었다.

"수고들 하는데 그냥 올 수가 없어서 조금 가져왔네. 야참으로 먹게."

"뭘 이런 것까지… 잘 먹겠습니다."

두 수사는 벙글벙글 웃으며 그가 내어주는 음식들을 펼쳤다.

"부원장님도 같이 드시지요."

"아닐세. 나도 배가 출출해서 오기 전에 좀 먹고 왔네."

"부원장님도 간식을 하십니까?"

"늘 그런 건 아니지만 종종 하네. 체격이 있다 보니 원장님과는 달리 배가 빨리 고파지거든."

"하하, 그것도 그렇겠군요."

한창 젊은 나이답게 식욕이 왕성한 수사들은 음식을 맛나게 먹어치웠다. 기라르는 그런 그들의 모습을 엷은 미소로 지켜보고 있었다.

담소를 끝내고 사원을 나갔던 기라르는 시간이 흐른 뒤, 작은 자루를 하나 들고 돌아왔다. 복도에 자루를 두고 숙직실을 살짝 들여다본 그는 두 수사들이 잠에 곯아떨어진 것을 확인하고 자루를 가지고 회당으로 갔다.

자루에서 양초와 자루가 긴 연장을 꺼내고, 양초에 불을 붙여 정사각형 뚜껑이 있는 곳으로 간 기라르는 연장을 꺾쇠에 걸어 잡아당겼다. 바닥에 단단하게 고정된 꺾쇠는 뽑아내기가 용이하지 않았다. 뽑아낸 꺾쇠가 바닥에 부딪치며 나는 금속성 소리에 기라르는 일순 긴장했으나 방해는 없었다.

그는 나머지 꺾쇠도 같은 요령으로 전부 뽑아냈다. 마침내 석판 뚜껑을 여는 순간, 그는 손이 떨려 하마터면 석판을 떨어뜨릴 뻔했다. 요동 치는 심장의 박동이 온몸으로 고스란히 느껴졌다. 석판을 치운 그는 양초를 들고 계단으로 발을 내디뎠다.

"일어나라—!"

난데없이 귓전에 울리는 벽력같은 고함 소리에 놀란 원장은 퍼뜩 눈을 떴다. 어찌나 놀랐던지 잠이 확 달아나 버렸다. 누구의 목소리인지 확인하려고 주위를 둘러보았으나 아무도 있을 리 없는 자신의 방 안이었다. 왠지 불길한 예감이 들었다. 원장은 서둘러 일어나서 초를 켜고 옷을 입은 다음 방을 나섰다.

자연스럽게 부원장 기라르의 방으로 가서 그를 깨우려던 원장은 기라르가 없는 것을 깨닫고 잠시 멀거니 그의 빈 침대를 바라보고 있었다.

"설마… 그럴 수가……!"

그곳을 뛰쳐나온 원장은 부원장의 방 가까이에 있는 다른 수사의 방을 거칠게 두드리고 문을 열었다. 그런데 어찌 된 일인지 아무리 잡고 흔들어도 일어나지 않았다. 급한 마음에 종을 쳐서 다른 수사들을 깨워야겠다고 생각한 원장은 그곳을 나가 아래로 내려갔다. 그런 그의 앞에 갑자기 큰 그림자가 가로막았다. 거의 부딪칠 뻔했던 원장은 놀란 가슴을 쓸어 내렸다. 원장실에서 그와 함께 석판 뚜껑을 다듬던 노수사 중의 하나인 버넬이었다.

"아, 버넬 형제. 마침 잘됐소. 나는 지금 사원의 회당에 급히 가봐야 하니, 내 대신 종을 쳐서 다른 형제들을 깨워 회당으로 와주시오."

"알겠습니다."

버넬에게 이른 원장은 거의 뛰다시피 회당으로 달려갔다.

그러나 원장의 모습이 복도에서 사라지자마자 버넬의 몸은 맥없이 고꾸라졌다. 그의 뒤에는 옐이 있었다. 그녀는 무표정한 얼굴로 버넬의 시신을 내려다보았다.

"나이트메어가 이끄는 대로 깊은 잠 속에 있었더라면 무사할 것을……. 당신이 자초한 거야, 빛의 사제여."

사원 건물로 달려간 원장은 뒷문이 열려 있는 것을 보고 가슴이 덜컥 내려앉았다. 숙직실로 가보니, 사원을 지켜야 할 두 숙직 수사들은 방바닥에 쓰러져 잠에 빠져 있었다. 몇 번이나 깨워도 일어나지 않는 그들을 포기하고 원장은 혼자서 회당으로 향했다. 불안한 마음이 없는 것은 아니었으나, 곧 다른 수사들이 와줄 것이라고 믿었다.

예상대로 길시언의 방으로 내려가는 계단 뚜껑은 열려 있었다. 어떻게든 봉인을 지켜야 한다는 생각에 원장은 더 생각할 겨를도 없이 아래로 내려갔다. 석판 문도 이미 치워져 있고 입구에서는 희미한 불빛이 내비쳤다. 아직 저 안에 사람이 있다는 이야기였다.

그곳에 들어간 원장의 눈에 길시언의 시신으로 다가서는 부원장 기라르의 뒷모습이 보였다.

"무슨 짓이오!"

원장은 있는 힘을 다해 소리쳤다. 멈칫해서 동작을 멈춘 기라르가 그를 뒤돌아보았다.

"정신 차리시오, 기라르 형제! 지금 자신이 저지르는 일이 어떤 짓인지 알고나 있소?"

원장이 힐문하자 기라르는 이를 악물고 내뱉었다.

"난 이걸 가지고 이 무덤 같은 곳을 나가겠소. 이제 여기는 지긋지긋하오. 당신들이나 그 알량한 신의 끝 자락을 잡고 죽는 날까지 버둥거리면서 사시오. 뭐가 신이고 뭐가 사랑이오! 좁아터진 우물 안에서 자기들끼리 할퀴고 끌어내리며 감투 다툼이나 일삼는 위선자들!"

"닥치시오! 그 무슨 망발이오! 그런 말로 지금 당신이 저지르고 있는 죄악이 덮어진다고 생각하시오?"

원장의 호통에 기라르의 기세는 조금 눌러졌다. 원장은 간곡한 어조로 기라르를 설득했다.

"제발 정신 차리고 나와 여기를 나갑시다. 그리한다면 지금의 일은 내 모른 척하리라. 내일이면 이 위에 제단이 덮일 터이고, 그러면 더 이상 고뇌하지 않아도 되오. 없었던 일이라 생각하시오."

원장의 말에 담긴 진심은 기라르도 느낄 수 있었다.

"이곳의 생활이 정 싫거든 새 출발을 하도록 하시오. 내가 힘 닿는 대로 도와주겠소."

고개를 떨구고 있던 기라르는 그 말에 갑자기 얼굴을 번쩍 들었다. 그가 다시 성자의 시신 쪽으로 몸을 돌리자 원장은 그의 소매를 붙잡았다.

"안 되오. 그만두시오!"

기라르는 세차게 원장을 밀쳤다. 그 서슬에 원장은 바닥에 넘어졌다.

"돈 한 푼 없이 새 출발을 하라고? 땅속에 묻어두면 아무 소용 없을 것들을 이용 좀 하겠다는데 뭐가 나쁘다는 거요?"

"그건 그냥 보물이 아니오, 봉인이란 말이오!"

"그런 말로 겁주려 해도 소용없소. 당신이 그토록 존경하는 이 성자께서도 사랑하신 보물들이 아니오? 죽어서까지 이렇게 끼고 있다니, 참 욕심도 대단한 분이시지."

성자 길시언을 모독하는 기라르의 발언에 격분한 원장은 들고 있던 사제의 지팡이로 기라르를 때리려 했으나 반대로 기라르에게 팔목이 잡히고 말았다. 그 상태로 두 사람은 성자의 시신을 앞에 두고 잠깐 동안 밀치락달치락하면서 치열하게 몸싸움을 벌였다.

체격으로나 나이로나 원장은 기라르를 당해낼 수가 없었다. 그럼에도 그는 필사적으로 기라르의 몸을 붙잡고 늘어졌다. 기라르는 지금이라도 다른 수사들이 달려올지도 모른다는 급한 마음과 자신을 둘러싼 모든 것에 대한 분노가 뒤엉켜 거의 제정신이 아니었다.

"허억……."

원장의 신음 소리에 정신이 든 기라르는 자신의 손에 묻은 피를 보고 깜짝 놀랐다. 원장이 가슴에 단검이 꽂힌 채 쓰러져 있었다. 기라르 자신이 만일을 대비해 호신용으로 품고 왔던 단검이었다. 언제 저것을 뽑았는지 기억에도 없었다.

"기라르 형제… 부탁이니 제발……."

숨이 끊어져 가면서도 원장은 기라르를 말리려 했다. 그러나 이미 기라르의 귀에는 그의 말이 들어오지 않았다. 머리 속이 온통 뒤죽박죽이 되어버린 그는 반쯤은 멍해진 상태로 성자의 시신에 다가갔다. 길시언의 손에 있는 홀은 더욱 농염한 빛을 발하며 그의 시선을 끌어들였다.

이왕에 이렇게 되어버린 것, 한시라도 빨리 보물을 가지고 달아나야 했다. 기라르는 홀을 붙잡고서 자기 쪽으로 잡아당겼다. 그러나 성자의 손이 너무나도 힘껏 그것을 쥐고 있는 터라 그냥은 홀을 빼낼 수가 없었다. 혼신의 힘을 다해 잡아당기자 미라의 바싹 말라 버린 팔은 부서져 버리고 말았다. 기라르는 홀의 자루를 휘감고 있는 미라의 손가락도 손으로 문질러 떼내어 버렸다.

그러고 나자 이상하게도 마음이 차분하게 가라앉고 정신이 맑아졌다. 기라르는 홀을 준비해 온 천에 감싸서 자루 안에 집어넣고 피투성이가 되어 숨을 거둔 원장을 내려다보았다. 조금 미안한 기분은 들었지만 그뿐이었다.

"내 옷에도 피가 묻었군."

그는 침착한 걸음걸이로 양초를 들고 그곳을 나왔다. 계단을 오르면서 기라르는 자신의 이런 냉정한 태도를 스스로 되돌아보았다. 양초를 든 손도 전혀 떨리지 않았고, 자신이 처한 상황이 명료하게 떠올랐다.

"이상하군. 조금 전만 해도 미쳐 버리는 것이 아닌가 생각했었는데……. 이게 정말 나인가?"

그런 자신의 상태가 신기하게까지 느껴졌다. 계단을 올라 회당으로 나와 바깥이 조용한 것을 확인한 그는 원장 이외에 아무도 일어나지 않았다는 것을 확신했다. 기라르는 아무 일도 없는 사람처럼 태연하게 회당을 나와 촛불을 끄고 수도원으로 갔다. 그리고 자신의 방으로 가서 피에 젖은 로브를 갈아입고 약간의 돈과 보물을 넣은 자루를 챙긴 다음, 아무에게도 들키지 않고 무사히 수도원을 빠져나왔다.

"이럴 줄 알았으면 다른 옷을 진작에 준비해 두는 건데… 빨리 옷부터 마련해야겠군."

혼자 중얼거리면서 밤의 거리로 나와 걸음을 옮기는데, 느닷없이 뒤에서 그를 부르는 목소리가 들렸다.

"오랜만이야, 섀도."

우뚝 멈춰 섰던 기라르가 몸을 돌렸다. 자신을 부른 존재를 확인한 그는 조금 전과는 전혀 다른, 부드럽고 친근한 미소를 머금고 두 팔을 벌렸다.

"고맙게도 누가 나를 도와주나 했더니, 옐 당신이었군. 내가 여기 있는 걸 어떻게 알았지?"

"마계에서 들었어."

옐은 사무적인 태도였다.

"당신도 알겠지만, 사실 당신의 봉인은 당신이 인간들 사이에서 과도하게 즐긴 탓에 발생한 일인만큼 본디 내가 상관할 일은 아니야. 이번에 내가 당신을 꺼내준 건 중간계에서 내가 하는 일에 당신의 힘이 필요하기 때문이야. 그래서 당신의 군주인 벨리알님께 특별히 허락을 얻었어. 내가 당신에게 도움을 주었으니, 당신도 마땅히 보답은 하겠지?"

"당연하지. 당신이 아니었으면 그 영감탱이의 몸 안에 언제까지나 갇혀 있을 뻔했는걸. 독한 늙은이! 날 자기 몸에 가두고는 마법진에 앉아서 그대로 굶어죽더군."

기라르, 정확히는 그에게 깃든 섀도는 진심을 강조하는 과장된 제스처를 취하며 대답했지만, 옐은 확인을 잊지 않았다.

"거짓과 기만이 특기인 당신이지만, 지금의 그 대답은 진심이어야 할 거야. 이 일은 나의 군주 루시퍼님의 명령인데다, 당신의 군주인 벨리알님도 양해해 주신 일이니까. 맹세를 요구해도 되겠지?"

"알았어."

새도는 콧잔등을 찡그리고는 맹세했다.

"'셰올(Sheol:구덩이, 동굴, 자궁을 의미. 지옥의 일부로서 지옥의 7층 중 첫 번째)의 군주'이신 벨리알님의 이름을 걸고 맹세하지. 최선을 다해 포스포로스의 사자를 돕겠어."

"좋아. 그리고 미리 당부해 두겠는데, 이번에는 전처럼 요란하게 놀 생각은 버리는 편이 좋아. 지금은 다른 인간들을 적으로 돌려 일을 확대시켜서는 곤란해."

"조심하지."

옐의 당부를 듣고 새도는 시들한 표정으로 고개를 끄덕였다. 옐은 새도에게 다음 행동을 충고했다.

"우선은 그 인간을 먼 곳으로 데려다 놓는 게 좋겠어. 아침이 되면 원장이 죽은 걸 알고 추격이 시작될 텐데, 이 일에 대한 혐의를 온전히 그에게 지우려면 너무 빨리 잡히게 돼서는 곤란하잖아."

"그 말이 옳군. 그렇게 하지. 그럼 나중에 적당한 인간을 빌려서 다시 만나자구."

새도는 그 말을 남기고 옐에게서 돌아서서 걸음을 옮겼다. 그 순간 기라르는 정신을 차렸다.

"내가 여기서 왜 이러고 있지?"

그는 자신의 뒤에서 미소 짓고 있는 옐의 존재도 그녀와 나눈 대화도 전혀 기억하지 못한 채 걸음을 빨리 해 어둠 속으로 사라졌다.

제12장

망령의 늪

(1)

베이리어의 국경 도시 위스.

옐은 어둠이 내린 거리 한 모퉁이의 벽에 기대서서 누군가를 기다리고 있었다. 무료한 표정으로 지나가는 사람을 쳐다보면서 시간을 보내고 있는데, 어떤 여자가 성큼성큼 걸어와 옐의 곁에 나란히 섰다. 20대 초반의 젊은 여자로, 여자로서는 꽤 큰 키와 육감적인 몸매를 가진 미인이었다. 그녀는 치마 대신 바지를 입고 어깨에는 자루를 둘러멘 간편한 차림이었으나 가슴이 깊게 패인 상의와 짙은 화장을 한 얼굴에서는 거리의 여자 특유의 분방한 분위기가 풍겨났다.

"늦었군."

옐은 그녀를 보지도 않고 말했다.

"그를 가급적 멀리 데려다 놓으라고 한 건 당신이야. 나중에 잡힐 때를 대비해서라도 내가 전면에 나서서 힘을 쓸 수는 없으니 시간이

걸릴밖에."

"잘 처리했어?"

"당연하지. 내가 인간을 한두 번 다루어보나? 거추장스러운 수사복은 적당한 옷으로 갈아입고 말을 두 마리 사서 갈아타 가면서 열심히 달렸지. 내가 잡아주고 있을 동안은 침착하고 냉철하게 잘 지냈지만, 지금은 또 모르지. 원장을 죽인 일로 죄책감에 시달리기는 할 테니까."

새도는 길 건너편의 주점을 가리켰다.

"여기서 이러고 있을 게 아니라 뭐라도 먹으면서 이야기하는 게 어때?"

그리고 옐의 대답을 기다리지도 않고 주점으로 걸어갔다. 옐은 잠자코 그녀를 따라갔다.

주점 안은 술을 마시는 사람들로 가득했다. 빈 테이블 하나를 차지하고 앉은 새도는 음식과 술을 주문했다.

"그 몸은 어디서 구했지?"

그녀와 마주 앉은 옐은 다른 테이블의 사람들에게 들리지 않도록 목소리를 낮추어 물었다. 새도는 자신의 몸을 내려다보며 씨익 웃었다.

"이거? 도중에 만난 창녀 겸 도둑이야. 격은 좀 떨어지지만 쓸 만할 것 같아서 갈아탔지. 마음에 틈이 많은 인간이라 차지하기도 쉬웠고. 어때, 생김새랑 몸매는 이만하면 괜찮지 않아? 신분만 잘 타고났으면 꽤 날릴 수도 있었을 미모인데 말이야."

옐은 그에 대해서는 대답하지 않고, 마침 주점 사람이 가져와 테이블에 올려놓은 술잔을 집어 입에 댔다. 새도는 꽤나 시장했던지 입맛을 다시며 접시가 놓이기 바쁘게 음식을 먹기 시작했다. 그런 그녀의 모습을 물끄러미 바라보던 옐은 어이없다는 투로 중얼거렸다.

"당신은 정말 가리는 것이 없군."

"그게 나니까."

새도는 넉살 좋게 대꾸했다. 옐은 술을 천천히 목구멍으로 삼키면서 새도가 식사를 마치기를 기다렸다. 테이블 가득 차려져 있던 음식을 혼자서 전부 먹고 난 후에야 새도는 만족스러운 표정으로 한숨을 돌렸다.

"배도 채웠으니, 이제는 본론에 들어가 볼까? 무엇을 어떻게 도우면 되지?"

자신의 술잔에 술을 따르면서 새도는 옐에게 물었다.

"'오랜 드래곤의 팔'을 찾는 일이야."

"오랜 드래곤의 팔? 그분의 검을 말하는 건가?"

"맞아."

"그건 아주 옛날에 어디론가 사라져 버렸잖아. 그것이 중간계에 있나?"

"그래, 어느 인간 기사가 가지고 있어."

"인간이?"

새도는 퍽 놀란 얼굴이 되었다.

"어떤 인간인지는 몰라도 여느 인간은 아니겠군. 그래서 그 기사를 끝장내는 걸 도와달라는 건가?"

"그 기사 하나 때문이라면 굳이 당신의 도움을 받지도 않아. 일행이 있는데, 그들 전부를 나 혼자 상대하기는 곤란해. 내가 기사를 맡을 동안 당신은 다른 일행을 붙잡고 시간을 끌어주면 돼. 현재 그 기사의 일행은 그 이외에 유익족과 엘프, 하플링, 인간 마도사, 그리고 반마족으로 여겨지는 마도사로 이루어져 있어."

옐의 말을 듣고 있던 섀도는 머리를 긁적였다.

"유익족, 엘프, 하플링? 무슨 일행이 그래? 내가 한참 갇혀 있는 동안에 중간계의 분위기가 또 그렇게 바뀐 거야?"

"그렇지는 않아. 그의 일행이 특별한 경우인 것 같아. 그들 중에서 특히 주의해서 묶어야 할 존재는 유익족과 반마족 마도사야. 유익족은 그냥 엔젤이 아니라 파워즈의 사령관인 카마엘 이상의 존재 같아."

"카마엘 이상이라고? 그런 존재가 중간계엔 웬일이지?"

"모르지. 지금으로선 알 수 없어. 여하튼 내가 그 기사를 상대할 동안 당신이 나머지를 묶어주면 돼."

"파워즈 이상의 유익족이 있다면 섣불리 접근할 수도 없겠군. 그것만 아니라면 그 기사에게 미인계를 쓰는 것도 한 방법인데 말이야."

섀도는 자신의 몸을 아쉬운 눈으로 내려다보았다. 옐은 감흥없는 목소리로 말했다.

"유익족이 아니라도 어차피 그 방법은 쓸 수 없어. 그 기사의 몸에는 오랜 드래곤의 팔이 깃들어 있으니까. 당신도 알겠지만, 그것은 루시퍼님의 일부로서 그 자체가 그분의 권능을 반영하기도 해. 어떤 의미에서는 그 기사도 이미 보통의 인간은 아닌 셈이지. 그러니 서툴게 접근했다가는 당신이 도리어 당할 가능성이 커."

"아아, 같은 말을 해도 꼭 그렇게 해야 하나? 그 인정머리없는 말투와 성격은 전혀 변하지 않았군."

옐의 날카로운 지적에 섀도는 입술을 불쑥 내밀고 불평하고는 물었다.

"그래서 좋은 방법이라도 있어?"

"내가 봐둔 적당한 장소가 있어. 이왕이면 조금이라도 우리가 유리한 곳에서 그들을 맞이하는 게 좋을 테니까. 그곳에 가서 준비를 하고 기다리기로 해. 식사가 끝났으면 일어나지."

"당장?"

섀도는 무엇 때문인지 서운한 빛이 역력했지만, 옐이 먼저 나가 버리는 바람에 하는 수 없이 계산을 하고 옐을 따라 주점을 나갔다. 그러자 주점 안에서 아까부터 그들을 유심히 지켜보고 있던 세 명의 남자들이 의미심장한 눈빛을 교환하더니 따라 나갔다.

옐과 섀도가 이동을 위해 인적이 없는 골목으로 접어들자 남자들은 걸음을 빨리 해 앞질러 가서 둘의 앞을 가로막고 말을 건넸다.

"이봐, 보아하니 그쪽 방면의 여자 같아 보이는데, 오늘 밤에 어때?"

섀도에게 말을 거는 남자의 손에는 돈이 짤랑거리고 있었다.

"어쩌죠? 지금은 좀 바쁜데."

그의 제안이 싫지만은 않은 듯 섀도는 입가에 은근하고 교태로운 미소를 흘리며 거절했다.

"왜? 다른 손님이라도 있나 보지?"

"그런 건 아니지만 여행 중이라서요."

"그럼, 돈도 필요할 텐데 뭘 거절해? 이애는 동생인가?"

"그래요."

"예쁘게 생겼는데?"

남자들의 눈이 음흉하게 빛나는 것을 본 섀도는 얼른 말했다.

"이앤 아직 그런 일 안 해요."

"그럼, 처녀란 말이야? 그러니까 더욱 구미가 당기는데."

남자들은 낄낄거렸다. 그들 중 하나가 옐의 얼굴에 손을 대려 하자 옐은 매몰차게 그 손을 뿌리쳤다.

"어쭈, 제법 성깔도 있군."

그는 재미있다는 투로 말하더니 섀도의 손을 잡고 그녀의 손바닥에 은화를 한 움큼 쥐어주었다.

"동생까지 해서 이만큼 주지. 어때?"

섀도는 옐의 얼굴을 슬쩍 곁눈질하고 곤란한 얼굴로 고개를 저었다.

"안 돼요. 내가 잘해줄 테니까 동생은 빼줘요."

"이상하게 구는군. 어차피 같은 일에 나설 거면 빨리 시작해서 배우는 게 좋잖아. 네 동생이 요조숙녀라도 된다는 거야?"

남자들의 수작을 지켜보던 옐의 눈빛이 싸늘하게 가라앉았고, 그녀의 작은 입술이 앙다물어졌다. 그녀가 한 걸음 나서려는 찰나, 다른 목소리가 끼어들었다.

"거기서 무슨 짓들이지!"

모두의 시선은 새로 나타난 사람에게 쏠렸다. 빛의 기사 카마엘이었다. 건물의 그늘 사이로 한줄기 비추어드는 흐린 달빛에도 그의 은빛 갑옷은 시리게 빛났다. 무장한 기사의 등장에 남자들은 긴장하는 모습들이었다. 섀도는 갑자기 남자들 사이를 비집고 빠져나가 카마엘의 뒤에 숨었다.

"도와주세요, 기사님. 저 남자들이 저와 동생에게 못된 짓을 하려고 했어요."

섀도의 호소에 남자들은 당황했다.

"아, 아닙니다. 그 여자는 창녀고, 우리는 그저 흥정을 하던 것뿐입니다."

"맞습니다. 옷 입은 거나 화장한 걸 봐도 뻔한 것 아닙니까?"

카마엘은 자신의 등 뒤에 몸을 숨기고 있는 섀도를 보고는 엷게 미소 지었다.

"나로서는 이 레이디의 말씀을 믿고 싶은데."

부드러운 목소리와는 다르게 그의 푸른 눈동자는 차갑게 그들을 응시하고 있었다. 카마엘이 결코 만만한 상대가 아닌 것을 감지한 남자들은 쭈뼛거리고 서 있다가 골목 반대쪽으로 부리나케 달아났다. 그들의 모습이 사라지는 것을 보고 섀도는 쿡쿡거리면서 남자들을 비웃었다.

"허겁지겁 달아나는 꼬락서니하고는……."

"가리지 않고 아무 몸이나 이용하는 버릇은 여전하군."

카마엘의 다분히 조소 어린 말투에도 섀도는 상관하지 않는 기색이었다.

"누구랑 달라서 난 차별주의자가 아니거든. 그런데 당신이 여긴 웬일이지?"

"당신들 같은 이를 지켜보는 것이 나의 일이니까."

섀도는 치렁치렁한 머리칼을 쓸어 올리면서 그의 앞에 와서 카마엘의 얼굴을 쳐다보았다.

"지켜보는 것까지는 알겠는데, 굳이 나설 필요는 없었잖아? 설마 저 인간들을 구하려고 나타난 건가?"

"쓸데없는 살상이니까. 죽일 필요까지는 없는 것 아닌가."

카마엘은 섀도의 말을 부인하지는 않았다.

"어차피 쓰레기들이야. 살아 있을 가치도 없어."

옐은 남자들이 사라진 방향을 노려보며 씹듯이 내뱉었다. 카마엘의 입가에 희미한 미소가 머무는가 싶더니 금세 사무적인 태도로 돌아갔다. 카마엘은 섀도에게 고개를 돌리고 말했다.

"과거 중간계에서의 당신의 행적이 어떻든 정당한 경로를 거쳤던 사실은 알고 있으니, 그 점에 대해서는 인정하기로 하지. 하지만 어느 정도는 자중하는 편이 좋을 거야. 전에는 좀 과했던 측면이 있어."

"걱정 마."

섀도는 가뿐하게 대답했다.

"나도 나름대로 교훈을 얻었으니까. 이번에는 내 할 일만 비교적 충실하게 수행할 생각이야."

"그렇다니 다행이군. 그건 그렇고, 당신들 둘이 함께 있는 건 의외인데. 이제 섀도, 당신도 나서는 건가?"

"신세를 졌으니까 보답은 해야지."

섀도는 옐을 곁눈질하면서 싱글거렸다. 카마엘과 섀도의 대화를 지켜보던 옐은 딱딱하게 말했다.

"용무가 끝났으면 우린 이만 가봐야겠어."

"방해가 되었다니 미안하군. 급한 모양이니 이쯤에서 사라져 주도록 하지."

카마엘은 주위에 다른 사람이 없는 것을 확인하고 빛의 입자를 흩뿌리며 사라졌다. 카마엘이 떠난 후, 옐과 섀도도 그 자리에서 이동했다.

옐이 섀도를 데리고 간 곳은 사방에 갈대가 무성하게 우거지고, 키가 작은 나무들이 간헐적으로 축축하고 물컹한 땅에 얕게 뿌리 내리고 있는 소택지였다. 끝 간 데 없이 펼쳐진 질척이는 대지는 밤의 어둠에 짓눌려 축축하고 음산한 공기에 둘러싸여 있었다.

"꽤나 너른 늪지로군. 여기서 놈들을 기다리자는 거야?"

섀도는 발 아래로 촉촉이 번지는 짙은 갈색 물기를 내려다보며 이맛살을 찌푸렸다.

"기사는 무슨 까닭에서인지 서쪽으로 서둘러 이동을 계속하고 있어. 지금까지의 경로를 보면 분명 이곳을 지나갈 거야. 여긴 상당히 넓어서 돌아가려면 시간이 꽤 걸릴 테니까."

땅을 딛고 서 있는 섀도와는 달리 옐은 발이 젖는 것이 싫은 때문인지 약간 거리를 두고 떠올라 있었다.

"이곳의 땅은 죽은 자를 많이 품고 있는 모양이군. 망령의 냄새가 짙게 나."

"곳곳에 썩지 않은 시신들이 잠겨 있는 깊고 끈적한 늪이 있으니까."

"망령들의 늪이군."

섀도의 감상을 듣지도 않고 옐은 공중으로 더 높이 떠올라 검고 칙칙한 대지를 내려다보았다. 갈대와 벼과(科)의 식물, 키가 작은 나무들 사이로 그런 식물조차 뜸한 죽음의 땅이 군데군데 눈에 들어왔다. 늪이었다. 그중 하나의 상공으로 이동한 옐은 아래를 내려다보았다. 그녀의 시선을 받은 늪은 천천히 소용돌이를 일으키며 회전했다. 그위에 올라선 옐은 섀도에게 말했다.

"나는 이곳의 망령들과 그들을 기다리고 있겠어. 당신도 당신에게 알맞은 곳을 찾아 쉬면서 대기하고 있어."

그리고 옐의 작은 몸은 늪의 소용돌이 속으로 사라졌다.

옐의 검은 머리칼이 늪 아래 잠기고 나자 섀도는 못마땅한 얼굴로 주위를 둘러보았다.

"누가 데스 드래곤 계열이 아니랄까 봐 쓰는 방법도 어디까지나 음침하구만. 이런 식 말고 좀 더 근사하고 즐길 수도 있는 방법은 없었나? 할 수 없지. 나도 적당한 곳을 찾아봐야겠다."

섀도는 질척거리는 습지를 살피고 다니면서 계속 투덜거렸다.

"뭔 벌레가 이렇게 많아? 짜증나게."

                    *   *   *

그 무렵, 크로드 일행은 아르코온을 지나 그 이웃 나라인 클레이튼으로 접어드는 국경 지대에 도착해 있었다. 아르코온과 클레이튼 사이에는 넓은 소택지가 펼쳐져 있었다. 옐이 예상했던 것처럼 크로드 일행은 옐과 섀도가 자신들을 기다리고 있다는 사실도 모른 채, 아르코온의 국경 마을에서 며칠 간 소비할 식량과 물을 마련해 습지대에 들어섰다. 넓은 반경을 차지한 습지라서 돌아서 가기에는 상당한 시일이 소요되기 때문이었다.

땅 자체가 습기를 많이 머금어 질척거리는 데다 습지와 습원이 뒤섞인 지형인 까닭에 여기저기에 늪이 있다는 이야기를 사전에 듣고 온 일행은 말에게 부담을 주지 않기 위해 말에서 내려 걷고 있었다.

"어지간하면 돌아서 가지, 꼭 이렇게 통과해야 해요?"

크로드를 겨냥한 아스윈의 볼멘소리에 유피가 대신 대답했다.

"그 데임 마을의 사건 때문에 시간을 꽤 허비했잖아. 그런데 어떻게 또 돌아가? 그러다가 크로드의 누님은 언제 찾고? 크로드가 할 일이 없는 사람도 아니고, 언제까지나 이렇게 돌아다닐 수는 없잖아."

유피는 자신이 마치 크로드의 대변인이라도 되는 양 열심히 나섰다.

"그래도 이런 데를 앞으로도 사나흘은 더 가야 하다니… 너무해."

아스윈은 진흙에 젖은 신발을 내려다보며 투덜거렸다. 옆을 보니 똑같이 긴 로브를 입고 있는데도 미카데의 신발은 말끔했다. 가장 뒤에서 오고 있는 트렌도 미카데와 마찬가지였고, 헤르쿨레스와 그의 요정 말도 전혀 영향을 받지 않고 있었다.

"불공평해. 내가 제일 애먹는 것 같아."

아스윈은 로브 자락을 부여잡고 걸으면서 조그맣게 궁시렁거렸다.

아스윈이 입을 다물자 한동안은 침묵이 계속되었다. 일행은 묵묵히 걸었다. 그런 고요를 깬 것은 또다시 아스윈이었다.

"잠깐만요. 볼일 좀 보고 올게요."

일행이 멈춰 서자 아스윈은 미카데에게 물었다.

"미카데는 안 가도 돼요?"

"난 괜찮아요."

혼자 가기 싫어서 물어본 것인데, 그 속도 모르고 깨끗이 거절하는 미카데를 내심 원망하면서 아스윈은 로브를 잡고 휘적휘적 근처의 나무 뒤로 걸어갔다.

잠시 후 아스윈이 간 방향에서 그녀의 요란한 고함 소리가 들렸다.

"사람 살려~!"

일행이 소리난 쪽으로 달려가 보니, 아스윈이 뭉큰한 진흙 수렁에 절반쯤 잠겨서 버둥거리고 있었다.

"잠깐 있어봐!"

유피는 서둘러 짐말에게 가서 천막을 칠 때 쓰는 긴 나무 작대기를 가져와 한쪽 끝을 잡고 아스윈에게 내밀었다.

"이걸 잡아."

아스윈은 눈물로 범벅이 된 얼굴로 나무 작대기를 움켜쥐었다. 그런데 얼마나 힘껏 잡았던지 나무 작대기가 분쇄되다시피 바스러지고 말았다.

"아우, 대단한 힘이군."

유피는 다시 짐말로 가서 이번에는 밧줄을 가져다가 아스윈을 향해 던졌다. 아스윈이 그것을 움켜잡자 유피는 소리쳤다.

"이제 잡아당길 테니까 단단히 잡아!"

"흐어엉~ 알았어."

쿨쩍거리면서 아스윈은 밧줄을 꽉 붙잡았다.

"앗, 네가 당기면 어떡해!"

밧줄이 팽팽하게 당겨지고 다음 순간, 아스윈의 무지막지한 힘에 일방적으로 끌려 버린 유피는 공중에 붕 뜨다시피 끌려가서 아스윈의 옆에 털퍼덕 큰대 자로 들이박혔다.

"둘이 다 빠졌군. 유피는 내가 건질 테니 자네가 아스윈을 맡아."

표정이 망가지기 전에 손으로 얼굴을 문지른 크로드는 다른 밧줄을 꺼내서 헤르쿨레스에게 하나 주고 자신은 유피에게 밧줄을 던졌다. 유피의 전례를 보고 마음의 각오를 다진 헤르쿨레스는 비장한 자세로 아스윈의 구출에 나섰다. 아스윈은 이제 거의 목까지 잠겨 있었다. 버둥거리는 그녀의 손에 밧줄이 집히자마자 그녀는 무의식적으로 밧줄을 잡아당겼다.

"우왓! 내가 당길게! 제발 그냥 잡고 있어!"

엉겁결에 죽 끌려가던 헤르쿨레스는 정신을 차리고 얼른 밧줄을 끌기 시작했다.

"당기지 말라니까!"

그러나 패닉 상태에 빠져든 아스윈은 헤르쿨레스의 말에 아랑곳없이 무작정 잡아당겼다.

"우우욱~"

늪으로 끌려가지 않으려고 안간힘을 짜내는 헤르쿨레스의 이마에는 힘줄이 불끈 일어서고, 팔뚝에는 우람한 근육이 불룩거렸다. 유피를 끌어내던 크로드는 그런 그의 모습을 보고 정말 엘프가 맞을까 하는 의문을 품지 않을 수가 없었다.

"이대로는 안 되겠어! 누가 나 좀 도와줘요~!"

헤르쿨레스와 아스윈의 힘겨운 줄다리기는 미카데가 합류하고서야 끝이 났다. 유피보다 조금 늦게 늪에서 끌려 나온 아스윈은 진흙 범벅이 되어서 망연자실한 얼굴로 바닥에 주저앉아 있었다.

"괜찮아요?"

미카데의 질문에도 아스윈은 대답없이 고개를 푹 숙이고 있었다. 진흙도 진흙이지만, 한참 방출 중이던 자신의 분출물이 어떻게 되었을까를 생각하면서.

"아유, 내가 못살아. 침착성이라고는 약에 쓸래도 없다니까. 게다가 무슨 힘이 저렇게 무식하게 세데?"

저쪽에서는 유피가 투덜거리면서 짐말에 실어둔 가죽 주머니의 물로 얼굴만 대강 씻은 다음 아스윈에게 큰 소리로 말했다.

"아스윈은 안 씻을 거야? 이 모양으로 다닐 순 없잖아."

"물이 있어?"

"찾아야지."

질척해져서 묵직해진 로브를 질질 끌고 유피의 뒤를 따라가서 물이 있는 곳을 찾아냈으나, 흐르는 듯 고여 있는 듯 바닥에 얕게 깔려 있는 물은 진한 갈색을 띠고 있었다.

"여기서 씻어야 돼?"

아스윈은 볼이 부어서 물었다.

"그럼 어떡해? 이런 물밖에 없는데. 자기가 늪에 빠진 덕택에 나까지 이렇게 되었는데 그런 불평이 나와!"

유피는 갈아입을 옷이 든 자루를 근처의 나뭇가지에 걸어놓고 자신은 다른 쪽으로 걸어갔다.

아스윈은 유피가 가고 나자 진흙이 묻은 로브 자락을 집어 살짝 냄새를 맡아보았다.

"윽! 역시 수상한 냄새가……. 아깝지만 버리는 수밖에 없겠어."

벗어놓은 로브를 아까워하면서 쳐다보던 아스윈은 별안간 무슨 생각을 했던지 팔짱을 끼고 중얼거렸다.

"아냐, 이제 이런 것쯤은 괜찮아. 난 이제 부자야. 로브 하나 가지고 연연하지 않아도 된다고."

일행의 짐에 있는 자기 몫의 금화를 생각하자 기분이 그나마 나아졌다. 아스윈은 로브에 대해서는 잊어버리기로 마음먹고 몸을 헹구기 시작했다.

몸을 씻던 아스윈은 누군가가 자신을 지켜보는 것 같은 느낌에 몇 번이고 주위를 주의 깊게 둘러보았다.

"이상하다. 아무도 없는 것 같은데 왜 이런 기분이 들지?"

얼른 몸에 묻은 진흙을 대강 씻어내고 젖은 몸에 새 로브를 걸쳐 입었지만, 기분 탓인지 물 때문인지 전혀 개운한 느낌이 들지 않았다.

"재수없어. 여긴 정말 되게 기분 나쁘네. 꼭 무슨 일인가 일어날 것 같아."

아스윈은 불길한 시선으로 한 번 더 주변을 살피다가 종종걸음으로 일행이 있는 곳으로 돌아갔다. 아스윈이 의식하지 못하는 먼 곳에서는 섀도가 그런 그녀를 미소를 머금고 지켜보고 있었다.

"저런 인간쯤 어려울 것도 없겠네. 마음이 온통 허점투성이야."

섀도는 자신을 가려주고 있는 나무에 등을 기대고서 하늘을 올려다보았다.

"여긴 정말 지루하구만. 빨리 끝내고 어디 놀러나 가면 좋겠다~"

(2)

습지대에 들어와 이틀이 지났다. 이틀째 저녁, 크로드 일행은 그나마 마른땅을 골라 노숙 준비에 들어갔다. 일행은 그리 높지 않은 나무들 중에서 그래도 큰 나무를 골라 그 아래에 짐을 풀고, 주변의 나뭇가지를 꺾어다가 바닥에 깔아놓은 다음 불을 피우고 저녁을 지어 먹었다.

"벌레가 많기도 해라."

아스윈은 모닥불가를 날아다니는 벌레들을 보고 투덜거렸다. 약쑥을 태워서 벌레를 쫓아내고는 있지만, 아스윈은 벌써 여러 곳을 모기에게 물린 상태였다.

"으~ 가려워. 또 물렸어. 왜 아까부터 나만 무는 거야?"

투덜거리는 아스윈을 보고 유피는 웃었다.

"당연하지. 우리 중에 모기에게 물릴 인간이 아스윈밖에 더 있어?"

"하긴, 인간이라고는 나하고 크로드뿐인데, 모기도 무서워서 감히 크로드를 물 수 있겠어? 빨리 여기를 지나갔으면 좋겠다."

아스윈은 로브를 걷어붙이고 팔을 벅벅 긁었다.

"어쨌거나 여긴 분위기가 굉장히 음침하다. 다른 숲과는 진짜 다르네. 나무들도 키가 다 작고 뿌리는 이렇게 땅 위까지 튀어나와 있고 말이야."

주위를 둘러보며 유피가 하는 말에 아스윈이 눈을 빛냈다.

"분위기도 이런데, 내가 무서운 얘기해 줄까?"

"무서운 얘기?"

유피가 관심을 보였다.

"응. 마법 학교에 있을 때 책에서 읽은 건데, 이곳의 늪에는 사람들의 시체가 잔뜩 가라앉아 있다는 거야."

"그건 당연한 거잖아. 늪이니까 빠져 죽은 사람도 꽤 있겠지."

"그런 차원이 아냐. 리웰린 사람으로 500년 전쯤에 유명한 학자였던 고틀리가 쓴 『고틀리 여행기』에 여기 소택지에 대한 이야기가 있었거든. 거기에 따르면 여기는 원래 이렇게까지 넓은 습지가 아니었대."

"그냥 숲이었다고?"

"그게 아니고, 늪이랑 소택지는 있었지만 지금처럼 넓지는 않았다는 말이지. 아주아주 먼 옛날, 이 일대에는 크기가 엇비슷한 두 개의 나라가 있었어. 두 나라는 오랫동안 그럭저럭 좋은 관계를 맺고 지냈는데, 그중 한 나라에 란델이라는 포악한 자가 왕위에 오르면서 상황이 바뀌었어. 호전적인 란델은 여러 해에 걸쳐서 열심히 전쟁 준비를 해서 싸움을 걸었고, 상대 나라는 그에 대항해 싸웠지만 결국 패망하고 말았어."

"별다를 것도 없는 얘기네."

유피는 시큰둥해했다.

"끝까지 듣고 말해. 그 다음이 중요하다구. 전쟁에서 이긴 란델은 상대국의 모든 왕족을 끌어 모아다가 어른 아이 할 것 없이 이곳의 늪에 죄다 빠뜨려 죽였다. 그 수가 몇백은 되었다는 거야. 그 뒤 란델은 그걸로도 모자라서 자기에게 반항하거나 마음에 들지 않는 사람은 그때마다 늪에 밀어 넣어 죽였어. 수많은 사람들이 산 채로 늪의 제물이 되어갔지. 그렇게 10여 년이 흐르고, 참다 못한 사람들이 반란을 일으켜 결국 왕이 바뀌었어. 사람들은 란델과 그의 가족, 심복들을 그가 했던 것과 똑같은 방식으로 처형했지. 가족과 부하들부터 먼저 늪에 밀어 넣고 마지막에 발악을 하는 란델을 빠뜨렸는데, 란델이 잠겨들자마자 갑자기 늪이 부글부글 끓어올라서 넘치기 시작한 거야. 사람들은 놀라서 허겁지겁 달아났지만, 늪에서 넘쳐 나온 썩은 갈색의 흙은 사람들을 죄다 삼켜 버리려는 듯이 자꾸자꾸 넘쳐 나와서 많은 이들을 삼키고, 주변의 땅을 뒤덮어서 지금처럼 넓어졌다는 거야."

"그 고틀리라는 사람이 직접 본 일이야?"

유피가 물었다.

"그건 아니고, 고틀리도 여기 사람들에게 들은 얘기래. 그때도 아주 옛날이야기였던 모양이야."

"늪에 빠뜨리는 처형법은 바르트에도 있었다고 하더군."

크로드가 아스윈의 말에 보태었다.

"옛날에는 신분이 높은 귀족이나 왕족들에 대한 처형법이었지."

"왜요?"

헤르쿨레스는 자신의 일인 것처럼 인상을 썼다.

"피를 흘리지 않게 죽이는 방법이니까."

"아무리 그래도 그런 일로 늪이 넘쳤다는 건 믿기 어렵다."

유피는 고개를 설레설레 흔들었다.

"사람을 너무 많이 빠뜨려서 넘칠 수도 있는 거 아냐?"

헤르쿨레스는 꽤 진지하게 아스윈의 이야기를 받아들이는 눈치였다. 그러나 유피는 손사래를 쳤다.

"원래 사람들 소문이란 게 그렇잖아. 과장이 좀 심해? 이 얘기도 아마 그럴 거야."

그때 미카데의 목소리가 끼어들었다.

"여기에서 죽은 사람이 많은 건 사실이에요."

느릿하고 낮게 깔리는 미카데의 음성에 일행은 흠칫해서 그녀를 보았다. 불빛을 받아 음영이 짙게 드리워진 그녀의 얼굴은 음침한 정도를 넘어서 전형적인 마귀 할멈 상이었다. 미카데의 말은 계속되었다.

"이곳에서 풍기는 한기는 단순히 습기 때문만은 아니에요. 여기서 죽어간 수많은 사람들의 원한과 망집이 얽혀서 떠돌아다니기 때문이에요. 아직도 이 일대의 진흙 속에는 썩지도 못하고 잠겨 있는 죽은 자들이 뒤엉킨 채 잠겨 있어요."

오싹해진 유피와 아스윈 등은 저도 모르게 조금씩 밀착해서 앉았다. 헤르쿨레스는 이상해하며 모두의 얼굴을 둘러보았다.

"왜들 그래요? 먼 옛날에 죽은 사람을 겁낼 건 없잖아요."

그럼에도 침침한 분위기가 바뀌지 않자, 그는 마치 선심이라도 쓰는 것처럼 제안했다.

"좋아요. 분위기 개선을 위해 내가 노래를 한 곡 부르도록 하죠."

그리고 냉큼 일어나서 경쾌한 동작으로 춤을 추면서 큰 소리로 노래를 부르기 시작했다.

산토끼, 토끼야, 어디로 가느냐?
깡충깡충 뛰어서 어디로 가느냐?
산 고개, 고개를 나 혼자 넘어서…….

괴기한 밤 공기 속에 춤추고 노래하는 근육질 남자의 모습은 유쾌하기는커녕 일행의 비위를 거스르며 신경을 극도로 곤두서게 만들었다.

"으으, 그만 해! 차라리 유령 생각에 빠져 있는 편이 낫겠어!"

참다못한 아스윈은 귀를 틀어막고 신경질적으로 소리쳤다. 유피도 진저리를 치며 동조했다.

"정말, 네 춤과 노래가 유령보다 더 끔찍해."

"뭣이라?"

헤르쿨레스는 혹시나 다른 사람들이 자신을 변호해 주지 않을까 싶어 둘러보았지만, 크로드와 미카데는 물론이고 트렌까지도 어색하게 그를 외면하고 있었다.

"엘프의 노래를 유령과 비교하다니… 너무해……. 난 비행 엘프가 될 거야."

서럽게 중얼거린 헤르쿨레스는 흐느끼면서 어둠의 늪 저편으로 화다닥 달려가 버렸다.

"우리가 조금 심했나?"

아스윈이 마음에 걸려하자 유피는 가볍게 넘겼다.

"괜찮아. 저 녀석은 단순해서, 보나마나 내일 아침이면 마음이 풀려서 또 헤헤거릴 거야. 그나저나 비행 엘프라니, 이제부터 날아다니기라도 하겠다는 건가?"

헤르쿨레스가 사라진 방향을 보고 픽픽 웃던 유피는 얇은 모포를 뒤집어쓰고 불가에 누웠다.

"어쨌든 이제 조용해졌으니 잠이나 자죠."

아스원과 다른 이들도 유피에 이어 잘 준비를 했다. 트렌만은 제자리에 앉아 있었다. 자리에 눕기 전에 크로드는 트렌에게 말했다.

"도중에 피로해지거나 하면 날 깨워주시오. 유피와 번갈아 불침번을 서면 되니까."

"괜찮습니다. 어차피 잘 것도 아닌데요. 걱정 말고 어서 주무세요."

트렌은 상냥하게 대답하고 꼬챙이를 집어 불을 뒤집었다. 이틀 내내 걸어서 습지를 통과하느라 피곤했던 일행은 금세 규칙적인 숨소리를 내며 잠에 빠져들었다.

불현듯 사방의 공기가 조금 전에 비해 부쩍 어두워진 것을 깨달은 트렌은 고개를 들어 하늘을 보았다. 어디에서 몰려든 것인지 두터운 구름이 하늘을 완전히 가리고 있었다.

"역시… 또 무슨 일이 있으려나 보군. 이번에는 누구지?"

트렌은 낮게 중얼거리고 주변을 둘러보았다. 이제 일행의 가운데에 켜진 모닥불을 제외하고 일체의 불빛이 사라진 소택지는 완벽한 암흑의 공간으로 변해 있었다. 일대를 지배한 어둠은 모닥불에서 피어나는 작은 빛마저도 용납하지 않겠다는 듯 위협적인 그림자를 드리우며 일행을 포위하고 있었다.

트렌이 손을 뻗어 크로드를 깨우려는데 저쪽에서 헤르쿨레스의 찢어지는 비명 소리가 들렸다.

"우와악~ 엘프 살려~!"

헤르쿨레스의 우렁찬 구원 요청에 크로드를 비롯한 일행은 자동적으로 잠에서 깨어났다.

"누가 빨리 좀 와줘요. 사방이 괴물 천지야!"

다급한 고함 소리가 이어졌다. 크로드는 서둘러 갑옷을 입고 비명 소리가 들리는 방향으로 달려갔다. 달려가면서 그는 일행에게 소리쳤다.

"유피는 나를 따라오고, 나머지는 그곳에 남아 있으시오! 이런 깜깜한 밤중에 흩어지면 곤란하오!"

그 말에 따라 유피는 크로드를 따라가고 나머지는 모닥불가에 남았다.

끅, 끅, 커억—

언제부터인가 어둠 속 여기저기서 이상한 소리가 들려왔다. 목구멍에서 가래가 끓는 소리 같기도 하고, 컥컥 토악질을 해대는 것 같기도 한 소리였다.

"까악~ 저, 저게 뭐예요?!"

별안간 아스윈이 숨넘어가게 비명을 질렀다. 잠들기 전에 아스윈이 들려주었던 옛날이야기에서처럼 정말로 늪이 넘쳐 나서 일행이 있는 곳까지 흥건하게 퍼져 들어와 있고, 그 진득한 점액질의 토질 사이로 말라붙은 앙상한 형체가 수도 없이 올라오고 있었다.

팔뚝까지 올라온 자도 있었고, 절반쯤 튀어나온 자도 있었으며, 어떤 이는 벌써 전신이 나와 세 사람을 향해 걸어오고 있었다. 이상한 소리는 늪에서 올라오는 망자들이 내장과 목구멍을 가득 채운 진흙을 토해내는 소리였다.

긴긴 시간 동안 끈끈한 진흙 속에서 제대로 부패가 진행되지 못하고 잠겨 있던 시신들은 앙상한 해골도 아니고, 그렇다고 인간이라고도 보기 어려운 기괴한 미라가 되어 있었다.

"'포스포로스의 사자' 로군."

트렌은 창을 뽑아 들었다.

"적의 목표는 네크로스입니다. 크로드에게는 제가 가볼 테니 여기서 아스윈을 지켜주세요."

미카데에게 이른 그는 날개를 펼치고 날아올랐다. 미카데는 패닉 상태에 빠져 떨고만 있는 아스윈을 두고 갈 수가 없어 그녀의 곁에 남았다.

"아악~ 오지 마~"

머리를 감싸 쥐고 웅크리고 앉아서 떨고 있는 아스윈을 대신해 미카데는 손등 아래로 갈퀴를 뽑아 들고 미라를 공격했다. 그녀의 날카로운 갈퀴에 미라의 목이 뎅겅 날아갔다. 그러나 몸만 남은 상태에서도 놈은 미카데에게 비쩍 말라붙은 팔을 휘둘렀다. 미카데는 그것을 피하고 손에 화염을 일으켜 쏘았다. 그것에 맞은 미라는 산산조각이 나서 부서졌다.

그때였다. 연신 숨넘어가게 소리만 질러대고 있던 아스윈이 비명을 멈추고 일어났다. 그녀의 표정은 조금 전과는 정반대로 무척이나 침착했고 입가에는 교활한 미소가 떠올라 있었다. 그녀는 미카데의 등 뒤로 조용히 다가가더니, 두 손을 깍지 끼고 머리 위로 높이 치켜들었다가 레슬링식 내려치기 기술로 미카데의 머리를 강타했다. 생각지도 못했던 기습을 받은 미카데는 머리에서 피를 흘리며 쓰러졌다.

"호오~ 이 여자, 그냥 마도사인 줄로만 알았더니 보기보다 쓸 만한데?"

섀도는 즐거운 탄성을 올리고 자신의 손을 쳐다본 다음, 쓰러진 미카데의 양 발을 잡아서 제자리에서 빙글빙글 돌리다가 멀리 늪을 향해 던져 버렸다. 아스윈의 강력한 힘에 날려간 미카데의 몸은 여러 개의 나무에 연달아 세게 부딪쳐서 그것들마저 부러뜨리곤 늪에 떨어졌다. 늪은 부글부글 소용돌이치면서 미카데를 아래로 아래로 깊숙이 집어삼켰다.

"오오~ 힘 좋고, 기술 좋고!"

섀도는 의기양양하게 소리 질렀다.

크로드를 찾아서 날아가려던 트렌이 이 사태를 깨닫고 고개를 돌렸을 때, 아스윈의 몸을 차지한 섀도는 도전적인 웃음을 보이며 그에게 오라는 손짓을 했다.

"다른 데로 갈 일이 아닌 것 같은데, 이리로 오시지."

트렌은 방향을 돌려 그가 있는 곳으로 가서 어느 정도 거리를 두고 지면에 내려섰다.

"당신은 포스포스의 사자가 아니로군요. 당신은 누구죠?"

경어를 사용하고는 있으나 차갑고 고압적인 트렌의 질문에 섀도는 대답 대신 반문했다.

"그렇게 말씀하시는 당신이야말로 누구시죠? 듣기로 파워즈의 사령관인 카마엘 이상의 존재라고 하던데, 그런 분이 어떤 경로로 중간계에 내려오셨는지 심히 궁금한데요?"

섀도의 명백히 비아냥대는 말투에도 트렌은 동요하지 않고 지극히 냉철한 태도로 그의 눈을 똑바로 바라보고 있다가 말했다.

"이제 보니 당신은 벨리알의 수하인 '인간의 기생자' 섀도로군요."

섀도의 얼굴에서 웃음기가 가셨다.

"당신은 나를 알아보는데 나는 당신을 알아보지 못한대서야 불공평한 게임인데요. 스스로 말씀해 주시지 않겠다면 드러내도록 하는 수밖에 없겠지요."

말을 마친 섀도의 손에서 강력한 벼락이 방사되어 트렌에게 날아갔다. 트렌은 창을 쥔 반대 편 손을 내밀어 그것을 받아서 섀도에게 되돌렸다. 깜짝 놀란 섀도는 옆으로 이동해 그것을 피했다. 벼락이 떨어진 곳에서는 여러 개의 미라가 재가 되어 바스러졌다.

"헉! 죽을 뻔했잖아. 이 여자, 마력이 보기보단 대단하군."

혼자서 중얼거린 섀도는 트렌에게 소리쳤다.

"이봐요, 같은 편인데 이래도 되는 겁니까? 이 여자가 죽으면 어떻게 하려고 그래요?"

"숨만 붙어 있으면 어떻게든 됩니다."

트렌의 냉정한 대답에 섀도는 어이없어했다.

"뭐야, 정말 엔젤 맞아? 인정머리없는 걸 보니 고위가 틀림없긴 하군."

아스윈의 몸을 담보로 트렌을 위협하기는 불가능하다고 깨달은 섀도는 방향을 수정했다. 완전히 죽이지는 않더라도 절반쯤은 아스윈을 죽일 수 있는 상대라고 감을 잡은 것이다.

"인질로서의 가치는 거의 꽝이군."

한심스럽게 중얼거리던 섀도는 다음 순간 트렌이 급속도로 접근해 창으로 찌르는 것을 이동 마법으로 피해 근처의 나무 위에 올라갔다.

"그렇게 나오신다면 이쪽도 어쩔 수 없지."

섀도는 아스윈이 가지고 있는 공격 마법 중 가장 강력한 것을 시도

했다. 양손을 둥글게 모으는 손동작을 취하자 그 안에 주먹만한 불의 구체가 생겨났다. 트렌이 날개를 펼쳐 접근했지만, 섀도는 그전에 마법의 구체를 지름 50센티미터 정도로 크게 만들어 그에게 날렸다.

불꽃의 구체는 빛과 같은 속도로 트렌에게 날아갔다. 트렌이 피하자 수직으로 낙하하던 구체는 섀도의 조종을 받아 트렌의 움직임을 쫓아 그의 등 뒤로 돌아갔다. 피하기 어려워진 트렌은 창을 휘둘러 그것을 밀어냈다. 순간 제어력을 잃은 마법 구체는 아래로 곤두박질쳤다.

지면에 부딪친 불의 구체는 처음에는 물기로 질척한 늪지에 흡수되어 녹아 들어가는 것처럼 보였다. 그러다가 서서히 붉은 기운이 지면으로 퍼져 나가고, 일순간에 엄청난 기세로 폭발이 일어났다. 폭발과 동시에 강렬한 불꽃이 크게 원형을 그리며 사방으로 번져 나갔다.

끄아아아악~

늪의 미라들이 불에 휩싸여 스러지는 것을 본 섀도는 떨떠름해했다.

"쳇, 우리 쪽이 휘말리고 말았군."

그러나 미라들의 탁한 신음 소리를 뚫고 그것과는 전혀 다른 생생하고 날카로운 절규가 터져 나왔다.

"앗, 뜨거~!"

트렌이 내려다보니 엉덩이에 불이 붙은 헤르쿨레스와 머리에 불꽃을 인 유피가 펄떡펄떡 뛰면서 저 멀리 있는 얕은 물 웅덩이를 향해 필사적으로 달려가고 있었다. 그들에게서 눈을 뗀 트렌은 창을 곧추세우고 섀도에게 날아갔다.

섀도는 이동 마법으로 그곳에서 떨어진 다른 늪으로 갔다. 그곳에는 조금 전의 마법의 영향이 미치지 않아 늪에서 나온 미라화된 망자들이 수없이 배회하고 있었다.

샤도는 고도를 낮추어 그들 사이를 지나면서 이동했다. 트렌의 은빛 창은 샤도의 몸을 노리고 가차없이 죽은 이들을 치고 지나갔다. 그의 창이 지나갈 때마다 미라들의 팔다리가 떨어져 나가고 몸통이 간단하게 동강났다.

"제길, 손에 뭐가 있어야 저걸 막지."

샤도는 진땀을 빼며 바삐 피해 다녔다. 그때 긴 창이 죽은 자의 몸을 꿰뚫고 튀어나와 샤도의 복부를 향해 뻗어왔다.

"이크!"

그것을 피하느라 샤도는 늪 바닥에 털썩 뒤로 주저앉고 말았다. 그 순간을 놓치지 않고 다가온 트렌의 창이 그의 몸을 내리찍었다.

샤도는 늪 위를 구르면서 피하다가 때마침 손에 잡히는 미라를 잡아 트렌에게 던졌다. 트렌은 손에서 빛의 구를 일으켜 시신을 폭파해 버렸다. 뼈와 말라붙은 살점이 사방으로 흩어졌다. 그 짧은 동안을 이용해 겨우 트렌에게서 벗어난 샤도는 숨을 헐떡이면서 이를 갈았다.

"지독하군. 이건 팔다리쯤 떨어지는 건 상관도 않겠다는 식이잖아. 엔젤이 되어가지고 같은 편한테 이럴 수도 있나? 뭔가 방법이 없을까?"

그 뒤로도 샤도는 트렌에게 쫓기면서 열심히 방법을 찾았다. 샤도가 보기에 아스윈은 마도사답지 않게 힘도 있고 기술도 있는 인물이지만, 문제는 그것만으로는 트렌에게 대적할 수 없다는 것이었다.

"결국 마도사의 몸이니 마법이 아니면 안 되겠군."

아스윈의 마법 지식을 이것저것 떠올려 보던 샤도는 머릿속에서 감지되는 어떤 지식에 이르러 고개를 갸웃거렸다. 이름이 없는 주문이었다. 이름이 없다는 점이 이상하기는 했지만, 효과에 대해 아스윈이 알지 못한다는 점이 그의 주목을 끌었다.

트렌의 공격을 피해가며 어렵사리 주문의 암송을 마치자 섀도의 손에는 작은 사과만한 검은 구체가 생겨났다. 암흑의 빛으로 이루어진 그것은 아무런 질량도 느낌도 없는 기묘한 것이었다.

"이게 뭐지?"

섀도는 처음으로 경험하는 기묘한 그것에 당혹스러워했다. 그 무엇도 아닌 것 같으면서도 분명히 존재하는 그것에 손을 대어보니 그것은 느낌이 없는 상태에서도 부드러운 점토처럼 손의 모양에 따라 눌러지면서 모양이 변했다. 에라~ 모르겠다고 생각한 그는 그것을 잡아늘여 작대기 모양으로 만들어서 트렌에게 던졌다.

트렌은 왼손을 내밀어 섀도가 던지는 그것을 받았다. 아래에 있는 일행에게 영향이 미치는 일이 없도록 자신이 받아 소멸시켜 버리려 생각한 것이다. 그런데 트렌의 손에 닿자마자 그것은 스르르 녹아들듯이 사라져 버렸다. 그리고 다음 순간, 트렌의 하얀 손가락부터 검게 변색이 되어 스러지기 시작했다.

변색은 빠르게 트렌의 팔을 타고 올라왔다. 크게 당황한 트렌은 재빨리 오른손에 든 창으로 자신의 어깻죽지부터 왼팔 전체를 잘라냈다. 트렌의 몸에서 떨어진 팔은 바닥에 떨어지기도 전에 흔적도 없이 스러져 공중에서 사라졌다.

"……?!"

뜻밖의 위력에 놀란 것은 트렌뿐만이 아니었다. 섀도도 어리둥절한 표정이 되어 트렌을 쳐다보았다. 왼팔이 떨어져 나간 트렌은 신음을 삼키며 그 자리에서 조금 뒤로 물러섰다.

"아스윈에게 저런 주문이 있었다니… 대체 어떤 주문이지?"

트렌은 고통을 견디면서 자신의 몸을 제어하려 노력했지만 생각보다 타격이 컸다. 창을 쥐고 있는 그의 오른손은 가늘게 떨리고 있었다.

잠시 후, 자신이 생각지 않게 큰 힘을 얻은 것을 깨달은 섀도는 득의양양한 미소를 얼굴 가득 떠올렸다.

"이제야 제대로 게임이 되겠는걸."

그는 곧장 같은 주문을 사용하려 했으나 조금 전의 그 한 번으로 아스윈의 마력이 거의 바닥난 것을 깨달았다.

"마력 소모가 굉장히 큰 주문이군."

섀도는 소택지를 헤매고 있는 죽은 자들 사이로 들어가서 그들에게서 에너지를 최대한 끌어들였다. 섀도가 있는 곳을 중심으로 넓은 영역에 걸쳐 모든 에너지를 빼앗긴 미라들이 메마른 회색의 흙덩어리로 변해 바스러졌다.

주변에서 흡수한 힘과 자신의 힘을 더해 다시 그 검은 존재를 만들어낸 섀도는 이번에는 그것을 매만져 봉과 같은 형태로 길게 늘였다.

"이제 대답을 들려주실 때가 된 것 같은데요. 당신의 정체는 뭐지요?"

섀도는 손 안에 든 그 검은빛을 짐짓 가볍게 희롱하며 트렌에게 질문했다. 사실은 그것을 유지하는 것만으로도 힘에 부치는 상태였지만, 그는 자신있는 미소로 포장하면서 그것을 감추었다.

트렌은 상대를 잠자코 노려보고 있었다. 아스윈의 손에 있는 검은 빛의 정체가 무엇인지 알 수는 없지만, 그것이 대단히 위협적인 것이라는 사실은 잘 깨닫고 있었다.

'저 정도의 힘이라면 유지하기도 쉽지 않을 터… 아스윈의 몸은 두고 섀도에게만 타격을 가해 지금의 상태를 무너뜨리면……'

마음을 정한 트렌은 창을 놓고 오른손에 빛을 일켰다. 백색의 섬광이 발생해 눈부신 전기를 일으키는 빛의 창이 생겨났다.

"역공으로 나선다는 건가?"

섀도가 트렌을 향해 움직이려 했지만 트렌이 더 빨랐다. 섬광의 창이 섀도에게 날아갔다.

"젠장!"

섀도는 욕지거리를 하며 빠르게 움직여 그것을 피하려 했다. 하지만 손에 잡고 있는 검은빛을 유지하느라 이동 마법을 사용할 수가 없었다. 섬광의 창은 방향을 돌려 섀도를 쫓아가서 갑자기 수없이 많은 빛의 줄기로 갈라져 그를 덮쳤다. 놀란 나머지 섀도는 움츠러들며 비명을 질렀다.

"으앗!"

그러나 맹렬한 기세로 섀도에게 쏟아지던 빛은 그의 손에 있는 검은 봉으로 순식간에 흡수되어 버리고 말았다.

얼마 뒤 자신이 무사하다는 것을 깨달은 섀도는 자신이 지니고 있는 검은빛의 위력에 내심 경악하고 있었으나 기만의 명수답게 그것을 자신감으로 바꾸어 가장했다.

"후후, 쓸데없는 짓을 하셨군. 그 따위 공격은 나한테 통하지 않아."

트렌은 굳은 표정으로 놓았던 창을 다시 집어 들었다. 지금의 상태를 무너뜨리려면 직접 공격해서 아스윈의 몸에 타격을 입히는 방법밖에 없다고 생각한 것이다. 그의 모습이 사라지는가 싶더니 갑자기 섀도의 머리 위에 나타나 창으로 내려쳤다.

새도는 검은 봉을 들어 그것을 막았다. 아무런 질량도 느낌도 없는 그것이 과연 물리적인 공격에도 방어력을 발휘해 줄 것인지는 새도도 알지 못했지만, 거의 반사적인 행동이었다.

창과 검은 봉이 부딪치는 순간 트렌은 창을 통해 자신의 존재 전체가 상대의 검은빛에 흡수되는 것을 느끼고 당황했다. 상대를 누르기 위해 힘을 실으면 실을수록 더욱 강하게 빨려들고 있었다. 트렌은 다급히 창을 떼고 크게 물러났다.

'대체 뭐지? 아스윈이 다루고 있는 점이나 창이 무사한 것을 보면 물질에는 영향을 미치지 않는 힘이라는 이야기인데⋯⋯.'

그러나 더 생각할 틈은 없었다. 더 이상 밀릴 수는 없다고 판단한 새도가 검은 봉을 무기 삼아서 트렌에게 접근해 왔다. 창처럼 던지기에는 그도 이미 한계에 달해, 트렌이 피할 경우 제대로 조종할 자신이 없었기 때문에 직접 들고 다루기로 한 것이다. 트렌은 창자루를 길게 잡고 새도가 들고 있는 검은 봉과 부딪치는 것을 피하면서 아스윈의 몸을 겨냥해 찌르기 공격을 했다.

"진짜 인정사정없네."

새도는 거리가 조금이라도 좁혀지는 것을 바라고 트렌의 공격을 피하면서 기회를 엿보았다. 언제까지 자신이 이 힘을 감당할 수 있을지 스스로도 알 수가 없는 까닭에 그도 초조해져 있었다. 기회를 엿보다가 트렌의 복부를 향해 검은 봉을 던지는 찰나, 트렌의 창이 아스윈의 어깻죽지에 꽂혔다.

전신을 타고 흐르는 강렬한 통증에 새도는 고통스러운 비명을 내지르며 나뒹굴었다. 그와 동시에 새도의 손에서 막 떠난 검은빛은 미세한 꽃가루가 바람에 흩어지듯이 공기 중에 풀리더니 작은 소용돌이를 일으켰다. 한 손에 들어갈 만큼 조그만 소용돌이였음에도 트렌은 자신의 존재 전체가 그 속으로 끌려가는 무시무시한 인력을 느끼고 창을 뽑아낼 틈도 없이 멀찍이 이동했다.

"윽……."

소용돌이를 느끼자마자 피했건만 벌써 상당한 힘이 끌려가 버렸다. 몸을 지탱하고 서 있기조차 힘들어 트렌은 가까이에 있는 나무를 붙잡고 기대어야 했다.

검은 소용돌이의 영향에서는 섀도도 예외가 아니었다. 본능적으로 존재의 위기를 느낀 그는 아스윈의 몸에서 다급히 빠져나왔다. 인간의 육신을 입지 않은 섀도의 형체는 인간의 모습처럼 보이되 윤곽도 존재감도 없는 그림자의 상태였다. 트렌과 마찬가지로 이미 싸움에서 많은 힘을 소진한 데다 검은 소용돌이에 빨려 들어갈 뻔한 터라 섀도는 비실거리면서 기다시피 주변의 어둠으로 숨어들었다.

섀도가 빠져나간 직후 아스윈은 정신을 잃고 그 곳에 쓰러졌다. 잠시 나무에 기대서 자신의 몸을 추스르고 있던 트렌은 비틀거리는 걸음으로 그녀에게 다가가 창을 뽑아냈다. 아직도 팔에 힘이 제대로 실리지 않아 창을 뽑아내기도 쉽지가 않았다. 간신히 창을 뽑아낸 다음, 그는 아스윈의 옆에 앉았다.

"숨은 붙어 있군."

아스윈의 생존을 확인한 그는 크로드가 있을 것으로 짐작되는 방향을 초조하게 쳐다보았다. 당장 그곳으로 가야 할 터인데 몸이 말을 듣지 않았다.

"물질이란 참으로 거추장스러운 껍데기로군. 영혼의 감옥이라는 표헌 그대로야."

트렌은 자신의 몸을 자조의 시선으로 내려다보며 중얼거렸다.

한편, 헤르쿨레스의 비명 소리를 듣고 그를 구하러 갔던 크로드는 고립무원의 늪지에서 곤란한 지경에 처해 있었다.

이상한 밤이었다. 구름에 달빛이 가려져 있다고는 하지만, 그것치고도 너무 어두웠다. 횃불을 들고 있는데도 주변의 상황이 전혀 보이지 않았다. 마치 어둠이 횃불의 빛까지 삼켜 버리는 것 같은 인상이었다. 게다가 신경을 긁는 이상한 소리가 곳곳에서 들려오고 무엇인가가 끊임없이 움직이고 있는 것이 느껴졌다.

뒤에서 누군가 다가오는 것이 느껴졌다. 유피나 헤르쿨레스인가 싶어 그쪽으로 횃불을 돌렸던 크로드는 상대를 확인하고 일순 굳어졌다. 끈끈한 진흙을 뒤집어쓴 미라였다. 크로드는 얼른 정신을 차리고 횃불로 힘껏 쳐서 그것의 머리를 날려 버렸다.

끅!

죽은 자는 입에서 진흙을 토하며 나뒹굴었다. 그것을 신호로 뭔가가 일제히 사방에서 크로드에게 덤벼들었다. 네크로스가 그에게 위험을 알리려는 듯 붉은 기운을 뿜어냈다. 그제야 주변의 상황이 차차 눈에 들어오기 시작했다.

어느 틈엔가 헤아릴 수 없이 수많은 미라들이 자신의 주변을 에워싸고 있었다. 미라들이 토해내는 괴기한 신음이 음산한 기운을 더욱 부추기고 있었다. 크로드는 횃불을 던져 버리고 대신 오른손에도 다른 검을 뽑아 들었다.

미라들은 전신에서 늪의 진득한 진흙을 피처럼 주르륵 흘리면서 생기없는 동작으로 크로드를 향해 맹목적으로 움직였다. 고통도 감정도 남아 있지 않은 망자들은 네크로스의 강력한 위력에도 아무런 두려움 없이 막무가내로 돌진했다. 크로드는 자신들이 함정에 빠진 것을 깨달았다.

'지난번의 그 마족인가?'

크로드는 그들을 닥치는 대로 베어내면서 헤르쿨레스의 모습을 찾았다. 그러나 시야를 메우다시피 몰려드는 사자들로 인해 도저히 찾을 수가 없었다.

"크로드, 어디 있어요?"

멀리서 유피가 큰 소리로 그를 불렀다.

"난 여기 있어. 헤르쿨레스는?"

"헤르쿨레스는 나랑 있어요. …잠깐 있어봐요. 곧 갈게."

그러나 그 말과는 달리 유피도 헤르쿨레스도 나타나지 않았다. 크로드는 목소리가 들렸던 방향으로 가려고 몸을 돌렸다. 그런데 문득 발 아래에 축축한 한기가 들더니 발이 쑥 빠져들었다. 믿을 수 없게도 늪이 넓어지고 있었다. 그리고 그 뭉클한 진흙에서는 갈퀴 같은 손들이 갈대 줄기처럼 허우적거리며 튀어나와 있었다. 크로드는 급히 그곳을 벗어나 달리기 시작했다.

컥, 컥—

사자들이 토해내는 기분 나쁜 소리는 끊임없이 그의 귀를 자극했다. 그때 다시 유피의 목소리가 들렸다.

"안 되겠어요. 미카데랑 트렌을 불러올게요. 조금만 더 버티고 있어요."

"알았어……."

발 아래에서는 늪이 확산되어 뻗어오고, 땅 위에서는 미라들이 수도 없이 몰려드는 터라 그 한마디의 대답을 하기도 쉽지가 않았다. 미라들은 늪의 인력에도 영향을 받지 않는지 늪 위를 걸어 크로드에게 다가왔다.

뒤에 와서 뻣뻣한 팔을 휘두르는 미라 둘을 베고 막 몸을 돌리는 찰나, 그의 정면 바로 앞에 옐이 이동해서 나타났다. 크로드의 허리를 겨냥한 그녀의 손에는 어마어마한 전기가 번득이는 검은 번개가 머물러 있었다. 그녀는 잔혹하게 미소 지으며 그것으로 크로드의 몸을 가격했다.

'젠장!'

피하기에는 너무나도 순식간에 일어난 일인데다가 거리도 너무 가까웠다. 피할 수 없다고 생각한 크로드는 자신도 모르게 눈을 질끈 감았다.

그런데 다음 순간, 크로드는 자신이 옐의 옆으로 돌아가 있다는 사실을 깨달았다. 거기서 그치지 않고 그의 왼손, 정확히는 왼손에 쥐여져 있던 네크로스가 옐의 목을 노리고 비스듬하게 그녀를 내려쳤다. 옐은 크게 놀라 이동으로 그것을 피했다. 그녀의 검고 윤기나는 머리칼의 일부가 네크로스의 검날에 닿아 잘려 나갔다.

"지금의 것은 설마……."

크로드에게서 멀리 떨어진 곳으로 피한 옐은 놀라움을 감추지 못하고 크로드를 보았다.

크로드 본인도 놀라기는 마찬가지였다. 방금 전에 자신에게 어떤 일이 일어난 것인지 잠시 이해할 수가 없었다. 옐의 공격에서 자신을 구하고 역공을 가한 행동은 자신의 몸을 통해 이루어진 일이지만, 자신의 의지가 아닌 별개의 다른 힘이 작용한 것이 분명했다.

"네크로스, 너냐?"

그러나 한눈을 팔 여유는 없었다. 정신을 차린 옐이 검은 번개를 일으켜 손에 들고 공중을 날아 공격을 재개했다. 네크로스가 크로드를 보호하고 있다는 것이 확실해진 이상 멀리서 공격하는 것은 소용이 없다고 판단한 것이었다.

네크로스와 검은 번개가 맞부딪치자 주위로 엄청난 불똥이 튀면서 귀가 멍해질 정도의 굉음이 울렸다. 옐은 나타났다가 사라지기를 반복하며 여러 각도에서 크로드를 공격했다.

"인간의 스피드는 아니군."

수차례의 공격을 크로드가 막아내자 옐은 공중으로 높이 올라가 들고 있는 검은 번개를 지면으로 내던졌다. 그것은 크로드가 아니라 그의 가까이의 땅으로 떨어졌다. 그러자 물컹한 지면이 돌멩이에 맞은 수면처럼 원형으로 파동이 일며 요동 치더니 일시에 무시무시한 기세로 튀어 올랐다.

크로드는 아래에서 솟아오르는 진흙 세례에 갇혀 버리고 말았다. 옐은 지면에 닿을 듯 말 듯 아슬아슬한 높이로 미끄러져 날아와서 다시 생성시킨 검은 번개를 옆으로 힘껏 휘둘렀다. 진흙이 눈에 들어가지 않도록 오른손으로 눈을 가리고 있던 크로드는 그것을 볼 수가 없었다. 느낌만으로 간신히 막아내기는 했지만, 옐의 힘에 몸이 주욱 뒤로 밀려났다. 다리에 힘을 실어 버티려고 해도 물렁한 늪 지대의 땅에서는 지탱할 도리가 없었다.

옐은 회심의 미소를 흘렸다. 이제 조금만 더 가면 크로드를 늪 속으로 밀어붙일 수 있었다. 그때였다. 어디선가 은빛의 가느다란 봉이 옐의 등을 똑바로 찔러 들어왔다. 그것을 알아챈 옐은 급히 옆으로 몸을 틀어 그것을 피했다. 그러느라 옐의 주의가 흐트러졌다.

크로드는 무릎까지 빠져드는 진창을 빠져나오면서 옐에게 네크로스를 휘둘렀다.

"읏!"

옆구리를 살짝 베인 정도인데도 옐은 신음을 토하고 물러섰다. 옐을 공격했던 은빛 봉이 부드럽게 뒤로 빠지고, 공중에 하얀 옷을 입은 키가 큰 젊은 남자가 나타났다. 자신의 키만큼이나 길고 가는 은빛 봉을 쥔 그는 허공에 모습을 드러내자마자 옐을 향해 그 봉을 길게 잡고 아래로 내려쳤다.

옐은 이동해서 피했지만, 똑바로 뻗어가던 봉은 도중에 네 개의 마디로 분절되어 방향을 꺾어서 옐의 등을 강하게 가격했다. 길게 늘어난 봉의 각 마디는 같은 재질의 은빛 사슬로 이어져 있었다. 불의의 기습에 당한 옐의 몸이 강한 타격을 입고 앞으로 기울어졌다.

남자는 옐이 대응을 할 여유를 주지 않고 곧장 이동해서 옐에게 바짝 다가와 봉을 쥔 반대 편의 손으로 그녀의 복부를 강타했다. 옐은 반사적으로 두 손으로 가슴을 가리고 몸을 둥글게 말아 방어막을 만들었지만, 완전히 막아내지는 못했다. 옐의 입에서 붉은 피가 왈칵 쏟아져 나왔다.

"아악—!"

옐은 비명을 내지르며 늪 속으로 깊숙이 떨어져 갔다. 점액질의 진흙이 공중으로 높이 솟구쳤다. 옐을 쫓아 늪으로 들어가려는 남자에게 늪 아래에서 검은 벼락이 분출되어 나왔다. 그러자 남자는 약간 움직여 그것을 피하고 봉을 내밀었다. 하나로 이어져 있던 봉은 다시 여러 마디로 늘어나서 늪 아래로 똑바로 찔러 들어갔다.

또다시 늪의 진흙이 일순 엄청난 기세로 튀어 올랐다. 늪 전체가 폭발한 것이 아닌가 싶을 정도였다. 그 사이로 바깥으로 튀어나온 옐은 한눈에 보기에도 심한 부상을 입은 상태였다. 파열된 복부는 처참하게 망가져서 손으로 틀어막고 있는데도 피가 쏟아지듯이 흘러내렸다.

"라신… 당신이 왜?"

어째서 그에게 자신이 공격받은 것인지 옐은 전혀 모르는 듯이 보였다. 이유를 묻는 옐에게 라신은 여유롭게 대꾸했다.

"그럴 일이 있지."

"…이 빚은 꼭… 갚겠다……."

옐은 무시무시한 눈빛으로 그를 노려보며 간신히 한마디를 남기고 모습을 감추었다.

"나중에 보자는 말인가? 그렇게는 안 되지. 이왕에 시작한 일, 끝을 봐야 하지 않겠어?"

라신은 그렇게 대답하고는 크로드에게 고개를 돌리고 의미를 알 수 없는 미소를 보였다. 까무잡잡한 피부에 짙은 초록색 고수머리를 가진 그는 이목구비가 뚜렷하고 눈이 커서 시원스러운 느낌을 주는 아름다운 남자였다.

"다음에 봅시다."

크로드에게 인사를 남긴 그는 옐을 쫓아 사라졌다. 크로드는 어떻게 된 일인지 이해할 수 없어 그들이 사라진 자리를 멀거니 바라보았다.

옐이 사라지자, 그때까지 사방으로 확산되던 늪은 빠르게 빠져나가 제자리로 돌아갔고, 미라들도 힘을 잃고 쓰러져서 다시 늪 아래로 잠겨 들어갔다. 그와 더불어 하늘을 빽빽하게 뒤덮고 있던 검은 구름도 바람을 타고 흩어지기 시작했다.

"크로드, 어디 있어요? 괜찮아요?"

저쪽에서 유피가 큰 소리로 그를 부르며 달려왔다. 그의 앞으로 달려온 유피의 얼굴은 벼락이라도 맞은 것처럼 까맣게 그을려 있었고, 그의 고수머리는 더욱 심하게 오그라들어 머리통에 딱 붙어 있었다.

"다행이다. 무사했군요."

그는 숨이 차서 심하게 헐떡거리면서도 크로드의 얼굴을 확인하고 안도했다.

"모습이 왜 그래?"

"왜 이렇긴요. 나랑 헤르쿨레스랑 불바다 속에서 죽을 뻔했으니 그렇죠. 트렌과 미카데를 찾으러 가는데, 느닷없이 온 천지가 불바다가 되더라구요. 땅이 그나마 습한 데라서 얼른 바닥에 엎드려서 살았지, 안그러면 우리 둘 다 통구이가 될 참이었어요. 그래도 몸에 불이 붙어버려서 물 있는 곳에 가서 불부터 끄고 다시 오는 거예요. 아무래도 크로드가 걱정되어서 난 이리로 오고 헤르쿨레스가 나머지를 찾으러 갔어요."

아닌 게 아니라 유피의 옷은 온통 진흙과 물기로 엉망이 되어 있었다.

"늪이 넘치고 죽은 사람들이 판을 치는 걸 보니, 혹시 지난번의 그 마족 여자애가 나타난 거 아니에요?"

"맞아."

크로드는 씁쓸하게 답하면서 조금 전의 소동이 믿을 수 없게도 고요히 가라앉은 소택지를 둘러보았다.

"역시… 그렇지 않나 싶더라."

혼잣말로 중얼거린 유피는 크로드에게 물었다.

"설마 크로드 혼자서 해치운 거예요?"

"그게 아냐. 그 이야기는 나중에 자세히 하기로 하고, 우선 다른 사람들부터 찾아보지."

크로드와 유피가 걸음을 옮기려는데 저쪽에서 헤르쿨레스가 누군가를 안고 그들에게 달려오면서 소리쳤다.

"큰일 났어요, 크로드! 트렌은 크게 다쳤구요, 미카데 씨는 행방불명됐어요!"

"아스윈은?"

유피의 질문에 헤르쿨레스는 자신이 안고 있는 것을 보았다.

"이렇게 기절 상태야."

"트렌은 얼마나 다쳤기에?"

"그게… 한쪽 팔이 없어."

헤르쿨레스는 거의 울 것 같은 표정이었다.

"뭐?"

유피는 눈이 사발만해져서 급히 헤르쿨레스가 지나온 방향으로 갔다. 잠시 후 유피와 일행에게 온 트렌은 헤르쿨레스가 말한 대로 왼쪽 팔이 없는 상태였다. 평소에도 하얀 얼굴이 더욱 하얘져서 눈으로 빚은 조각처럼 금방이라도 바스러지지 않을까 싶을 정도였으나, 그는 침착한 태도를 유지하고 있었다.

"너무 걱정 마세요. 조금 있으면 재생할 수 있을 겁니다."

"그쪽에서는 무슨 일이 있었던 겁니까?"

크로드는 트렌에게 물었다. 단순히 죽은 자들뿐이었다면 이렇게는 되지 않았을 것이라 짐작한 것이다.

"다른 마신이 개입했습니다. 섀도라는 자인데, 아스윈의 몸을 지배하고 기습해 왔습니다. 미카데 씨도 그것에 당했습니다."

"아참! 이럴 게 아니라 미카데 씨를 찾아봐야죠. 모두 흩어져서 찾아보기로 해요."

미카데의 이름이 나오자 헤르쿨레스는 아스윈을 내려놓고 일행을 재촉했다. 그때부터 트렌과 아스윈을 제외한 일행들은 미카데를 찾아서 늪지를 돌아다녔다. 그러나 헤르쿨레스가 자신의 요정 말과 함께 멀찍이 피해 있던 일행의 말을 찾아온 외에 미카데는 찾아내지 못했다.

"이걸 어쩌지? 미카데 씨에게 무슨 일이라도 있다면, 그 성질 사나운 맥카넨이 우릴 가만두지 않을 텐데……."

유피는 안절부절못하면서 울상이 되었다.

"지금 그런 게 문제야? 일행이 없어졌는데."

"그야 미카데 씨도 걱정이 되기야 하지. 하지만 헤르쿨레스, 너도 알다시피 맥카넨이 어디 보통 성질이야?"

둘이 그런 말을 하는데, 갑자기 그들의 앞에 있는 늪에서 무엇인가가 불쑥 올라왔다. 사람의 손이었다. 두 손이 먼저 보이고, 머리가 올라오고 어깨가 드러났다. 진흙에 둘러싸인 그것은 몸을 일으키고 일행 쪽으로 올라오려고 했다.

"히엑, 저게 뭐야? 아직 끝난 게 아니었어?!"

유피는 기겁을 하며 얼른 그 앞에 가서는 그 형체가 바깥으로 나오지 못하도록 한쪽 발로 머리를 눌러 열심히 늪으로 밀었다.

"야, 들어가, 들어가! 들어가서 제발 성불하셔!"

열나게 밀고 있는데 헤르쿨레스가 유피의 팔을 잡아당겼다.

"잠깐만, 유피. 이거 미카데 씨야."

진흙에 덮여 얼굴을 제대로 확인할 수는 없었지만, 로브를 입고 있는 것을 보니 그런 것 같기도 했다.

"하지만 손이 이상하잖아. 미라 아냐?"

유피가 상대방의 이상하게 길고 앙상한 손가락을 가리키자 헤르쿨레스는 말했다.

"미카데 씨 손등의 갈퀴잖아."

"아, 그런 거야?"

헤르쿨레스는 겸연쩍게 서 있는 유피를 대신해 미카데의 손을 잡고 그녀를 바깥으로 끌어냈다. 미카데는 한참 동안 쿨럭거리면서 바닥에 주저앉아 있었다. 그제야 유피는 그녀의 옆으로 가서 열심히 변명했다.

"미안해요. 우리가 얼마나 미카데 씨를 찾아다녔다구요. 진짜 몰라서 그런 거니까 이해해 줘요. 이해해 주는 거죠?"

그 말을 알아들었는지 고개를 두어 번 끄덕이는 미카데의 이마에서 진흙에 섞여 피가 주르륵 흘러내렸다.

"앗, 피잖아! 잠깐 있어봐요."

유피는 짐에서 물이 든 가죽 주머니를 가져와 미카데에게 부어주었다. 머리 위쪽부터 조심조심 물로 씻어내고 보니 정수리에 크게 상처가 나 있었다.

"우와, 이거 두개골에 금 간 거 아닌가 모르겠네."

이마에 주름을 짓고 있는 유피에게 크로드는 응급약과 상처를 감는 데 쓸 깨끗한 천을 내어주고, 미카데에게는 물을 마시도록 했다.

"우선 입 안부터 헹구어내시오."

미카데가 물로 입 안을 헹군 다음, 유피는 제법 익숙한 손놀림으로 상처를 소독하고 천으로 머리를 감았다.

"상처가 큰데… 보통 사람 같으면 진짜 죽었을지도 모르겠는걸."

유피가 미카데를 치료하는 것을 지켜보던 크로드는 적당히 마른 자리를 찾아 앉았다. 긴장이 풀리자 급작스럽게 피로가 몰려와 서 있을 수가 없었다.

구름이 흩어진 하늘을 보니 아직 별빛이 맑았지만, 달의 위치를 볼 때 잠시 후면 새벽이 다가올 즈음이었다.

트렌을 슬쩍 쳐다보니, 그는 지면 위로 드러나 있는 근처의 나무뿌리에 걸터앉아 가만히 눈을 감고 있었다. 한쪽 팔이 떨어져 나간 상태에서도 그의 표정은 잠든 듯 고요해 보이기까지 했다. 크로드는 트렌에게서 시선을 돌려 정면의 바닥을 물끄러미 내려다보았다.

'무슨 일이 일어나고 있는 거지?'

일행이 전원 무사한 것은 그나마 다행이지만, 옐에 더해 다른 마신까지 개입했다는 사실이 심상치 않았다. 그에 그치지 않고 옐을 공격했던 그 남자 역시 인간이 아닌 것은 확실했다.

네크로스를 둘러싸고 무엇인가 복잡하게 얽혀 돌아가기 시작했다. 이미리아가 예언했던 파멸의 운명이 본격적으로 그 실체를 드러내고 있는 것인지도 모른다는 불길한 생각이 들었다.

(3)

　옐이 라신을 피해 간 곳은 소택지 인근의 도시 중앙에 있는 사원 회
당이었다. 이른 시간이라 아무도 없는 회당은 어둠과 정적에 잠겨 있
었다. 옐은 설교단과 제단 앞으로 길게 늘어서 있는 회중석의 긴 의자
들 중에서 중간 줄의 왼쪽 끝자리에 웅크리고 앉았다. 두 팔로 복부를
감고 앞으로 몸을 숙여 앞 자리의 등받이에 머리를 기댄 그녀는 신음
소리를 내지 않으려고 이를 악물었다.
　'어째서 라신이 나를 공격한 거지?'
　그리고리의 군주 아자젤의 부하인 라신과는 그다지 친분이 있지도
않았지만, 특별히 나쁜 사이도 아니었다. 그가 자신을 그런 식으로 공
격하리라고는 생각지도 못한 일이었다.
　'혹시 아자젤님이……?'
　그때 설교단이 있는 쪽에서 딸깍! 하는 작은 소리가 들렸다. 옐은

긴장해서 살짝 고개를 들었다. 그 소리는 설교단 옆에 달린 작은 문이 열리는 소리였다. 옐이 지켜보는 가운데, 한 명의 젊은 사제가 불이 켜진 짧은 촛대를 들고 들어왔다. 그는 회당에 누군가가 있을 것이라고는 생각지 못하고, 설교단 아래의 제단으로 가서 제단 양쪽에 놓인 두 개의 촛대에 불을 켜고 돌아섰다.

옐은 그에게 자신의 모습이 보이지 않도록 어둠의 정령을 이용해 몸을 감추었다. 옐을 보지 못한 사제는 제단 정면에서 무릎을 꿇고 잠시 기도를 올린 후 가지고 들어왔던 촛대를 들고 회중석의 의자들 사이를 지나갔다. 안쪽에서 잠겨 있는 회당 정문의 걸쇠를 연 사제는 그 바깥의 현관 문도 열어놓고 제단 쪽으로 돌아가서 자신이 들어왔던 문으로 나갔다.

사제가 나가고 나자 옐은 긴장을 풀고 다시 모습을 드러냈다. 심한 부상을 입은 데다가 언제 라신이 들이닥칠지 모르므로 가급적 힘의 소모는 막아야 했다.

오래지 않아 회당의 문이 열리고 누군가가 들어왔다. 옐은 고개를 푹 숙인 채 들어온 이의 존재감을 탐지해 보았다. 다행히 보통 인간이었다. 이후에도 간간이 몇 사람이 더 들어와 드문드문 앉아서 저마다 기도를 올렸다.

어느덧 동이 트기 시작했는지 사원 측벽의 위에 뚫린 채광 창을 통해 어스름한 새벽빛이 회당 내부로 희미하게 드리워졌다.

일곱 번째로 회당의 문이 열렸을 때, 옐은 긴장하며 신경을 곤두세웠다. 인간이 아닌 존재감이 느껴졌다.

'누구지? 라신인가? 벌써 날 찾은 건가?'

그러나 곧 옐은 그것이 라신이 아닌 카마엘이라는 것을 감지하고 조금은 안도하며 긴장을 풀었다.

옐이 앉아 있는 곳으로 곧장 다가온 카마엘은 옐의 옆에 앉아 다른 사람들처럼 잠시 고개를 살짝 숙이고 있었다. 옐은 카마엘이 무슨 목적으로 이곳에 온 것일까 생각하며 그의 빈틈없이 단정해 보이는 옆모습을 바라보고 있었다.

이윽고 고개를 들고 일어서는 카마엘의 손에는 얇은 모포가 들려 있었다. 그가 모포를 펼치고 자신을 향해 상체를 숙이자 옐은 당황해서 몸을 움츠렸다.

"지금 뭘……?"

옐이 물으려는데 카마엘은 손가락을 그녀의 입술에 살짝 대고 속삭였다.

"조용히……!"

옐은 두려운 눈빛으로 카마엘의 얼굴을 탐색하듯 올려다보았다. 그러나 카마엘의 황금빛 깊은 눈동자에서는 아무런 정보도 얻어낼 수가 없었다. 경계하는 태도를 보이면서도 옐이 가만히 있자 카마엘은 모포로 그녀의 몸을 가만히 감싼 뒤 그녀를 안아 들고 자연스러운 걸음걸이로 회당을 나갔다.

옐을 안고 사원을 나간 카마엘이 이동해 간 곳은 천장이 낮고 사방이 화강암으로 만들어진 지하 공간이었다. 석실의 가장 안쪽 중앙에는 화강암을 깎아 만든 긴 제단이 놓여 있었다. 한눈에도 예배실이거나 회당임을 알아볼 수 있는 구조였지만, 오랜 기간 사용되지 않은 듯 공기는 한 점의 온기도 없이 싸늘했고 제단과 부서진 의자 등이 흩어져 있는 이외에는 아무것도 없었다.

카마엘은 평평한 제단 위에 옐을 내려주었다.

"그리 편한 곳은 아니겠지만, 여기라면 라신도 당분간은 찾아내지 못할 거야."

주위를 경계하면서 살펴보는 옐에게 카마엘은 설명처럼 덧붙였다.

"고대에 사용했던 지하 사원이야. 이미 오래전에 잊혀진 곳이라 지금은 아무도 들어오지 않아."

옐은 무뚝뚝한 어조로 물었다.

"왜 나를 도와주는 거지?"

"글쎄⋯⋯."

카마엘이 애매하게 말끝을 흐리자 옐은 다그쳤다.

"목적이 있을 거 아냐?"

"그런 것이 그렇게 중요한가?"

"내게는 중요해."

옐의 딱딱한 태도에 카마엘의 입가에서 미소가 사라지고, 그의 얼굴이 조금 경직되었다.

"정 알고 싶다면 이렇게 해두지. 너에게 의리를 하나쯤 만들었다고 말이야."

옐은 그럴 줄 알았다는 표정으로 고개를 돌렸다.

"역시 그렇군. 좋아, 이번에는 신세를 졌어. 언젠가 꼭 갚겠어. 하지만 나의 군주에 관한 일에서는 불가능해."

카마엘은 어이없다는 듯이 가볍게 웃었다.

"과연 포스포로스의 충실한 사자시군. 하지만 내가 달리 너의 도움을 받을 일이 있을까? 너도 알다시피 나는 대립물의 조화와 균형을 맞추는 자, 파워즈의 지휘관으로서 파괴의 천사, 징벌의 천사, 복수의 천사, 죽음의 천사들로 구성된 14만 4천의 군세(軍勢)가 나의 지휘를 따르고 있는데 말이야."

"갑자기 자신의 지위를 과시하는 이유는 뭐지?"

엘의 신경질적인 반문에 카마엘은 빈정거리는 투로 대답했다.

"내게 빚을 갚으려면, 적어도 힘으로는 그럴 일이 없을 것이라는 뜻이야."

그의 말에 반박하지 못하고 엘이 입을 다물자, 카마엘은 엘의 발치로 가서 한쪽 무릎을 세우고 앉아 그녀의 눈을 똑바로 쳐다보았다. 그의 얼굴은 어느덧 부드럽고 사교적인 빛을 띠고 있었다.

"당신의 의사를 존중하는 의미에서 이곳에서 현재 하는 일에 대해서는 묻지 않겠어. 그런데 요즘 '데스 드래곤' 키아스님께서 어디에 계시는지 혹시 알아? 근래에 통 뵙지를 못한 것 같은데……."

짧은 순간 엘의 눈빛이 미묘하게 흔들렸다. 그러나 금세 그녀는 아무 일도 아닌 것처럼 태연하게 되받았다.

"그걸 어째서 내게 묻지?"

"넌 포스포로스의 사자이자, 그분의 그림자이신 데스 드래곤님의 직계 부하니까."

"그분은 잘 계셔. 조금 바쁘신 것뿐이야."

"드릴 말씀이 있는데 뵐 수 없을까?"

카마엘의 어조는 은근했다.

"난 여기 일로 바빠. 그런 문제라면 다른 이에게 부탁하는 게 나을 거야."

"네 말처럼 내가 널 도왔으니, 너도 나를 한 번은 도와줄 수도 있잖아? 어려운 일도 아닌데 왜 그러지?"

잠시 곤혹스러운 침묵이 흘렀다. 대답이 곤란해진 옐은 앙칼지게 소리치며 몸을 일으켰다.

"결국 이런 식으로 날 이용하겠다는 거였군. 나가겠어!"

그러나 말과는 달리 그녀는 제대로 일어서지도 못했다. 일어나려다 말고 고통스러워하며 웅크리고 있는 옐을 보는 카마엘의 얼굴에 씁쓸한 빛이 스쳤다. 그가 손을 내밀어 부축하려 했지만 옐은 그 손을 강하게 내쳤다.

"필요없어!"

카마엘은 그런 그녀를 바라보다 돌아섰다.

"지금의 빚은 나중에 받기로 하지. …쉬어."

그의 음성은 어둡게 가라앉아 있었고, 뒤돌아 선 그의 등에서는 빛의 천사임을 상징하는 백색의 날개가 뻗어 나왔다.

옐을 떠나온 카마엘은 그녀를 숨겨둔 지하 사원이 묻힌 언덕이 멀리 내다보이는, 가파른 벼랑의 끄트머리에 서서 새로운 날이 시작되는 것을 바라보고 있었다. 그의 하얀 날개는 하늘에 얇게 퍼져 있는 새털구름처럼 새벽의 태양 빛을 받아 홍조를 머금었다.

태양이 지평선에서 떨어져 나갈 즈음, 카마엘의 뒤에 한 남자가 나타났다. 아르코온의 광산에서 트렌에게 마계의 정황을 보고했던 조피엘이었다.

"뭔가 뜻대로 풀리지 않나 보지?"

카마엘의 곁에 와서 나란히 선 조피엘이 조용히 그에게 물었다.

"별로."

억양이 없고 조금은 차갑게도 느껴지는 카마엘의 대답에 조피엘은 희미하게 미소 짓고는 말했다.

"그분께서 널 걱정하고 계신다. 나도 그렇고."

"무슨 뜻이지?"

"별 뜻은 없어. 그저 네가 좀 지쳐 보이기에 하는 말이다."

"의미를 모르겠군."

"아니라면 됐고. 라신이 나온 것, 알고 있었지?"

"보고는 들었어."

카마엘은 자신과는 관계없는 일이라는 듯 무심하게 말했다. 조피엘
은 카마엘의 옆얼굴을 슬쩍 쳐다보고는 손끝으로 자신의 턱을 만지작
거렸다.

"참 의외의 행동에 나섰더군. 마검을 노리는가 했더니, 설마 라신
이 포스포로스의 사자를 그런 식으로 직접 공격할 줄은 몰랐는데. 짐
작되는 바 있어?"

"전혀. 나야말로 너에게라도 물어볼까 하던 중인데."

"너도 모른다는 말인가. …근래엔 알 수 없는 일투성이로군. 설마
루시퍼님과 아자젤님이 정면 대립이라도 하고 있다는 이야긴가?"

"키아스님과 어쩌면 벨리알님까지 포함해서 뭔가가 움직이고 있는
것은 확실하지."

이 내용은 금시초문이었는지 조피엘은 정색을 하고 물었다.

"키아스님이 근래에 모습을 보이지 않는 것은 나도 아는 바지만,
벨리알님은 무슨 관계지?"

"섀도가 옐에게 가담했어."

"…섀도라면 몇백 년 전에 중간계에서 지나치게 인간들을 가지고
놀다가 마지막에 인간에게 봉인당하지 않았었나?"

"얼마 전에 옐이 그를 꺼냈어. 이후 함께 행동하는 것 같더군."

"벨리알님의 명령에 따른 행동이라고 보는 건가?"

"그것까지는 아직 모르겠어. 하지만 새도가 상당히 진지하게 임하는 것으로 봐서, 그럴 가능성도 있어."

"흐음~ 그건 또 신경 쓰이는 정보로군. 상황이 어째 점점 심상치 않은걸."

조피엘은 대단히 심각해졌다. 카마엘은 여전히 정면의 풍경을 물끄러미 응시하면서 말했다.

"정확한 사정은 앞으로도 더 조사해 봐야 알겠지만, 오랜 드래곤의 무기인 마검이 이번 일의 중심에 놓여 있는 것은 분명해."

"'오랜 드래곤의 팔'은 루시퍼님의 일부인 동시에 그분의 가장 강력한 힘이기도 하지. 원래가 그분의 것이니 행방을 알았다면 찾으려고 할 수도 있는 문제이기는 해. 그런데 어째서 라신이 그걸 방해하는 것일까? 그 자신의 의지라고 보기에는 너무 엉뚱하고 대담한 행동이야. 아자젤님의 의지가 아니고는 생각하기 어렵겠지. 하지만 만약에 루시퍼님과 아자젤님이 대립하고 있는 거라면 보통 큰일이 아닌 셈인데, 마계에서는 전혀 그런 기미가 없이 평온하단 말이야."

"아직까지는 수면 아래에서만 상황이 진행되고 있다는 의미일 수도 있겠지."

카마엘의 말을 끝으로 둘은 얼마간 침묵한 채 각자의 생각에 빠져 있었다. 곧 조피엘이 먼저 입을 뗐다.

"나는 카마엘, 너와는 입장이 달라 중간계의 일에 직접 관여할 수 없으니 여기서 라신의 뒤를 쫓아다녀 봤자고, 아무래도 마계에 가서 캐보는 편이 나을 것 같군."

"전체 상을 제대로 맞추어보려면 나중에 서로의 정보를 교환해 볼 필요가 있겠어. 성과가 있기를 바래."

"피차 그래야겠지. 큰일이 터지기 전에 막으려면 말이야."

조피엘은 그곳을 떠나기 전에 카마엘의 어깨에 살짝 손을 얹고 우정 어린 충고를 남겼다.

"잊지 마라, 카마엘. 우리처럼 중간에 선 자들에게 가장 중요한 건 균형이야. 한쪽으로 너무 기울면 위험해져."

조피엘이 사라지는 것을 지켜보던 카마엘은 그의 모습이 보이지 않게 되자 고개를 떨구고, 가슴에 품었으되 차마 그에게 하지 못했던 말들을 자조적으로 중얼거렸다.

"너는 어떻지, 조피엘? '신의 밀정'으로서 네 자신에게 만족하고 있는 건가? 네 생각처럼 우리가 있음으로써 모든 것의 균형과 질서가 유지되고 있다면… 어째서 우리들 자신은 끊임없는 흔들림 속에서 아슬아슬한 시소 게임을 계속해야 하지? 그리고 그 게임은 언제가 되어야 끝나는 건가?"

그때 그의 배후에 빛의 검을 찬 백색 날개의 천사가 빛을 일으키며 나타났다. 파워즈의 부사령관 케무엘이었다.

"카마엘님, 섀도의 행방을 찾았습니다."

카마엘은 평소와 다름없는 냉철한 얼굴로 돌아갔다.

"역시 재빠르게 빠져나갔군. 혼자인가?"

"예. 옐의 모습은 보이지 않았습니다."

"라신은?"

"옐을 찾아다니는 것 같습니다."

"끝장을 내려는 모양이지. 알았어. 섀도 쪽으로 가서 좀 더 지켜보기로 하지."

그는 케무엘과 그곳에서 이동해서 사라졌다.

＊　　　　＊　　　　＊

같은 날 오후, 옐이 처음에 피신해 있던 사원 회당에 라신이 나타났다. 회당의 정문을 열고 안에 들어선 그는 문 앞에 서서 내부를 훑어보았다. 회당에는 마침 일반 신도들의 기도회가 열리는 중이라 많은 사람들이 자리를 메우고 있었다.

의식 도중에 문소리를 내며 들어선 그에게 몇몇 사람들은 돌아보고 인상을 찡그리기도 했지만, 그런 시선은 금세 그의 이국적인 생김새에 대한 호기심으로 바뀌었다.

라신은 사람들의 눈길에도 전혀 개의치 않고 안을 둘러보다가 천천히 걸음을 옮겼다. 회당의 왼쪽으로 돌아간 그는 회중석을 지나가다가 중간쯤 열에서 가장 끝자리에 걸터앉았다. 그리고 허리를 굽혀 바닥에 손가락을 대고 무엇인가를 찾는 것처럼 살짝 더듬었다. 그의 손끝에 진득한 핏방울 같은 것이 조금 묻어 나왔다.

'역시 여기 있었군. 떠난 지 오래되지는 않았겠는데… 도대체 어디로 갔을까?'

옐이 더 이상 이곳에 없다는 것을 감지한 라신은 씁쓸한 표정으로 일어나서 뚜벅뚜벅 회당을 나가 버렸다.

제13장

빛과 어둠

(1)

 옐과 섀도의 습격을 힘겹게 물리친 크로드 일행은 극도의 피로 상
태에도 불구하고 최대한 서둘러서 사흘 만에 습지대를 벗어나 클레이
튼 국경 인근의 마을에 들어가 있었다.
 밤늦은 시각에 여관에 도착한 그들은 방을 잡고 짐을 풀자마자 그
대로 잠자리에 들었다가 다음날 날이 환해진 뒤에야 하나둘 일어났다.
 늦은 아침을 먹으러 식당에 모인 일행에게는 아직도 지친 기색이
역력했다. 섀도에게 이용당한 후로 정신을 잃은 아스윈은 그때까지도
깨어나지 못해 방에 남아 있었다.
 "아스윈만 혼자 둬도 되겠어요? 또 그 섀돈가 뭔가에게 씌면 어떡
해요?"
 유피가 걱정하자 트렌이 대답했다.
 "당분간은 괜찮을 겁니다. 섀도도 그때 타격을 크게 받아서 함부로

다니지 못할 테니까요."

트렌의 왼팔은 늪지를 지나오는 동안 원래의 모습으로 재생되어 있었지만, 병색이 완연한 창백한 낯빛은 여전했다.

"그렇다면 다행이긴 한데, 앞으로는 어쩌죠? 다음에 또 그러면 아스윈을 해칠 수도 없고 곤란하잖아요."

"나중에 아스윈이 깨어나면 조치를 취해야지요."

"섀도가 이용할 수 없게 만들 방법이 있나요?"

"있기는 합니다. 하지만 그녀가 모르는 상태에서 제 마음대로 할 수는 없으니 그녀가 일어나면 물어보고 결정해야지요."

"왜요? 필요한 일이고 좋은 일이잖아요?"

헤르쿨레스는 고개를 갸웃거렸다.

"아스윈은 마도사니까요. 마도사에게는 여느 사람들과는 다른 사고 기준이 있습니다."

기분 탓일까, 트렌의 말투가 약간은 냉소적으로 들렸다.

"어쨌거나 일이 자꾸 커지는 것 같네요. 적이 분명한 마신이 둘에다, 어느 편인지 아직까지 애매한 다른 마신까지 등장했으니… 마신만 해도 벌써 셋이잖아요."

유피는 테이블에 턱을 괴면서 길게 한숨을 쉬었다.

크로드와 옐의 싸움에 돌연히 등장해 옐을 기습했던 남자의 이름을 기억해 두었던 크로드는 트렌에게 그에 대해 물어보았었고, 라신이 그리고리의 군주 아자젤의 부하이며, 옐과 비슷한 지위를 가진 마신이라는 이야기를 들었다.

유피의 푸념을 마지막으로 잠시 동안 답답한 침묵이 흘렀다.

"뭔가 방법이 없을까요? 이대로 앉아서 당하고만 있기는 그렇잖아요."

헤르쿨레스가 트렌에게 물었으나, 트렌은 곤란한 표정으로 고개를 저었다.

"지금으로써는 마계에서 어떤 일이 일어나고 있는지 알 수 없으니 도리가 없군요. 우선은 네크로스를 빼앗기지 않도록 방어하면서 실마리가 풀리기를 기대할밖에요."

"마계에서 이렇게 공격적으로 행동하는데도 천계는 나서지 않는 겁니까?"

이번에는 유피가 물었다.

"아직까지는 네크로스를 둘러싼 움직임뿐이니 우리가 나서기는 곤란합니다. 이치를 따지자면 네크로스는 오랜 드래곤의 것이고, 마계의 일에 우리가 함부로 개입할 수는 없는 일이니까요. 하지만 그렇다고 해서 그냥 가져가도록 둘 수도 없는 것이, 이번에 드러난 것처럼 마계에서 무슨 일인가가 일어나고 있고 그 때문에 네크로스가 필요해진 것이라면, 네크로스가 마계로 돌아간 뒤에 어떤 결과가 될지를 알 수 없기 때문이지요."

"하지만 언제까지나 이런 상태로 지낼 수는 없지 않소?"

묵묵히 일행의 대화를 듣고 있던 크로드가 말했다. 그는 불쾌하고 불안한 속내가 행여 반대의 표정으로 얼굴에 드러나지 않도록 표정 관리에 노력하고 있었다.

지금은 그나마 여행 중이지만, 엘렌을 찾고 나면 부모가 기다리는 바르트로 돌아갈 것이고, 그 다음에는 일상으로 복귀해야 할 터였다. 그러나 이 상태가 해결되지 않는다면 그럴 수도 없게 된다.

"확언할 수는 없지만 지금 같은 상태가 그렇게 오래가지는 않을 겁니다. 제가 보기에 포스포로스의 사자는 현재 어떤 이유에서인지 네크로스의 회수를 서두르고 있습니다. 짧은 기간에 연거푸 공격을 하고, 그것도 섀도까지 동원해서 나서는 것을 보면 그렇습니다. 답답하더라도 지금은 인내하면서 견디는 것이 좋을 것 같습니다."

트렌의 차분한 말에 달리 대답할 말이 없어진 크로드는 어떻든 수긍할 수밖에 없었다. 트렌의 말은 이어졌다.

"또 한 가지 잊어선 안 될 것은 크로드, 당신 자신입니다. 네크로스가 당신도 모르는 힘을 발휘해 옐의 공격을 피하고 역공한 것은 그 당시로써는 다행한 일이었습니다만, 장기적으로 볼 때는 당신에게 결코 바람직한 일이 아닙니다. 그것은 네크로스가 당신의 검이기를 넘어서서 자신의 의지를 발현하기 시작했다는 것을 의미하니까요. 네크로스는 섀도처럼 적극적으로 인간을 지배하고 이용하는 존재는 아니지만, 그 자체가 마신적인 존재입니다. '오랜 드래곤의 팔'이라 불리는 것도 그 때문입니다. 사실 급으로 따지자면 옐 자신보다도 더욱 루시퍼에 가까운 존재지요. 먼저와 같은 식으로 네크로스가 자꾸 자신의 의지를 발휘하다 보면, 최악의 경우 크로드, 당신의 의지가 흡수되어져 버릴 수도 있습니다."

"그렇다면 그 옐이라는 마신도 혹시 그걸 노리고 자꾸 크로드를 공격하는 걸까요?"

유피는 무척 염려스러운 표정이 되었다.

"아마도 일차적으로는 그녀 자신이 네크로스를 빼앗으려는 것 같지만, 두 번째 가능성도 염두에 두고 있을지도 모르지요."

"크로드, 조심해야겠어요. 다음부터는 절대로 그런 힘은 쓰면 안 돼요."

헤르쿨레스도 크로드의 얼굴을 똑바로 쳐다보며 간곡하게 당부했다.

"내 마음대로 되는 일 같으면 당연히 그렇게 하지."

크로드는 냉소를 섞어 대꾸했다.

그리고 대화가 잠시 끊기는데 미카데가 불쑥 입을 열었다.

"저… 잠시 아버지에게 다녀올게요."

모두의 눈길이 자신에게 집중되자 미카데는 겸연쩍은지 볼을 살짝 붉히며 고개를 숙였다.

"왜요? 아직도 머리가 아파요?"

헤르쿨레스는 붕대가 감겨 있는 그녀의 머리를 살폈다.

"머리는 이제 괜찮아요. 그냥 가서 이것저것 물어도 보고, 잘 계신지 보고 오려구요. 오래 걸리지는 않을 거예요."

"그렇게 하시오. 어차피 아스윈이 일어나려면 며칠 더 있어야 할 것 같으니까."

크로드는 선선히 동의해 주었다.

"그럼, 지금 당장 출발할게요. 2, 3일 뒤에는 돌아올게요."

미카데는 즉시 자리에서 일어났다. 그녀가 방으로 들어가는 것을 보고 있던 유피가 혼잣말처럼 중얼거렸다.

"여기서 맥카넨의 집이면 굉장히 먼 거린데 그냥 갈 수 있으려나?"

"아마 괜찮을걸? 마법으로는 미카데가 아스윈보다 훨씬 세잖아."

헤르쿨레스가 말했다.

미카데가 떠난 뒤에도 얼마 동안 이야기를 나누며 앉아 있던 일행은 앞으로 사나흘은 이 여관에 더 머물기로 하고 각자의 방에 돌아갔다. 유피와 방으로 들어간 크로드는 신발도 벗지 않고 침대에 누워서 자신의 왼손을 한동안 물끄러미 바라보고 있었다.

"무슨 생각을 그렇게 해요?"

맞은편 침대에 앉은 유피가 물었다.

"그냥……."

말끝을 흐린 크로드는 잠시 후 말을 이었다.

"나에게 이 녀석이 무엇일까를 생각해 보고 있었어."

"누구요? 네크로스요?"

"…트렌의 말처럼 그냥 검이 아니라 일종의 마족이니까. 녀석이 어떤 의미에서든 살아 있는 놈이라는 것은 나도 줄곧 느끼고는 있었어."

"그래서 결론은 나왔나요?"

"모르겠어……."

크로드는 씁쓸하게 내뱉었다. 유피는 귀를 긁으면서 크로드의 옆얼굴을 살펴보았지만 평소와 다름없는 냉랭한 기운이 감도는 무표정이었다.

"설마 그걸 루시퍼 측에 내어줄 생각을 하는 건 아니죠? 그건 안 돼요. 네크로스를 준다고 우릴 무사히 둘지 어떨지도 모르고, 설령 우리가 무사하다고 해도 그 무기를 가지고 그쪽이 무슨 일을 벌일지 모르는 거잖아요."

"난 정의의 용사 따위가 아니야. 나는 국가에 소속되어 전쟁에 참가하고 승리를 위해 수많은 피를 본 사람이야. 그건 정의와는 다른, 정치와 생존의 영역일 뿐이야. 내가 이런 일에 얽혀들었다는 것 자체가 어울리지가 않아."

유피는 피식 웃었다.

"그런 식으로 말하면, 날 때부터 이마빡에 '정의의 용사' 하고 써

붙이고 나오는 인간이 따로 있어요? 뭐, 그렇게 고상한 목표를 내걸고 사는 사람도 전혀 없지는 않겠지만, 대개는 실제 상황에 처했을 때 어떤 판단을 내리고 행동하느냐에 따라 판가름나는 거겠죠. 그리고 솔직히 평소 때부터 정의니 뭐니 떠벌리고 다니는 치들이 막상 일 터지면 제일 치사하고 비겁해지는 경우가 더 많아요. 원래 진짜는 자기가 그런 줄도 모르고 있는 거라구요."

"어쨌든 난 아냐."

"누가 뭐래요?"

유피는 소리없이 미소 짓고는 침대에 걸터앉은 채 신발을 벗었다.

"사실, 네크로스가 없는 나는 어떤 존재인가 하는 생각을 했어. 네크로스가 없어지면 내게는 무엇이 남는 것일까? 지금까지 네크로스를 나의 의지로 다룬다고 생각했지만, 어쩌면 내가 네크로스에 기생하는 것이었는지도 모르지."

자조가 섞인 크로드의 말에 유피는 강하게 반박했다.

"그렇지 않아요. 네크로스가 아무나 잡는다고 다 마겁의 기사로 만들어주겠어요? 오랜 드래곤의 팔이라 불리는 녀석인만큼 나름대로 프라이드가 굉장할 텐데. 크로드니까 그렇게 사용하는 거죠. 마겁이 달리 마겁이에요? 격이 모자라는 녀석이 가지면 아마 섀도가 그러는 것처럼 그 인간을 실컷 가지고 놀다가 망가뜨려 버리겠죠. 하지만 그 반대니까 네크로스도 크로드에게 그만큼 힘을 실어주는 거고, 옐의 공격에도 대항해 준 것 아니겠어요? 올바른 비유인지는 모르겠지만, 내 생각에 크로드에게 네크로스는 미카데와 아스윈의 마법이나 헤르쿨레스 녀석의 힘, 나의 달리기 실력, 트렌이 가진 유익족으로서의 능력과 같은 것이라고 봐요. 크로드에게 네크로스를 빼면 뭐가 남느냐고 말하지만, 마찬가지로 우리에게서 그런 능력을 빼면 뭐가 남겠어요? 아마 다들 크로드보다 훨씬 약골이 되어 있을걸요."

유피는 열심히 크로드의 기분을 풀어주려고 노력했다. 그의 말을 듣고 있던 크로드는 벽 쪽으로 몸을 돌리고 그에게 부드럽게 말했다.

"신경 써줘서 고마워. 좀 위로가 되는군."

유피의 마음 씀씀이가 고마워 좀 더 살가운 말이라도 하고 싶었으나, 표정은 반대로 험해져 있거나 기껏해야 무표정일 테니 그냥 유피가 자신의 얼굴을 보지 못하도록 돌아누운 것이었다.

*   *   *

클레이튼의 여관 방에서 자신의 집 중정으로 이동한 미카데는 그곳에서 가장 먼저 카리온과 마주쳤다. 중정에 배를 깔고 엎드려서 무료하게 햇빛을 쬐고 있던 카리온은 미카데의 모습을 보자 머리를 들고 친근함을 표시했다. 미카데는 카리온의 얼굴을 살짝 쓰다듬어 주고 집 안으로 들어갔다.

집 안에서는 검은 까마귀가 침입자를 확인하러 나타났다가 미카데를 보고 반갑게 그녀에게 날아왔다.

"잘 있었니, 알카. 아버지는?"

"실험실에 계세요."

까마귀 알카는 카랑카랑한 음성으로 대답하고는 날개를 쫙 펼쳐서 미카데의 앞을 날아 그녀를 안내했다.

맥카넨은 지하의 실험실에서 마법약을 만들고 있었다. 미카데가 문을 노크하고 들어서자 맥카넨은 불쑥 돌아온 딸을 보고 놀라면서도 반갑게 맞이했다.

"갑자기 어쩐 일이냐?"

활짝 웃으며 미카데를 포옹한 맥카넨은 미카데의 머리에 감긴 붕대를 보고 이내 심각해졌다.

"이건 뭐냐? 다친 거냐?"

"그냥 어디 부딪쳐서 그래요. 아무렇지도 않아요."

미카데는 가벼운 어조로 말하면서 맥카넨을 안심시키려 애썼다.

"그 정도로 네가 이렇게 다칠 리가 없을 텐데? 아무튼 네 얼굴을 보아하니 무슨 일이 있어서 온 것 같구나."

"겸사겸사예요. 아버지 얼굴도 보고 싶고 물어보고 싶은 것도 있고 해서요."

자신의 얼굴만 보고도 마음을 금방 짐작해 내는 아버지의 예리함에 미카데는 겸연쩍게 웃었다.

"그래. 얼굴이야 이렇게 보고 있으니 된 거고, 묻고 싶은 일은 뭐냐?"

"'오랜 드래곤의 팔'이라고 들어보셨나요?"

"오랜 드래곤의 팔? 새벽의 명성(明星) 루시퍼의 무기라는 뜻이냐?"

맥카넨은 멀뚱하니 되물었다. 그의 반응으로 보아 맥카넨도 모르는 일인 것 같았다.

"크로드의 마검이 그거래요. 그것 때문에 문제가 생겼어요."

미카데는 지금까지 일행에게 발생한 일을 상세하게 이야기했다. 이야기를 듣고 있는 맥카넨의 표정은 점점 심각함을 더했다.

"포스포로스의 사자가 중간계에 나와 있다는 말이지?"

"그녀에 대해 아세요?"

"조금은……."

맥카넨은 떨떠름하게 대답했다.

"섀도나 라신은요?"

"문헌으로 본 적은 있다. 포스포로스의 사자 옐보다는 그들 쪽이 오히려 인간과 많이 관계한 편이니까 상당수의 마계 인명록에 실려 있는 이름들이고……."

"그런 정보는 소환술에 관한 마도서에 있는 건가요?"

미카데의 질문에 맥카넨의 눈빛이 엄해졌다.

"소환술에 관심을 둬서는 안 된다고 전에도 말하지 않았느냐. 너와 내가 중간계에서 조용히 살아가려면 절대 마계와 관계해서는 안 돼. 그래서 일부러 네게는 그런 것을 일체 가르치지 않은 거다."

"네."

미카데는 조그맣게 대답했다. 한동안 입을 다물고 머리 속으로 이 것저것 재어보던 맥카넨은 미카데에게 말했다.

"네가 왜 왔는지는 알겠다만, 우리가 나설 일은 아닌 것 같다. 저주를 풀 마법약은 내가 다시 어떻게든 해볼 테니, 그 배불뚝이는 포기하고 넌 그냥 여기 남도록 해라."

"네?"

뜻밖의 결론에 미카데는 어리둥절해하는 한편 놀랐다.

"왜요?"

"조금 전에 내가 말하지 않았느냐. 우리는 마계의 일에 끼어들 처지가 아니다. 네크로스 경의 마검이 오랜 드래곤의 팔이고, 그것을 둘러싸고 마계에서 마신이 셋이나 나와 있는 상태라면 분명히 마계에 어떤 일이 일어나고 있다는 이야기다. 잘못 나서서 너와 내가 노출되

기라도 하면 우리까지 위험해진단 말이다."

"그렇다고 그들을 모른 척하자는 말씀이세요? 아버지도 크로드를 마음에 들어하셨잖아요."

"그러니까 그나마 배불뚝이를 포기해 주는 것 아니냐. 내 마음대로 할 것 같으면 그놈을 잡아다 피라도 짜내어야 할 판이지만, 네크로스경을 생각해서 마법약의 재료는 없던 일로 돌리는 거다. 다행히 그때 지혜의 열매는 얻어놓았으니까, 나머지 재료는 힘들겠지만 어떻게 해 보는 수밖에."

눈을 내리깔고 있던 미카데는 할 말이 있는 듯 잠시 망설이다가 이윽고 결심을 굳히고 말했다.

"…그럴 수는 없어요."

"뭐라고?"

미카데의 목소리가 작은 탓에 제대로 듣지 못한 맥카넨은 별 생각 없이 물었다. 미카데는 낮지만 단호한 어조로 말했다.

"같은 일행이에요. 모르는 척할 수는 없어요."

맥카넨은 놀란 얼굴로 미카데를 응시했다. 미카데의 얼굴에는 맥카넨에 대한 미안함과 굳은 결심이 담겨 있었다.

"그 말의 뜻은 내가 안 된다고 해도 끝내 가겠다는 의미냐?"

"죄송해요. 지금까지 아버지 말씀 어긴 적이 없지만, 이번만은 그럴게요."

"네 자신이 위험해질 것이 뻔한데도?"

"그들은 친구니까요. 자신이 위험해지는 것이 싫어서 피하고 모르는 척한다면 전 인간이 되더라도 평생 친구를 얻지 못할 거예요."

맥카넨의 눈가에 쓰디쓴 미소가 스쳐 갔다.

"무슨 말을 하고 싶은지는 알겠다. 하지만 인간의 친구라는 것은 네가 생각하는 것처럼 그렇게 견고한 존재가 아니다. 말하기는 쉽지만, 진정으로 목숨의 위험까지 더불어 할 수 있는 친구는 거의 없어. 나만 하더라도 그래서 지금까지 이렇게 혼자가 아니냐."

"크로드는 달라요. 그는 자신의 위험을 무릅쓰고 유피를 도왔잖아요."

맥카넨은 정색을 하고 반박하는 미카데의 얼굴을 유심히 바라보았다.

"그를 돕고 싶은 거로구나."

그 질문이 정곡을 찌른 것인지 미카데는 바로 대답하지 못했다. 맥카넨은 탄식 같은 한숨을 쉬고 중얼거렸다.

"그래, 벌써 그런 사이가 되었단 말이지? 하기는, 젊은 사람들이니 그럴 수도 있겠지."

"……."

맥카넨이 생각하는 사이가 어떤 사이인지는 몰라도 자신과 크로드가 그런 사이는 아닐 것이라고 막연히 생각하는 미카데였으나, 달리 뭐라고 말해야 할지 난감해 가만히 있었다.

한때의 사랑에 모든 것을 걸었던 자신의 젊은 나날을 잠시 그립게 회상하던 맥카넨은 무겁게 고개를 끄덕였다.

"네 뜻이 정 그렇다면 하는 수 없지. 여기서 이럴 게 아니라 서재에 가서 뭔가 방법이 없을지 한번 생각해 보자. 상처도 회복시킬 겸 며칠 있다가 가거라."

맥카넨은 미카데를 데리고 위층에 있는 서재로 갔다.

(2)

　아스윈이 정신을 차리고 깨어난 것은 미카데가 떠나고 이틀이 지나서였다. 섀도가 그녀의 체력과 마력을 완전히 소진해 버린 까닭에, 눈을 뜨기는 했어도 몸을 일으킬 기운은 없었다. 아스윈은 갑갑해하면서도 침대에 누운 채로 헤르쿨레스와 유피가 먹여주는 죽을 받아먹고 하루를 꼬박 누워 있었다.

　이튿날에는 조금 나아져서 그럭저럭 앉아서 지낼 수 있게 되었다. 유피는 헤르쿨레스와 그녀의 침대 옆에 나란히 앉아 늪지에서 있었던 일에 대해 이야기해 주었다. 아스윈은 그때의 일을 전혀 기억하지 못하고 있었다.

　"내가 트렌의 팔 한쪽을 날렸다고?"

　아스윈은 믿을 수 없어하며 입을 쩍 벌렸다.

　"우리도 직접 본 게 아니니까 어떤 식으로 했는지는 알 수 없지만,

하여튼 나중에 보니까 그렇더라구. 트렌이 그 뒤로도 한참은 기운이 없었어."

헤르쿨레스의 설명에 유피는 가볍게 웃어넘겼다.

"그게 어디 아스윈이 한 거냐? 그 섀도인가 뭔가 하는 마신이 씌어서 그렇지."

"그래도 어느 정도는 내 힘이 맞아."

아스윈은 강하게 주장했다.

"섀도는 숙주가 되는 인간의 지식과 힘을 이용하거든. 그래서 어떤 인간을 차지하느냐에 따라 그때그때 가능한 일과 특기가 달라지지. 보통은 자신이 직접 전면에 나서지는 않고, 그 인간의 내면에 잠재하면서 그의 욕망을 부채질하고 은밀히 힘을 실어줘. 그렇게 해서 그 인간이 타락하고 붕괴하는 것을 즐기는 존재야. 이번에는 예외적으로 자신이 나서서 행동한 셈이지만."

"가끔 느끼는 건데, 의외로 똑똑할 때가 있단 말이야. 아스윈은 어떻게 그런 걸 다 알고 있어?"

헤르쿨레스가 감탄했다.

"마법 학교에서 배운 거야. 난 소환사가 아니라서 소환 주문은 배우지 않았지만, 교양으로 알아는 두는 거지. 그래야 만일의 경우도 대비할 수 있을 테니까."

"그래서, 섀도가 사용한 마법이 다 네 실력이란 말이야? 우리를 통구이로 만들 뻔했던 그 마법도?"

유피는 여전히 아스윈의 말을 못 미더워하는 눈치였다.

"그렇다고 봐야 돼. 섀도는 기본적으로 자신이 깃든 인간의 육신에 적응해서 그 인간이 가진 능력과 자질을 그대로 이용하는 속성을 가

졌으니까. 그래서 보통은 어떤 인간에게 깃들어도 분간을 하기 어렵대. 자신을 드러내지 않고 그 인간이 가진 내면의 욕망을 부추기는 방식인데다가, 영혼의 빙의(憑依)와도 달라서 아무런 흔적도 남기지 않거든. 다만 평소의 나보다 마법이 강해진 건, 이번 경우 섀도가 자기 힘을 보태서 그럴 거야."

"그 정도면 단순히 마법의 파워만 강해진 게 아니라 마법의 제어력도 굉장해진 거지. 보통 때 그 절반만 해줘도 참 큰 도움이 될 텐데 말이야."

혀를 끌끌 차는 유피에게 헤르쿨레스도 고개를 끄덕이며 적극 동조했다.

"맞아. 제정신으로는 마법만 썼다 하면 우리 편을 잡잖아. 참 문제야, 문제."

"뭐라고? 그게 아픈 사람에게 할 소리야!"

아스윈이 도끼눈이 되어 따지려는데, 문을 노크하는 소리가 들리고 트렌이 들어왔다.

"좀 어떠십니까?"

"아, 네. 이젠 괜찮아요."

대답하면서 아스윈은 재빨리 트렌의 팔을 살폈다. 다행스럽게도 팔 자체는 전과 다른 점은 없어보였지만, 안색은 아직도 하얗다.

"잠깐 할 이야기가 있는데 괜찮겠습니까?"

"네, 그러세요."

트렌이 들어오자 유피와 헤르쿨레스는 어떻게 할까 망설이다가 유피가 물었다.

"우리는 나가 있을까요?"

"아닙니다. 계셔도 상관없어요."

트렌의 대답에 헤르쿨레스는 그대로 앉아 있고, 유피는 트렌이 앉도록 방 한쪽의 테이블에서 의자를 가져다 자신들의 옆 자리에 놓았다. 트렌은 살짝 고개를 끄덕여 유피에게 답례하고 그곳에 앉았다. 트렌이 앉기를 기다려 아스윈은 그에게 정중하게 사과했다.

"저 때문에 크게 다쳤다고 들었어요. 죄송해요."

"괜찮습니다. 일부러 그런 건 아니니까요."

트렌은 아스윈의 사과를 담담하게 받아들이고 그녀에게 물었다.

"그보다 먼저 한 가지 묻고 싶습니다. 섀도가 사용했던 마법 중에 대단히 위험한 것이 있더군요. 순수한 검은빛을 발현시키는 그 마법은 어떤 주문입니까?"

"순수한 검은빛?"

아스윈은 의아하게 되묻고 고개를 갸웃거렸다. 그녀는 자연 마법을 주로 구사하는 터라 흑마법 계열의 주문은 몇 개 가지고 있지 않았고, 가진 주문 중에도 그다지 위력이 있는 것은 없었다. 그러다가 문득 머리에 떠오르는 것이 있었다. 자신이 가끔 연습해 보지만 한 번도 성공한 적이 없는 그 이름없는 마법이 아닐까 싶었다.

트렌은 차분히 그녀의 대답을 기다리고 있었다.

"확실하지는 않지만… 하나 짚이는 것이 있기는 해요. 마법 학교에 다닐 때 우연히 발견한 마법 주문인데, 어떤 힘을 가졌는지는 정확히 몰라요. 여러 번 시도했지만 성공한 적은 없거든요."

아스윈의 대답을 듣고 있던 유피가 무릎을 탁 쳤다.

"그거라면 저번에 언제, 음식이랑 술을 잔뜩 가져다 놓고 연습했던 그 마법 아냐?"

"맞아. 그거야."

"헤에, 그때는 검은 실오라기 같은 것만 나타나더니, 그게 더 커질 수도 있나 보지?"

유피는 신기해했다.

"그 마법의 이름은 뭐지요?"

트렌이 재우쳐 물었다.

"이름은 몰라요. 아주 얇은 고급 양피지에 고대어로 주문만 쓰여 있었거든요. 그래서 나중에 완성시키면 제가 이름을 붙이려고 했어요."

"주문이 적힌 양피지는 어디에 있습니까?"

"…그건 왜요?"

트렌의 질문에 잘 대답해 가던 아스윈은 그 질문에 이르러서는 경계하는 기색을 보이며 조심스레 물었다.

"말씀드렸듯이 그것은 대단히 위험한 힘입니다. 자칫 큰일을 낼 수도 있습니다."

"주문을 파기해야 한다는 의미인가요?"

"그렇습니다."

트렌의 대답을 들은 아스윈의 표정은 눈에 띄게 경직되었다.

"그럴 수는 없어요."

아스윈은 단호하게 거절했다.

"지식은 인간 영혼의 증명이자 존재의 확장이라고 배웠어요. 무엇 때문에 그 주문을 위험하다고 하는지는 모르겠지만, 힘 그 자체는 선도 악도 아니에요. 그것을 어떤 목적으로 어떻게 사용하는가에 달린 문제 아닌가요?"

"하지만 이번 경우 당신의 지식은 나와 미카데 씨를 위험에 빠뜨렸습니다."

트렌의 냉정한 지적에 아스윈은 잠깐 멈칫하기는 했지만 물러서지 않았다.

"그 점은 사과드릴게요. 섀도에게 이용당한 것이라고는 해도 정말 미안하게 되었어요. 하지만 아시다시피 제 본의가 아니었고, 또 섀도 같은 마신을 이겨낼 정도의 인간은 원래 흔치 않아요. 저도 예외가 되지 못한 거구요. 그런 이유로 주문을 파기해야 한다면 마법을 쓸 자격이 있는 인간이 얼마나 되겠어요?"

"모든 마법을 파기해야 한다고 말하는 것이 아닙니다. 그 주문에 한해서 너무나 위험하다는 것을 지적하는 것입니다."

"죄송해요. 하지만 그 말씀만은 받아들일 수 없어요."

아스윈이 끝내 거절하자 트렌은 마지막 수단에 나섰다.

"좋습니다. 무조건 파기하라고 하는 것은 당신에게는 손해로 여겨질 수도 있겠지요. 그 주문을 파기하는 대신 그에 합당한 대가를 지불하는 것은 어떻겠습니까?"

트렌의 손에 찬란한 빛을 발하는 백색의 아름다운 마법 봉이 생겨났다. 백금으로 만든 자루에는 신비의 문자가 빈틈없이 새겨지고 두부에는 작은 사과만한 사파이어가 박혀 있는 보물이었다.

"그 주문을 파기하신다면 대신 이것을 드리지요. 당신의 마력을 강화시키는 호부의 역할을 해줄 것입니다."

아스윈은 눈이 휘둥그레져서 마법 봉을 보았다.

"그, 그걸 저 주신다구요?"

말까지 더듬으면서 마법 봉에서 눈을 떼지 못하는 아스윈의 반응에 트렌은 교섭의 성립을 확신했다.

"대신 주문을 파기해 주시겠지요?"

그러나 금방이라도 손을 내밀 것 같던 아스윈은 선뜻 대답하지 않고 입을 꼬옥 다물었다. 마른침을 몇 번이나 삼키면서 마법 봉을 보고 갈등하던 아스윈은 고개를 숙이고 뜻밖에도 트렌의 제안을 거절했다.

"역시 안 되겠어요. 마도사에게 지식은 생명이에요. 지식을 포기한다는 건 마도사이기를 부정한다는 것과 같은 일이에요."

트렌은 물론이고 유피와 헤르쿨레스도 그녀의 판단에 놀라움을 감추지 못했다.

"진심입니까?"

다시 확인하는 트렌에게 아스윈은 아쉬운 한숨을 쉬고 대답했다.

"네… 괴로우니까 더 묻지 마시고, 그것도 치워주세요."

"의외의 선택을 하는군요. 그 주문은 당신의 평소 마력으로 볼 때 한 번 이상은 사용할 수 없을 것이고, 그 한 번도 제대로 사용할 수 있을지 불확실할 터인데 굳이 고집하는 이유를 모르겠군요."

"이해하지 못하셔도 괜찮아요. 어쨌든 전 결심했으니까 그냥 포기해 주세요."

아스윈은 애써 마법 봉을 외면했다. 아스윈의 얼굴을 가만히 쳐다보던 트렌은 이 이상 설득해도 소용이 없을 것이라 판단하고 마법 봉을 없앴다.

"당신의 뜻이 정 그렇다면 하는 수 없지요. 일단은 제가 포기하겠습니다. 언제든 생각이 바뀌면 말씀하세요."

둘의 대화를 지켜보던 유피는 이야기가 끝나기를 기다려 트렌에게 물었다.

"그건 그렇고, 아스윈이 섀도에게 또 씌는 일이 없도록 조치해야 하지 않겠어요? 전에 방법이 있다고 했던 것 같은데."

"그렇군요. 그 문제도 처리해야지요."

"…어떻게 하는 건데요?"

섀도의 이야기가 나오자 면목이 없어진 아스윈은 눈치를 살피며 트렌에게 물었다.

"당신의 영혼에 빛의 표식을 넣는 방법이 어떨까 합니다. 그러면 섀도가 당신을 침범하지 못하게 될 겁니다."

"그러면 마법을 사용하는 데 영향이 미치는 거 아닌가요?"

트렌은 솔직하게 대답했다.

"빛의 표식이 들어가면 흑마법의 사용에는 제한이 어느 정도 발생하기는 합니다. 또 마계의 존재를 소환하는 일도 불가능해집니다. 대신 백마법의 경우는 효력이 강화되고, 특히 천사의 소환에는 큰 도움이 될 겁니다. 당신은 자연 계열의 마법을 주로 사용하니 아마 큰 지장은 없을 겁니다."

"흑마법과 마계 소환술에 지장이 생긴다구요?"

"어차피 당신의 주 분야가 아니지 않습니까?"

"그래도 잠깐만 생각 좀 해보구요."

제동을 거는 아스윈에게 헤르쿨레스가 말했다.

"생각하고 말고가 어딨어! 아스윈, 네가 섀도한테 씌면 우리에게 피해를 주는 거잖아. 당연히 해야지."

"잠깐만 있어봐."

아스윈은 짜증을 내며 헤르쿨레스를 흘겨보았다. 짧은 순간 아스윈의 머리 속에는 여러 가지 계산이 교차하고 있었다. 트렌의 말처럼 흑

마법과 소환은 자신의 특기 영역은 아니었다. 하지만 백마법도 그것은 마찬가지고, 무엇보다 천사의 소환에 도움이 된다는 말은 그녀에게 아무런 의미가 없는 것이나 매한가지였다.

천사는 소환이 가능하다면 강력한 힘이 되어주기는 하지만, 개인적인 목적으로 불러내기란 거의 불가능하며, 특히 숭고하거나 이타적인 목적으로 사용할 때만 이룰 수 있는 소환 마법이었다.

'천사 소환은 결국 날 위해선 별로 도움이 안 되는 거잖아. 차라리 마계 소환이 낫지.'

자신이 결코 이타적이지도 숭고하지도 못한 인간이라는 사실을 잘 자각하고 있는 아스윈은 염치 불구하고 그 제안도 거절했다.

"죄송하지만, 그건 곤란해요. 지금 주 분야가 아니라고 해서 장래에도 그러라는 법이 없는걸요. 마도사로서 장래의 가능성을 미리 봉인한다는 건 좀⋯⋯."

"뭣이라? 장래의 가능성?!"

헤르쿨레스와 유피는 차마 못 들을 말을 들었다는 듯이 얼굴이 심하게 구겨졌지만, 아스윈은 어디까지나 진지했다.

"이건 당신 개인의 문제가 아니라 일행의 안전이 달린 문제입니다."

트렌의 태도가 엄해졌다. 그러자 아스윈은 애교 섞인 미소를 지으며 최대한 상냥하게 말했다.

"그러니까⋯ 빛의 표식 말고 다른 방법도 있을 수 있지 않겠어요? 가령 호부라든가⋯ 그러면 특별히 마법 사용에는 장애가 없을 거잖아요?"

그녀의 제안을 들은 셋의 표정은 뜨악해졌다. 한동안 묘한 표정으로 아스윈을 바라보던 트렌이 어이없이 중얼거렸다.

"나를 상대로 흥정을 하려는 인간은 당신이 처음이군요."

아스윈은 스스로 생각하기에도 너무 뻔뻔했던 것이 아닌가 잠깐 후회했지만, 이왕에 꺼낸 말이니 끝까지 밀어붙여 보기로 결심하고 최대한 애원하는 눈빛을 지어 보였다. 그 눈빛이 효과를 발휘한 것인지는 몰라도 이내 트렌은 짧은 한숨을 쉬고 고개를 끄덕였다.

"어쩔 수 없군요. 그럼 이것을 드리지요."

트렌이 내민 것은 별빛처럼 반짝이는 가는 줄의 은빛 목걸이였다. 아스윈은 행여 그의 마음이 변할세라 냉큼 받아 들었다.

"이해해 주서서 고마워요, 트렌."

그러고는 기쁨에 겨운 탄성을 발했다.

"어머, 설마 미스릴 호부? 너무 예뻐요."

아무 보석도 달리지 않고 별다른 장식도 없는 짧은 목걸이였지만, 그 맑은 빛만으로도 충분히 아름다운 물건이었다.

"그런데 어떻게 걸죠? 이음새가 없네."

줄을 살펴보며 중얼거리는데 트렌이 일어나서 아스윈의 옆으로 왔다.

"걸어드리겠습니다."

트렌이 목걸이를 집어 자신을 향해 상체를 숙이는 순간, 아스윈은 긴장해서 숨을 죽였다. 그의 섬세한 얼굴에 자신의 숨결이 닿을까 봐서였다. 옅은 향기가 코끝을 간질이고 그의 햇살 같은 머리칼이 뺨을 스치는 것을 느끼면서 아스윈은 그만 긴장해서 얼굴을 붉히고 말았다. 목걸이를 걸고 물러선 트렌이 의아하게 자신을 보는 것을 깨달은 아스윈은 멋쩍어했다.

"제 얼굴 이상하죠? …사실 남자에게 이런 거 받는 것 처음이거든요. 저어, 이거 끌러지거나 하지는 않겠죠?"

"그런 일은 없을 겁니다. 쉬는 데 너무 오래 방해한 것 같군요. 쉬세요."

그의 태도는 여느 때와 다름없이 평온했다. 문을 열고 방을 나가려는 트렌을 아스윈이 불러 세웠다.

"트렌."

뒤돌아보는 트렌에게 아스윈은 생긋 미소 짓고 고개를 꾸벅 숙였다.

"무리한 부탁, 들어줘서 고마워요. 왠지 앞으로는 좋은 일만 생길 것 같네요."

트렌은 엷은 미소를 머금고 살짝 고개를 끄덕였다. 그가 나가고 문이 닫힌 다음 유피는 아스윈을 보고 혀를 내둘렀다.

"너 참 대단하다. 유익족을 상대로 흥정을 하다니… 그것도 자기 몸에 마신이 씌우는 걸 막아주겠다는데, 그걸 놓고 거래를 해 호부를 받아내다니 말이야."

"어허, 나의 치열한 지식욕과 탐구열을 그런 식으로 폄하해서는 안 되지."

아스윈은 점잔을 빼며 대꾸했다.

"그렇게 돈이랑 보물을 좋아하면서 아까 그거는 왜 거절했어? 어차피 너, 제정신으로는 제대로 쓰지도 못하는 마법이잖아."

헤르쿨레스가 물었다.

"맞아. 그건 지금 생각해도 이상하네. 네가 그걸 잘 쓰기나 하면서 그럼 몰라. 그런 보물을 내미는 데도 거절한 이유가 뭐야?"

유피도 맞장구치며 궁금해했다.

"무슨 소리야? 섀도가 되는데 왜 내가 안 되겠어? 조금만 더 연습하면 완벽하게 나의 것이 될 거야."

아스윈은 자신있게 단언했다.

"에이, 무리야, 무리."

헤르쿨레스와 유피는 시들한 반응을 보이며 전혀 신용해 주지 않았다.

"시끄러! 어쨌든 위력이 있는 마법이란 걸 알았으니까 열심히 연습해서 꼭 내 이름을 붙일 거야."

"그 마법 하나가 뭐 그리 대단하다고 그래?"

시큰둥하게 묻는 유피를 보고 아스윈은 그것도 모르냐는 듯이 잘난 척 곁눈질하고는 설명했다.

"생각을 해봐. 트렌이 그런 보물까지 제시하는 이유가 뭐겠어? 그만큼 위력적인 힘이기 때문 아니겠어? 너희도 알겠지만, 트렌이 어디 보통 실력이야? 그렇게 강한 그의 팔을 하나 날릴 정도의 힘이라구. 그걸 제대로 컨트롤만 할 수 있다면 명실공히 나의 최강의 마법으로써 나를 위대한 대마도사의 반열에 올려줄 거라구. 그런데 그걸 왜 포기해? 당연히 꼭 쥐고 있어야지. 오호호호~"

손을 꼬아 들어 살짝 입술을 가리고 높은 톤으로 아가씨 웃음을 웃어대는 아스윈을 뭐 씹은 표정으로 바라보던 유피는 헤르쿨레스를 보고 촌평을 내렸다.

"한마디로 허영이 물욕을 이긴 것이었군."

"아스윈답네."

둘의 썰렁한 반응에 관계없이 아스윈의 상상은 더욱 높은 곳으로 비약하고 있었다.

"그런데 마법의 이름은 뭘로 지을까? 음… '아스윈의 빛'이 어떨까? 아냐, 이건 너무 짧고 임팩트가 부족해. 그래, '아스윈의 성스러운 빛'이 좋겠다. 아니면 '성스러운 아스윈의 빛', 어느 것이 좋을 것 같아?"

유피와 헤르쿨레스는 약속이나 한 것처럼 동시에 일어섰다.

"나가는 게 좋겠다, 그치?"

"응, 그게 우리의 정신 건강을 지키는 길이야."

둘은 아스윈의 말을 무시하고 휑하니 방을 나가 버렸다.

"이봐, 어떤 이름이 좋겠어?"

열심히 물었건만 들은 척도 하지 않고 둘 다 나가 버리자 아스윈은 입술을 쑥 내밀었다.

"나의 화려한 미래를 시기하는 거로군. 훗, 괜찮아. 천재에게는 언제나 범인의 시기와 질투가 뒤따르는 법. 흔들릴 필요 없어. 그나저나 이름뿐 아니라 포즈도 개발을 해두는 게 좋겠지? 분명히 이건 역사에 길이 남을 테니까."

아스윈은 결코 기죽지 않는 불굴의 의지로 열심히 궁리하기 시작했다.

그날 밤, 일찍 잠자리에 들었던 크로드는 불현듯 이상한 기분을 느끼고 퍼뜩 눈을 떴다. 몸을 일으켜 보니 침대의 발치에 무엇인가 나타나고 있는 것이 보였다. 방 안이 캄캄해서 자세히 보이지는 않았으나, 하얀 옷을 입은 사람의 형상이었다. 그의 등장과 더불어 작은 빛의 구체가 생겨나 내부를 밝혔다. 늪에서 옐을 기습 공격했던 남자, 라신이었다.

"역시… 바로 알아채셨군요."

라신은 친숙해 보이는 미소를 지었다.

"당신은 누구요?"

크로드는 재빨리 침대에서 나와 그와 대치하고 섰다. 다른 침대에 있는 유피는 이 상황을 전혀 눈치 채지 못하고 깊이 잠들어 있었다. 라신은 부드럽고 정중한 태도로 자신을 소개했다.

"그렇게 경계하는 것도 무리는 아닙니다만, 나는 적이 아닙니다. 포스포로스의 사자와는 달라서 나는 인간의 편이니까요. 정식으로 소개하지요. 나는 그리고리의 군주이신 마신왕 아자젤님을 모시는 자로서, 마계의 후작인 라신이라고 합니다. 사람들은 나를 일컬어 '아자젤의 전령사' 라고도 말하지요."

그리고리라는 존재에 대해서는 크로드도 언젠가 책에서 읽은 적이 있었다. 천사단의 10번째 계급의 천사들로 먼 과거에 지상에 내려와 활동하며 인간의 교육을 담당했었고, 그로 인해 타락하여 마계로 떨어졌다는 전승이었다.

"짐작하고 계시겠지만, 나는 옐과 반대의 목적으로 중간계에 나왔습니다. 당신의 마검, '오랜 드래곤의 팔' 을 옐이 가져가지 못하게 하는 것이 나의 목적이지요. 그녀가 그것을 루시퍼님께 가져가게 되면 그것으로 인해 마계에 큰 분란이 일게 될 것입니다. 그리고 그 영향은 마계에 그치지 않고 이곳 중간계에까지 미치게 될 것입니다. 나의 군주, 아자젤님께서는 그런 결과를 바라지 않기 때문에 나를 보내신 겁니다."

"날 찾아온 이유는 그런 이야기를 하기 위해서입니까?"

라신에게 물으면서 크로드는 맞은편 침대의 유피를 신경 썼다. 그가 깨어나지 않을까 생각했으나 전혀 그런 기미는 보이지 않았다.

"그것도 있고… 실은 당신에게 한 가지 제안을 하기 위해서입니다. 옐은 당신의 마검을 빼앗기 전에는 절대로 포기하지 않을 겁니다. 언제까지나 그녀의 집요한 공격에 견디면서 힘겹게 끌려 다닐 수는 없지 않겠습니까? 당신에게도 당신의 생활이 있을 테니까요."

"어떻게 하라는 말입니까?"

"네크로스, 당신의 마검을 차라리 내게 건네주십시오. 물론 그냥 달라는 이야기가 아닙니다. 대신 나는 당신의 문제를 세 가지 해결해 드리지요."

"나의 문제?"

"그렇습니다. 당신이 당면한 문제들 말입니다."

라신은 크로드의 눈을 똑바로 들여다보면서 말했다.

"우선은 당신이 찾고 있는 누님, 어렵게 멀리 찾아갈 것 없이 바로 당신의 앞에 모셔다 드리지요. 두 번째로는 당신의 앞날을 불투명하게 만드는 존재인 바르트의 왕자를 자연스러운 방식으로 없애드리겠습니다. 아니라고 하지는 마십시오. 당신이 바르트에서 지금까지 일궈낸 지위와 명예를 버리고 그곳을 떠날 생각을 한 것도 그 때문이 아닙니까? 물론 바르트의 왕은 아직 당신과 아들을 둘 다 포기한 것은 아니겠지요. 하지만 제아무리 현명한 인간이라도 자식의 문제에 관해서는 그릇된 판단을 내린 경우가 허다하지요. 인간의 역사상 그런 예는 얼마든지 찾아볼 수 있습니다. 당신은 아들과 당신 중, 왕이 당신을 선택할 것이라고 자신할 수 있습니까? 아니면 그 왕자가 어느 날 갑자기 사람이 바뀌어 당신과 좋은 관계를 유지할 수 있을 것이라 봅니까?"

라신의 지적은 날카로웠다. 자신의 속마음을 속속들이 그에게 읽혀 버린 것 같아 크로드는 전율마저 느꼈다.

"나에 대해서 아주 잘 조사를 하셨군요."

"너무 불쾌하게 생각지는 마십시오. 원만하게 일을 처리하기 위해 약간의 조사를 해본 것뿐입니다. 나는 옐처럼 인간이 우리보다 약한 존재라 해서 일방적으로 나의 의사를 강요하고 싶지는 않습니다. 이왕이면 서로에게 이익이 될 방향으로 처리하는 것이 좋다는 생각을 가지고 있지요. '오랜 드래곤의 팔'은 위대한 무기이고, 그 자체가 마신의 격을 가진 존재입니다. 당신은 그것을 자신의 의지대로 다룰 수 있는 사람이고, 그런 점에서 나는 당신에게 존경의 마음을 품고 있습니다."

라신은 진심 어린 자세를 보였다.

"그러면 세 번째 조건은 무엇입니까?"

"네크로스가 당신에게 지니는 의미를 압니다. 그것은 이미 당신의 일부이고, 당신의 현재를 뒷받침하고 있지요. 세 번째로는 네크로스를 대신할 무기를 당신에게 드리겠습니다. 내가 드릴 마검은 솔직히 네크로스만 하지는 못합니다. 그러나 인간이 가진 어떤 무기보다 강할 것이며 전장에서 네크로스 못지 않은 활약을 보여줄 것입니다. 또한 마검에 더해 갑옷과 석궁을 포함한 무구 일체와 마계의 말도 드리지요. 그 말은 바람처럼 빠르고 어떤 상황에서도 절대로 두려워하지 않으며, 적의 말들을 두려움에 떨게 할 것입니다."

"…굉장한 조건들이군요."

그의 말대로라면 세 번째 조건만으로도 파격적이라 할 만했다. 너무 좋은 제안이라 오히려 의심이 생길 지경이었다. 그의 그런 마음을 짐작했던지 라신은 진지한 얼굴로 덧붙였다.

"나의 조건이 의심스럽다면, 나의 군주 아자젤님의 이름에 걸고 맹세하겠습니다. 그것이 어떤 의미인지는 당신의 일행에 있는 마도사에게 물어보면 잘 알 겁니다. 나의 상위자인 군주의 이름으로 맹세한 일을 어기는 것은 나의 존재를 부정하는 일이며, 군주의 이름을 욕되게 하는 일입니다. 이 정도면 나의 진심은 충분히 증명했다고 생각하는데요. 어떻습니까, 나의 제안이?"

크로드는 잠시 라신의 얼굴을 물끄러미 바라보았다. 그의 제안이 거짓은 아닐 것이라는 직감이 들었다. 어쩌면 다시없을 좋은 기회인지도 몰랐다. 그러나 당장 받아들이기는 무엇인가가 마음에 걸렸다. 이미 자신의 일부가 되어 있는 네크로스에 대한 정도 있지만, 그것과는 또 다른 설명하기 어려운 불안이 일었다. 크로드가 망설이는 것을 본 라신은 너그럽게 말했다.

"이런 문제에 바로 대답하기는 쉽지가 않겠지요. 시간을 가지고 잘 생각해 보시기 바랍니다. 단, 다른 사람과는 의논하더라도 유익족인 그와는 하지 않는 게 좋을 겁니다. 그들은 마계의 존재라면 무조건 한통속으로 치부하는 경향이 있으니까요."

그러면서 라신은 왼손을 폈다. 그의 손바닥에 새끼손가락 크기의 길쭉한 보라색 보석이 생겨났다. 라신의 손에서 떠오른 보석은 크로드 쪽으로 날아왔다.

"받으십시오. 당신의 주변에 옐이 나타나면 색깔이 변해 알려줄 겁니다. 옐이 또다시 당신 일행을 공격하거든 그것을 부러뜨리십시오. 그러면 제가 곧 오겠습니다. 옐과 아직 끝을 보지 못했으니 결론을 내야 하거든요."

그것까지 거절할 이유는 없을 것 같아 크로드는 그것을 받았다.

"가까운 시일 내에 좋은 답을 들을 수 있으면 좋겠군요. 그럼 다시 뵙지요."

라신은 살짝 고개를 숙이고 왔을 때와 마찬가지로 흔적도 없이 사라졌다. 그와 함께 빛의 구체도 꺼져 버리고 방은 다시 캄캄해졌다. 적막한 어둠 속에 서 있으니 마치 조금 전의 일이 꿈을 꾼 것처럼 현실감없이 낯설게 느껴졌다. 크로드는 어두운 방 안을 더듬어 양초를 켜서 테이블에 놓고 그 앞에 앉았다. 라신이 말한 조건들을 곱씹어보고 있는데, 유피가 몸을 뒤척이더니 가늘게 눈을 떴다.

"거기서 뭐 해요, 크로드?"

라신과 그렇게 이야기를 주고받을 때는 꼼짝도 하지 않고 자고 있다가, 이제 와서 잠에 취한 목소리로 묻는 그를 보니 조금은 어이가 없었지만 크로드는 아무 일도 아닌 것처럼 대답했다.

"그냥… 생각할 게 좀 있어서……."

"잘 땐 자야죠. 어지간하면 내일 생각하지 그래요?"

유피는 그렇게 웅얼거리고 잠에 빠져들었다.

'내가 조슈아 왕자의 죽음을 바랬던가?'

크로드는 심각하게 자문했다. 라신이 내건 조건은 자신의 정황을 두고 라신이 자의적으로 내린 판단일 가능성이 크겠지만, 혹시 자신의 마음속에 그런 생각이 자리 잡고 있었던 것은 아닌지 스스로도 의심스러워지기 시작했다.

이미리아의 저주 어린 예언을 들었을 때, 가장 먼저 그의 머리를 스치고 간 것은 베른히너 왕이 돌연히 죽기라도 하는 것이 아닐까 하는 생각이었다. 물론 왕은 그가 왕성에 도착할 때까지 아무 일 없이 건강

했고, 그것은 그의 기우였다. 그러나 엉뚱하기까지 한 그 우려는 분명히 왕의 사후에 대한, 그리고 조슈아 왕자에 대한 불안에서 기인한 것이었다.

옐의 등장으로 한동안 그의 생각에서 밀려나 있던 불안이 또다시 뇌리를 비집고 들어오는 것을 느끼며 크로드는 생각을 거듭했다. 그리고 그가 내린 결론은 적어도 라신의 두 번째 제안만큼은 받아들이지 않겠다는 것이었다. 조슈아 왕자가 베른히너 왕의 아들인 이상, 자신이 바르트를 떠나더라도 왕자를 해치고 싶지는 않았다. 적어도 그것이 자신을 믿고 아껴준 베른히너에 대한 최소한의 신의라고 믿었다.

'나머지 제안에 대해서는 조금 더 생각해 보자. 적의 적은 동지라는 말도 있지만, 포스포로스의 사자와 적대한다 해서 그가 곧 인간의 편이라는 보장은 없으니까.'

그렇게 결론을 내린 크로드는 촛불을 끄고 침대에 들어갔다. 쉽사리 잠이 올 것 같지는 않았지만, 그는 억지로 잠을 청했다.

그 시각, 트렌은 같은 방에 묵고 있는 헤르쿨레스의 수다를 들으며 크로드의 방에 나타난 라신의 존재에 신경 쓰고 있었다.

'분위기가 조용한 것으로 보아 싸우러 온 것은 아닌 모양이군. 크로드에게 무엇을 이야기하러 나타난 거지?'

라신의 목적과 그와 크로드의 대화 내용이 무엇일까 생각하는데 헤르쿨레스는 그런 사정도 모르고 자꾸 훼방을 놓았다.

"트렌, 제 말 듣고 있어요?"

"아, 미안해요. 잠시 다른 생각을 하느라… 무슨 이야기였죠?"

"아가스의 축제 이야기를 하고 있었잖아요. 그때 아스윈에게 쫓겨

다니다가 어느 천막에서 들은 노래인데요, 굉장히 곡조가 재미있더라구요. 내가 그거 듣고 있다가 아스윈에게 잡혔는데…….”

끝날 줄 모르고 이어지는 헤르쿨레스의 이야기를 흘려들으며 트렌은 이 상황을 어떻게 해야 할지 망설였다. 이대로 지켜봐야 할지, 자신이 가보아야 할지 결정하기가 어려웠다. 그러나 얼마 지나지 않아 라신의 존재감이 사라지면서 트렌은 일단 한숨을 돌렸다. 생각 같아서는 크로드에게 가서 라신과 주고받은 이야기를 확인하고 싶었지만, 감시라도 한 것처럼 비칠지도 모르므로 그 생각은 접어두었다.

‘마계에 무슨 일인가 일어나고 있는 것은 분명하군. 루시퍼와 벨리알, 그리고 아자젤과 키아스… 대체 무슨 일들을 꾸미고 있는 거지?’

제14장

항구의 결투

(1)

집에서 며칠을 보내고 일행이 있는 곳으로 돌아갈 준비를 하는 미카데에게 맥카넨은 마지막으로 당부했다.

"매사에 조심하도록 하고, 너무 겁없이 나서지 마라. 그리고 이왕에 네크로스 경을 돕기로 한 것이니, 차라리 마법약의 재료를 빨리 모아 너의 저주부터 풀도록 하자. 그쪽이 그에게 훨씬 도움이 되는 길일 것 같다. 그러니 재촉하는 것이라 생각지 말고 네크로스 경에게 약속한 나머지 두 재료를 서둘러 찾아달라고 말해라. 나도 나대로 다른 필요한 것들을 마련해 놓도록 할 테니. 네가 본래의 모습과 힘을 되찾고 나면 네 어머니와 연락이 가능해질 수도 있고, 또 적어도 포스포로스의 사자도 네게 함부로 굴지는 못할 거다."

"하지만 그렇게 되면 아버지는……?"

"걱정 마라. 어떻게든 될 게다. 네 어머니가 나로 인해 큰 실책을 저지르기는 했지만, 오랜 드래곤이라 해도 결코 그녀를 무시하진 못한다. 네 어머니는 너를 진정으로 사랑했다. 네가 도움을 청한다면 절대로 모른 체하지는 않을 게다."

맥카넨은 자신있게 미소를 지으며 힘주어 강조했다.

"알겠어요. 일행에게 그렇게 말해 볼게요."

고개를 끄덕이고 이동 마법을 위해 그려놓은 마법진에 들어서려는 미카데를 붙잡고 맥카넨은 마지막으로 주의를 주었다.

"그리고 이런 말 하기는 조금 그렇다만, 네가 네크로스 경을 진정으로 위하는 것 같기에 하는 말이다. 트렌이라고, 일행 중에 유익족이 있었지? 그를 어느 정도는 경계할 필요가 있을 게다."

미카데는 맥카넨의 말에 이해할 수 없다는 표정이 되었다.

"트렌은 좋은 분이에요."

"그렇겠지. 하지만 그것과 이 문제는 별개다. 유익족은 절대로 달콤하기만 한 존재가 아니다. 어떤 의미로는 마족보다 더 인정사정없는 존재이기도 하지. 그들은 타협을 모르거든. 마족과는 협상을 할 수도 있지만, 유익족과는 불가능하다고 하는 말도 그래서 있는 거다. 만일을 대비해서 하는 말이니, 그에게 네가 경계한다는 인상을 주지는 말고 그저 마음속에 품어두고만 있어라."

"네."

"어쨌든 조심해라. 나도 가급적 도울 수 있는 방안을 강구해 보마."

미카데를 포옹한 맥카넨은 그녀가 마법진에 들어가 이동 마법으로 사라지는 것을 지켜보았다. 미카데의 모습이 보이지 않게 되자 그는 조금은 쓸쓸하게 중얼거렸다.

"누군가 말하기를, 자식은 새와도 같아서 언젠가는 하늘 멀리 날아가는 법이라더니… 너도 이제는 내게서 벗어나기 시작했구나. 이왕이면 화창하게 개인 날에 날아가기를 바랬더니, 하필이면 흐린 하늘 속으로 가겠다고 하는 것인지……."

*　　*　　*

미카데가 돌아온 뒤, 크로드 일행은 며칠 동안 묵었던 여관을 떠나 목적지인 스트라든의 필렘으로 향했다. 그로부터 약 20여 일 간 말을 달려 클레이튼을 지나 스트라든의 서쪽 항구 도시 필렘에 도착할 때까지 옐도 새도도 모습을 드러내지 않았다.

필렘은 바다 건너의 섬나라 류가스를 비롯한 여러 지역의 항구와 정기적으로 배편이 오가는 교역이 흥한 상업 도시였다. 길게 이어진 부두를 따라 배들이 즐비하게 정박해 있고, 거리는 각양각색의 차림을 한 사람들로 북적거렸다.

"이게 바다구나! 바람의 냄새부터 달라."

포구에 선 헤르쿨레스는 무척이나 감격스러워하며 가슴을 펴고 바다의 내음을 한껏 들이마셨다. 유피는 그런 그를 보고 핀잔을 주었다.

"바다 처음 보냐? 호들갑스럽긴……."

"난 처음 봐. 바다에 올 일이 있었어야지."

"나도 그래. 바르트에는 바다도 없는걸. 그런데 정말 희한한 냄새가 나네. 난 바다에서는 상쾌한 향기라도 날 줄 알았는데."

아스원은 코를 실룩거리면서 주위를 둘러보았다.

멤버 중에서 유피를 제외하고는 이런 풍경은 처음 접하는 터라 일행은 한참 동안 부둣가를 거닐면서 항구의 풍경을 구경했다. 냄새가 어떠니 배가 지저분하니 말들은 많았지만, 아스윈이나 헤르쿨레스는 퍽 들떠 있었다. 그러나 크로드만은 아무런 감흥이 없이 혼자만의 생각에 잠긴 모습이었다.

그날 오후 여관에 방을 잡으면서 유피는 주인에게 물었다.
"여기서 류가스로 건너가는 배는 얼마나 자주 있습니까?"
"6, 7일에 한 번 꼴은 있습니다."
"자주 있네요. 얼마나 걸리는데요?"
"어느 항구로 가느냐에 따라 다르기는 한데, 가장 가까운 베델 같으면 4, 5일이면 도착합니다."
"그렇게 가깝소?"
크로드는 생각보다 너무도 가까운 데 놀라면서 물었다.
"류가스는 별로 멀지 않습니다. 그러니 배도 자주 있지요."
주인은 대수롭지 않게 대답하고 일행을 방으로 안내했다.
식당에서 저녁 식사를 마치고, 방에 들어간 크로드는 유피에게 개인적인 의논을 했다.
"자네에게 따로 부탁할 일이 있는데……."
"뭔데요?"
"어떤 사람을 불러줬으면 하고… 이 도시에 스터인이란 대상인 집안이 있네. 내일 그 집에 가서 마리앤이라는 하녀를 내게 데려와 주게. 20대 후반쯤이고, 갈색 머리칼에 작고 아담한 체구라더군. 가능하면 그 집의 다른 사람들이 모르게 조용히 불러줬으면 하네. 그녀에게 긴히 물어볼 것이 있네."
"그거, 누님을 찾는 것과 관련이 있나요?"

"그래, 그 때문이야."

머리를 긁적이고 서 있던 유피는 주저하면서 물었다.

"이런 거 물어도 괜찮을지 모르겠는데… 누님과는 왜 헤어진 건가요?"

크로드가 대답하지 않자 유피는 겸연쩍게 웃었다.

"아니, 뭐… 그냥 물어본 거니까 대답하기 싫으면 안 해도 돼요."

"…빚 대신에 끌려갔어. 가난한 집에선 가끔 있는 이야기지."

여전히 무표정했으나 크로드의 음성에는 자조적인 느낌이 묻어났다. 유피는 뭐라고 말해야 좋을지 몰라서 머뭇거렸다. 크로드는 그런 유피의 곤란함을 눈치 채고 담담하게 덧붙였다.

"여러 곳을 거치다가 마지막에는 스터인가에서 하녀로 있었던 것 같은데, 그 다음에 행방이 묘연해. 사람들을 시켜서 찾아보았지만 그 이상은 알아내기가 쉽지 않았던 모양이야. 지난번에 맥카넨이 살아 있다고 확인해 줘서 그나마 안심은 했지만, 어쨌든 이번에는 내가 직접 이야기를 들어보고 찾아볼 생각이야. 마리앤이라는 하녀는 누님과 비슷한 또래로 가깝게 지냈다고 하더군."

"그렇다면 그 집에서 뭔가 숨기고 있을지도 모르죠."

유피는 자신의 빈약한 가슴을 탁탁 소리나게 두들겼다.

"맡겨주세요. 요령껏 조용히 불러내 올게요."

다음날 아침 일찍 유피는 혼자 여관을 나가서 사람들에게 물어 스터인가를 찾아갔다. 크로드가 알고 있는 바대로 필렘에서 제법 유명한 대상인 가문이라 찾기는 어렵지 않았다.

헤르쿨레스와 다른 멤버들은 배편도 알아볼 겸 거리를 둘러본다며 외출했고, 크로드는 방에 남아 유피를 기다렸다. 한낮이 되어서 유피는 한 여자를 데리고 크로드의 방에 들어왔다.

"그동안 몇 사람인가 찾아왔었대나 봐요. 그래서 날 보고도 처음에는 전에 할 말은 다 했다며 오지 않으려는 거 있죠? 돈을 쥐어줬더니 그제야 마지못해 오더군요."

유피는 문 앞에 여자를 세워놓은 채 크로드에게 와서 그의 귀에 대고 속삭였다.

"어쩌면 이대로는 바른대로 말하지 않을지도 몰라요. 처음부터 세게 나가는 게 좋을 것 같아요."

크로드가 고개를 끄덕이자 유피는 여자를 크로드의 앞으로 데리고 와서 인사를 시켰다.

"여기 기사님께 당신이 아는 걸 솔직히 이야기하면 돼요. 이분은……."

유피의 말이 채 끝나기도 전에 마리앤은 얼른 말했다.

"제가 아는 건 전에 왔던 사람들에게 다 말했구요, 더는 아는 게 없어요. 그리고 곧 식사 시간이라 어서 가봐야 돼요."

"이보쇼, 이분이 누구신지나 알고 그렇게 말하는 거요!"

갑자기 유피가 정색을 하고 버럭 야단을 쳤다. 마리앤이 움찔하는 틈을 놓치지 않고 유피는 더욱 무게를 잡으며 말했다.

"이분은 바로 그 유명한 바르트의 은빛 늑대 크로드 네크로스 경이시오. 당신도 이름은 들어봤겠지? 남녀노소 불문하고 거슬리는 자는 가차없이 베어버리는 것으로 유명하지. 그러니 자칫 심기를 거슬렸다간 무사히 돌아갈 수 없을걸."

유피의 살벌한 과장법에 크로드는 기가 막혔지만 조금 전에 유피가 했던 말을 생각하고 모르는 척 묵인했다. 유피의 설명을 들은 마리앤은 눈에 띄게 얼어붙었다. 잔뜩 겁을 집어먹은 그녀는 크로드를 똑바로 보지도 못하고 고개를 숙인 채 불안하게 눈동자를 굴렸다. 유피가 곁에 없다면 그대로 방을 뛰쳐나가 달아나는 것이 아닌지 싶을 정도였다.

"어쨌든 앉아요."

유피가 의자를 당겨주자 마리앤은 거역하지 못하고 주춤거리며 의자에 엉덩이 끝을 걸치고 불안한 자세로 앉았다. 크로드는 그녀의 불안을 가라앉히기 위해 부드러운 어조로 말을 꺼냈다.

"짐작하고 있겠지만 지금까지 엘렌을 찾아왔던 사람들은 모두 내가 보냈소. 하지만 번번이 스터인가에서 행방이 끊겨 버리더군. 그 집을 달아났다고만 하고 그 이후의 행방이 묘연하오. 혹시 그들에게 하지 않은 이야기가 있는 것 아니오?"

마리앤은 크로드를 조금씩 훔쳐보면서 중얼거렸다.

"…엘렌이 달아난 건 사실이에요… 10년도 훨씬 전에 집을 나간 뒤엔 어떻게 되었는지 정말 저도 몰라요…….."

"집을 나간 이유는?"

이 대목에서 마리앤은 엘렌이 집에 돌아가고 싶어했다며 그래서 달아났을 것이라고 말해 왔었다. 그러나 유피의 협박이 주효한 때문인지 대답에 앞서 크로드의 눈치를 살피고 있었다. 그녀는 용기를 짜내어 크로드에게 반문했다.

"그런데… 기사님은 왜 엘렌을 찾으시죠?"

"엘렌은 내 누님이오."

크로드의 대답은 마리앤을 대단히 놀라게 만든 것 같았다. 마리앤은 두려움조차 잊고 머리를 번쩍 들어 크로드의 얼굴을 뚫어져라 쳐다보았다.

"정말인가요?"

"그런 거짓말을 할 이유가 있겠소?"

크로드의 얼굴을 찬찬히 뜯어보던 마리앤은 납득이 가는지 머리를 끄덕였다.

"그러고 보니 엘렌과도 좀 닮으셨네요. 아까부터 그런 인상을 받기는 했지만 설마 했는데……."

"누님은 어떻게 되었소?"

마리앤은 여전히 망설이고 있었지만 처음에 비해 많이 흔들리고 있었다. 그녀가 동요하는 것을 눈치 챈 유피는 여유를 주지 않고 다그쳤다.

"어서 말해 봐요."

"…사실은… 엘렌이 집을 나가게 된 건 마님께서 엘렌을 다른 하인에게 억지로 시집을 보내려 하셨기 때문이었어요. 나이도 많은 데다 볼품없고 술버릇도 고약한 사내라서, 엘렌은 그와 살 바에는 차라리 죽어버리겠다고 했어요."

"왜 그런 곳에 억지로 보내려 한 거죠?"

말을 멈추는 마리앤에게 유피가 물었다.

"잘은 모르겠지만, 아마 마님이 엘렌을 밉게 보셔서 그랬을 거예요. 그리고 그 무렵 도련님의 혼사가 정해졌는데, 그전에 엘렌을 어떻게 하시려고……."

"그 집 아들의 혼사와 무슨 관계요?"

크로드의 질문에 마리앤은 곤란한 기색으로 머뭇거렸다. 말하기 어려운 내용이 분명했다.

"어서 말해 봐요."

유피의 재촉에 마리앤은 어렵사리 말을 계속했다.

"…데릭 도련님이 엘렌에게 손을 대셨거든요. 마님은 엘렌이 도련님에게 꼬리를 쳤다고 생각하셨죠. 하지만 절대로 그렇지 않아요. 엘렌은 도련님을 전혀 좋아하지 않았거든요. 도련님과 결혼할 아가씨는 지체 높은 가문의 분이라 이런 사실이 알려지면 도련님의 혼사에 좋지 못할 거라고 그러셨던 것 같아요."

유피는 조마조마한 심정으로 크로드의 안색을 살폈다. 다행히 그의 모습은 적어도 겉보기에는 별다른 변화 없이 평소와 비슷해 보였다. 그러나 낮게 깔리는 그의 목소리에서는 어쩔 수 없는 분노가 묻어 있었다.

"그 다음은 어떻게 되었소?"

"그게… 엘렌이 그렇게 달아난 후 마님께서는 크게 노하셔서 하인들을 풀어 엘렌을 찾아내라고 하셨어요. 제게도 엘렌이 연락을 하거나 하면 지체없이 알리라 하셨구요."

"데릭이라는 남자는 지금 어디에 살고 있소? 필렘이오?"

"네? 그, 그건……."

마리앤은 무척 불안해하면서 그것만은 말하려 들지 않았다. 그녀의 반응에 크로드는 더는 강요하지 않고 화제를 돌렸다. 어차피 그 정도의 일은 다른 사람들에게 수소문해도 쉽게 알아낼 수 있을 터였다.

"누님은 어떤 분이었소?"

"예쁘고 심지가 곧은 애였어요. 꾸미지 않아도 눈에 띄는 아이였지요. 틈만 나면 고향에 돌아가고 싶다면서, 특히 동생 이야기를 많이 했어요. 은빛 머리칼의 예쁜 아이라고, 늘 자랑처럼 말하곤 했었는데……."

마리앤의 눈에 살짝 물기가 어렸다. 크로드는 잠시 잠자코 있다가 물었다.

"어디로 갔는지는 알고 있소?"

"잘은 모르겠지만 배를 타고 필렘을 떠났을 거예요. 집을 나가서 얼마 뒤에 딱 한 번 연락이 되었었는데, 그때 잡힐까 봐 무서워서 제대로 다닐 수가 없다며 어떻게든 배를 타고 멀리 달아날 거라고 했었어요. 그래서 제게 약간 있던 돈을 보태주었는데, 그 다음에는 모르겠어요."

크로드는 품에서 미리 준비해 두었던 가죽 지갑을 꺼내 테이블 위에 얹어 그녀에게 내밀었다.

"여러 가지로 가르쳐 줘서 고맙소. 내게 이런 이야기를 해서 당신의 입장이 곤란할지도 모르겠소. 결혼해서 가족이 있는 것으로 아는데, 이걸로 가족을 데리고 그 집을 나와 독립하도록 하시오."

마리앤은 어리둥절한 얼굴로 지갑을 쳐다보다가 빠른 동작으로 집어 들었다. 옆으로 살짝 몸을 돌리고 무릎 사이로 지갑을 열어본 그녀는 안에 든 상당량의 금화를 보고 눈이 휘둥그레졌다.

"이렇게나 많이……! 정말 감사합니다. 말씀대로 하겠습니다."

그녀는 연신 머리를 숙이면서 자리에서 일어섰다.

여관 앞까지 마리앤을 바래다주고 돌아온 유피는 문을 닫으면서 말했다.

"그때 맥카넨이 말한 것처럼 류가스에 있는 모양이네요, 배를 타고 떠났다는 걸 보니. 그런데 왜 고향으로 돌아가지 않고 반대 방향으로 갔을까요?"

"사람들에게 쫓기다 보니 그렇게 되었겠지. 그리고 고향에 가려 해도 어딘지 정확하게 몰랐을 수도 있고. 7살 때 집을 떠나 여러 곳을 거쳐야 했으니까."

유피는 의자를 당겨 크로드의 맞은편에 앉아서 염려스러운 눈빛으로 그의 얼굴을 바라보다가 물었다.

"이제 어떻게 할 생각이에요, 크로드? 설마 그 집에 가서 이 문제를 따질 건가요?"

"동생으로서 당연한 도리를 해야지."

"그건 좋은 방법이 아니라고 봐요. 마음은 알겠지만요, 크로드… 여기는 바르트가 아녜요. 막말로 여기서 뭔 일이라도 나봐요. 크로드가 불리하게 되어 있다구요. 그리고 사실, 이런 문제가 크게 불거져서 크로드에게 좋을 일은 없잖아요."

"나의 체면이라도 깎인다는 말인가?"

크로드의 냉소적인 물음에 유피는 머쓱해졌다.

"바르트에서 나의 출신을 모르는 사람은 거의 없어. 내가 귀족이라서 출세한 건 더 더욱 아니고."

"그래서 어떻게 할 건데요?"

"그 데릭이라는 남자에게 누님을 모욕한 책임을 물어 명예를 위한 결투를 신청할 생각이야."

"결투 신청요?"

유피는 입을 쩌억 벌렸다.

"사람들에게 크로드의 소문이 얼마나 무시무시하게 나 있는지 알면서 그래요? 크로드가 그 집에 결투를 신청했다는 필경 도시 전체에 쫘~ 하니 소문이 깔릴 거라구요. 결투 자체가 굉장한 구경거리가 되고 말걸요."

"그래서 하는 거야."

"에?"

얼른 이해가 되지 않아 크로드를 멀뚱멀뚱 쳐다보던 유피는 간곡하게 재차 설득에 나섰다.

"그렇게 감정적으로 나가지 말고 시간을 두고 생각해 봐요. 사실 그 남자가 한 짓이 나쁜 짓인 건 분명하지만, 웬만한 귀족가나 돈 있는 집에서는 있을 수도 있는 이야기잖아요. 아니, 뭐 그렇다고 그냥 용서를 하라는 건 아니지만, 하다못해 단단히 사과를 받고 조용히 처리할 수도 있지 않나 하는 이야기죠."

"자네의 말이 전적으로 틀린 것은 아니지. 하지만 적어도 명예를 아는 자가 할 짓은 아니야. 그는 스스로 자신의 명예를 포기한 자이고, 난 그것을 드러내 주는 것뿐이야. 그리고 사과만으로는 내 감정이 납득되질 않아. 인간은 궁지를 모면하기 위해서는 진심이 담기지 않은 사과쯤 얼마든지 할 수도 있는 존재니까."

"하지만 일이 커질 텐데요. 설마 혼자 나올 리 있겠어요? 보나마나 친구랑 원조자들을 잔뜩 동원할 텐데, 숫자가 많아질 거라구요."

"내가 공개적으로 결투를 신청하는 건 그자나 원조자들을 죽이기 위해서가 아니라, 그자의 행동에 적합한 대가를 치르게 하려는 것뿐이니 너무 걱정할 건 없어."

크로드의 태도는 이론(異論)의 여지없이 단호했다. 아무래도 그의 말투나 태도가 즉흥적인 것으로는 보이지 않아 유피는 조심조심 물었다.

"크로드… 혹시 이런 일이 있을지 모른다고 전부터 생각했던 건가요?"

크로드는 부정하지 않았다.

"어떤 의미로는… 전혀 상상이 불가능한 일은 아니니까."

"그랬군요."

나름대로 생각해서 이미 내려졌던 결정이라면 설득은 불가능하다고 깨달은 유피는 그만 단념하고 크게 숨을 내쉬었다.

"크로드의 뜻을 알 것도 모를 것도 같네요. 지금까지 꽤 오랫동안 사람들 사이에 섞여 지내면서 인간에 대해서는 알 만큼 안다고 생각했는데, 아직도 알아야 할 것이 많은 것 같아요. 크로드도 그렇고, 아스윈도 그렇고."

"인간도 스스로를 잘 알지 못해. 아득한 옛날부터 철학자들이 존재론에 줄곧 골몰하는 것도 그 때문이지."

농담처럼 가볍게 말한 크로드는 팔짱을 끼고 유피의 얼굴을 정면으로 보았다.

"하플링들은 어떻지? 인간보다는 역시 엘프와 비슷한가?"

"비슷하게 단순하죠."

유피는 테이블에 팔을 얹고 빙긋 웃었다.

"여기서 단순하다는 건 머리가 모자란다는 게 아니라 사회가 그만큼 복잡하지는 않다는 의미예요. 우리들의 마을에서는 그렇게 과하게 욕심 부릴 일도 없고, 목숨 걸고 죽자고 싸울 것도 없고, 그저 그날그날이 즐거우면 만사 오케이예요."

"고향 떠난 것을 후회하지는 않나?"

"처음에는 세상 물정도 모르고 적응이 안 되어서 고생하기도 했는데, 지금은 그럭저럭 괜찮아요. 어차피 고향에서는 모든 게 사이즈가 맞지 않아서 지내기도 불편했구요."

"만일에 키가 보통 하플링처럼 될 수 있다면 돌아갈 건가?"

"모르겠어요."

유피의 표정은 애매해졌다.

"가족이랑 친구들이랑 그때의 생활이 가끔 지독하게 그립기는 한데, 지금은 또 여기 생활에 익숙하니까. 거길 가면 또 이쪽을 그리워하게 될지도 모르죠."

진지하게 대답하던 유피는 별안간 싱거운 웃음을 흘렸다.

"내가 지금 뭐라 그러는 거야… 정말로 그렇게 될 수 있는 것도 아닌데. 크로드답지 않게 왜 그런 질문은 하고 그래요? 내가 보통 하플링 크기로 되려면 이 키가 거의 반 토막이 나야 하는데, 그게 가능하기나 해요?"

"신이라면 그럴지도 모르지."

"엥?"

무표정하게 말하는 크로드의 뜬금없는 발언에 유피는 그가 진담을 말하는 것인지 농담으로 하는 소린지 심각하게 헷갈려 했다.

"누가 세 가지 소원을 들어준다면 그걸 하나 넣어볼까 생각해 봤지."

크로드는 표정이 드러나지 않게 한 손으로 입가를 문지르면서 자리에서 일어났다.

"그게 무슨 소리예요, 크로드? 세 가지 소원? 그게 뭔데요?"

유피는 얼른 일어나서 문을 열고 나가는 크로드를 따라가며 물었지만, 크로드는 아무것도 아니라는 듯 화제를 돌리고 아래층 식당으로 가는 계단을 내려갔다.

"때가 되었으니 식사나 하지."

"구경 나간 사람들이 아직 안 왔잖아요?"

"우리끼리 먹고 있으면 오겠지."

유피는 그런 그의 뒷모습을 바라보며 머리를 긁적였다.

"그나마 기분이 나아진 것 같아 다행이긴 한데, 맨 끝의 말은 무슨 소리지?"

(2)

.

필렘에 도착해서 며칠이 지났다.

크로드는 마리앤이 가족과 필렘을 떠난 것을 확인하고, 스터인가를 찾아갔다. 유피는 혼자 가겠다는 그를 설득해 끝끝내 따라나섰다.

하인에게 데릭 스터인을 만나러 왔다고 밝히고 응접실에 안내된 크로드는 자리에 앉지 않고 서서 벽에 걸린 긴 태피스트리를 바라보면서 데릭을 기다렸다. 유피는 긴 의자에 앉으려다가 그냥 크로드의 옆에 서 있었다.

얼마 뒤 문이 열리고 젊은 남자가 들어왔다. 30대를 갓 넘어선 그는 허옇고 부들부들한 느낌의 남자였다. 입고 있는 옷이나 몸에 지닌 장신구는 얼른 보기에도 화려하고 값비싼 것들로, 이 집안의 호화로운 장식과 맞물려 부유한 이미지를 물씬 풍겼다.

"제가 데릭 스터인입니다만, 저를 찾으셨다구요?"

그는 상인 집안의 사람답게 초면인 크로드에게도 친근감있는 미소를 만면에 머금고 인사했다.

"레시어의 크로드 네크로스입니다."

데릭은 화들짝 놀라는 표정이었다.

"네크로스라면 그 바르트의 네크로스 경이십니까?"

"그렇습니다."

"이거 영광입니다. 그렇지 않아도 하인이 전하는 성함을 듣고 설마 했는데. 어서 앉으시지요."

"아닙니다. 용건만 말하고 돌아가겠습니다."

"용건… 이라뇨?"

크로드의 차갑고 딱딱한 태도에 데릭은 뭔가 분위기가 심상치 않다는 것을 감지하고 긴장했다.

"나는 당신에게 명예를 위한 결투를 신청하기 위해 왔습니다. 지금부터 7일 후 정오에 이 도시 중앙에 있는 레젠 광장에서 기다리고 있겠습니다."

"예? 결투요? 이, 이유가 뭡니까?"

데릭은 영문을 모르고 당황해서 말을 더듬었다.

"십수 년 전에 이 댁에 있었던 엘렌이라는 하녀를 기억하십니까?"

"엘렌? 아, 예… 그런 아이가 있었습니다만, 그건 왜……?"

"엘렌은 나의 누님입니다. 이 정도면 내가 당신에게 결투를 신청하는 이유는 잘 아시리라 봅니다만."

"엘렌이 네크로스 경의 누님?"

데릭은 한 대 세게 얻어맞은 사람처럼 크로드의 얼굴을 멀거니 건너다보았다. 뭐라고 변명이라도 해야겠는데, 크로드의 냉기가 도는 무표정한 얼굴을 보니 차마 입이 떨어지지 않았다. 잘못 핑계를 늘어놓았다가는 바로 마검에 베일지도 모른다는 공포 때문에 더욱 그러했다.

"용무가 끝났으니 이만 실례하겠습니다."

멍청하게 있던 데릭은 나가려 하는 크로드를 서둘러 붙잡았다.

"네크로스 경, 제, 제가 사과하겠습니다. 원하신다면 누님 앞에 무릎이라고 꿇고 빌겠습니다. 그러니 그 결투라는 말씀만은……."

크로드는 그의 말을 차갑게 잘랐다.

"명예의 손상은 명예를 위한 결투 이외에는 보상할 방법이 없습니다. 미리 말씀드리지만, 이 문제를 두고 당신과 협상할 생각은 없습니다. 7일 후 레젠 광장에서 기다리고 있겠습니다."

통고하듯 말하고 크로드는 성큼성큼 그곳을 걸어나왔다.

"오늘부터 결투의 원조자를 구하느라 분주하겠군요."

크로드를 따라나온 유피는 저택을 흘깃 뒤돌아보고 말했다.

"이 경우 가능성은 둘 중 하난데, 크로드를 두려워해서 나서려는 자가 없거나, 아니면 반대로 유명세를 노리고 가담하는 자들이 많거나 말이죠."

"원조자들을 구해 결투에 나선다면 본인도 그 자리에 나와야 하지. 만일 원조자들을 거느리고 내 앞에 나타난다면 그자부터 베어버리겠어. 그러면 결투도 빨리 끝이 날 테니까."

"그를 죽이면 기분이 개운해질 것 같은가요?"

"모르겠어. 아마 좋아지지는 않겠지. 하지만 난 모르는 척 덮어두고 지나갈 정도로 마음이 넓지 못해. 명예냐 목숨이냐는 그가 선택할 문제이고."

"소중한 누님이었나 봐요."

크로드는 멀리 바다가 보이는 방향으로 고개를 돌렸다.

"그래야 하는데 그렇지도 못했어. 그래서 더욱 이러는지도 모르지."

유피의 예상대로 그날 해가 저물기 전에 '바르트의 은빛 늑대'가 필렘에서 결투를 할 것이라는 소문이 도시 전체에 퍼져 나갔다. 크로드가 결투 신청을 하고 나간 뒤, 스터인가에서 일어난 소동이 누군가의 입을 통해 집 밖으로 새어 나간 것이다.

일행이 묵고 있는 여관에도 그 소문이 들어왔는지 저녁 식사를 하는데 크로드 일행을 바라보는 주변 사람들의 눈빛이 예사롭지 않았다. 소문이 있기 전에는 단순히 타 지역에서 온 기사 일행으로 알았던 것이 은빛 늑대가 필렘에 있다는 소문이 나면서 크로드의 은빛 머리칼과 왼손의 네크로스를 유심히 살펴본 사람들의 시선에 포착됐기 때문이었다. 두려움과 호기심이 뒤섞인 눈으로 크로드를 흘끔흘끔 훔쳐보는 사람들의 시선에 아스원은 까닭을 모르고 기분 나빠하며 미카데에게 투덜거렸다.

"아까부터 분위기가 좀 이상한 것 같지 않아요? 왜들 자꾸 우리를 쳐다보죠?"

"글쎄… 조금 그런 것 같네요."

다른 사람의 시선을 꽤 의식하는 편인 아스원과는 달리 미카데는 그런 일에는 무심했다.

유피는 상황을 살피다가 식사가 끝날 무렵 일행에게 말을 꺼냈다.

"이건 다들 알아야 할 것 같아 하는 이야긴데, 여기 도착한 후부터 크로드 누님의 행적에 대해서 알아보았거든요. 그것과 관련해서 좀 갑작스럽지만, 7일 후에 크로드가 이 도시에서 결투를 하게 되었어요. 류가스로 가는 건 그 다음이 될 것 같아요."

"결투? 누구랑?"

헤르쿨레스가 물었다.

"누군지 말하면 네가 아냐? 그건 있다가 얘기해."

헤르쿨레스에게 이른 유피는 모두에게 말했다.

"상대방이 어떻게 나올지는 아직 모르는데, 원조자들을 끌어 모을 가능성도 있어요. 만약 그렇다면 우리 쪽도 원조자가 있어야 하지 않겠어요?"

"뜻은 고맙지만, 나 혼자라도 괜찮아."

크로드는 거절했지만 유피는 머리를 흔들었다.

"일행이 이만큼이나 있는데, 왜 혼자 나가요? 나는 결투의 원조자로 나갈 생각이에요. 여러분 생각은 어때요?"

"당연히 나도 나가야지."

"저도 도울게요."

헤르쿨레스에 이어 미카데도 나가겠다고 말하자, 아스윈은 눈치를 살피면서 슬그머니 물었다.

"다들 나간다면… 나도 나가야 하는 건가?"

그러자 유피와 헤르쿨레스가 입을 모아 대답했다.

"아니, 우리의 안전을 위해 제발 빠져 줘."

"뭣이라?!"

애초부터 가담하고픈 마음도 없었지만, 이런 말에 가만히 있을 수는 없었다. 아스윈은 방금 비운 음식 접시를 집어 들어 헤르쿨레스와 유피의 얼굴을 한 대씩 갈기고 식식거리면서 방으로 가버렸다.

"도대체가 일행이라면서 조금도 감싸주는 면모라곤 없다니까. 같은 말이라도 '너는 마도사니까 이런 일에 나서면 안 돼'. 뭐 이런 식으로 말해 주면 어디가 덧나?"

아스윈의 뒷모습을 보면서 트렌이 말했다.

"그러면 아스윈을 제외하고 나머지 일행이 크로드의 원조자가 되면 되겠군요."

"트렌도 도와주시게요?"

트렌까지 결투에 나설 줄은 생각지 못했던 터라 유피는 눈이 동그래졌다.

"같은 일행으로서 모르는 척할 수는 없지요. 그리고 언제 옐이나 섀도가 나타날지도 모르는 일이기도 하고."

"그러고 보면 그때 늪지에서 본 뒤로는 안 나타나네요. 설마 포기한 건 아닐 테고."

유피는 그들의 일을 생각하고 걱정스러워했다.

"물론 포기한 것은 아닐 겁니다. 옐이 크게 부상을 입었다고 하니 그 때문일 수도 있겠지요. 옐과 라신은 힘과 지위가 엇비슷한 만큼 서로에게 치명적인 타격을 입힐 수 있는 사이니까요."

트렌의 말을 들으며 크로드는 자신의 주머니에 있는 보석 조각을 떠올렸다. 라신이 주고 간 그것은 옐이 나타나지 않은 덕분에 그대로 그에게 남아 있었고, 라신의 제안을 어떻게 할지도 아직은 결정 내리지 못한 상태였다.

라신의 일을 트렌에게 이야기하면 그가 어떤 반응을 보일지 궁금하기는 했으나 일단은 조금 더 상황을 지켜본 다음으로 미루었다. 마신들의 일은 현재 어떻게도 할 수 없는 만큼 우선은 자신이 할 수 있는 일부터 해결하기로 마음먹은 것이다.

식사가 끝나자 유피는 헤르쿨레스에게 밤 풍경을 구경가자며 그를 데리고 밖으로 나갔다. 여관을 나온 유피는 길을 걸으면서 헤르쿨레스에게 말했다.

"우린 지금 그냥 놀러 나온 게 아냐. 아주 중요한 일을 해야 돼."

"중요한 일? 그게 뭔데?"

"이번 결투에서 크로드의 상대로 나오는 자는 본인과 원조자들 가릴 것 없이 죄다 죽여서 피바다를 이룰 거라고 소문을 퍼뜨리고 다니는 거야."

"무슨 소리야? 진짜로 크로드가 그럴 거래?"

헤르쿨레스는 놀라서 물었다.

"그게 아냐. 이게 피바다를 안 보는 길이라구. 그렇게 살벌하게 소문을 퍼뜨려 놔야 사람들이 겁을 먹고 함부로 원조자로 나설 생각을 않을 거 아냐?"

"뜻은 알겠는데, 그러다가 우리가 그런 소리를 하고 다닌 걸 크로드가 알면 어떡하고?"

"크로드가 그걸 어떻게 알겠어? 원래 소문이란 건 한번 퍼지기 시작하면 자꾸 살이 붙어가면서 멋대로 돌아다니는 건데."

그러나 헤르쿨레스는 여전히 걱정스러운 눈치였다.

"그래도 누가 덩치 큰 남자랑 홀쭉이가 그렇게 떠들고 다녔다고 하면 바로 우리라고 알 거 아냐?"

"걱정도 팔자야. 이 넓은 도시에 덩치 남자랑 홀쭉이가 너랑 나뿐이냐?"

"그래도 배 튀어나온 홀쭉이는 너밖에 없을걸."

유피는 전혀 농담 같지 않게 진지한 태도로 말하는 헤르쿨레스를 째려보다가 그의 뒤통수를 철썩 갈겼다.

"쓰~ 그걸 말이라고. 어쨌든 빨리 가자. 오늘 밤 안으로 적어도 서너 군데에는 소문의 불씨를 지펴야 효과가 나지."

둘은 소문을 퍼뜨릴 만한 곳을 찾아 밤거리로 나섰다.

그로부터 이틀 뒤, 데릭 스터인은 아버지 메이어 스터인과 함께 필렘에서 이름 높은 기사의 집인 '푸른 상어 기사의 집'을 방문해 그곳의 단장인 가디너 브레슬린 경과 마주 앉아 있었다. 50대 중반인 브레슬린은 차분한 인상의 풍채 좋은 기사였다.

"바쁘실 텐데 이렇게 느닷없이 찾아와서 죄송합니다. 하지만 저희가 찾아온 목적은 아마 짐작하시리라 믿습니다."

브레슬린과 비슷한 연배에 살집이 적당히 잡히고 세련된 분위기를 지닌 대상인(大商人) 메이어 스터인은 자리에 앉자마자 깊은 한숨과 더불어 하소연을 늘어놓았다.

"느닷없이 이런 일이 생겨서 저도 어찌해야 할지를 모르겠습니다. 아들 녀석이 분명히 실수를 저지른 것이기는 하지만, 그렇다고 다짜고짜 찾아와서 결투를 신청하다니 말입니다. 사람을 보내서 네크로스 경에게 어떻게든 사과를 해보려고 해도, 만나주지도 않고 무조건 결투만을 고집하지 뭡니까. 도리없이 원조자들을 구하려고 했지만, 항구에 있는 용병들 중에 나서는 자가 없습니다. 모두들 미신에 단단히 빠져 있어서 돈을 아무리 준다 해도 네크로스에 베이면 바로 지옥으로 떨어진다느니, 한 번 전투에 몇십 죽이는 건 가볍게 하는 자니 하는 소리만 늘어놓는답니다."

메이어의 푸념이 끝나기를 기다려 브레슬린은 조용히 말했다.

"미신도 있기는 하겠지만, 용병들은 기본적으로 실리주의자들이지요. 기사들은 때로 명예를 위해 죽을 줄 알면서도 싸우는 수가 있지만, 용병들은 그렇지 않습니다. 이길 수 있는 싸움이라 생각한다면 돈을 마다하지는 않을 겁니다."

"하지만 이 큰 도시에서 네크로스 한 사람을 상대할 사람이 이리도 없다는 것이 말이 됩니까?"

데릭이 답답하다는 듯 끼어들었다. 기사로서의 자존심을 은근히 자극하는 그의 말에도 브레슬린은 흔들리지 않았다.

"그렇게 해석할 필요는 없다고 봅니다. 네크로스 경이 필렘 전체에 대해 도전해 온 것도 아니고, 이것은 어디까지나 명예를 위한 개인적인 결투입니다. 원조자로 나서느냐 마느냐는 그 결투의 이유에 공감하는가 여부의 문제지요."

냉철하게 말하며 자신을 쳐다보는 브레슬린의 눈길을 데릭은 슬그머니 외면했다. 메이어는 화제를 바꾸어 브레슬린에게 간절하게 부탁했다.

"여하튼 이 문제로 우리 집안은 대단히 곤란한 지경에 있습니다. 그래서 도움을 청할 수 없을까 하여 이렇게 찾아뵈었습니다. 이곳 '푸른 상어 기사의 집'은 우리 필렘에서도 손꼽히는 기사의 집이 아닙니까? 이번에 도와만 주신다면 제가 최대한 성의를 다해 이곳을 지원하겠습니다."

"원조자를 모아 네크로스 경과 결투를 할 생각이시군요."

"아니면 어쩌겠습니까? 사과도 받아들이지 않는데요."

데릭이 울상이 되어 말했다. 브레슬린은 그의 얼굴을 정면으로 응시하며 물었다.

"원조자들과 결투에 나선다면 당신도 그 자리에 있어야 합니다. 그 경우, 네크로스 경이 나올 행동은 뻔합니다. 원조자들보다는 가장 먼저 당신의 목을 노리겠지요. 그는 기사이기 이전에 군대의 지휘관입니다. 네크로스 경의 경력은 대부분 실제 전장에서 이루어진 것이지요. 그런 만큼 아랫사람보다는 위쪽의 사람, 군대로 치자면 지휘관을 노릴 겁니다. 지금까지 네크로스 경과 일 대 일로 붙어서 이긴 자는 없다고 들었습니다. 그런데 당신이 그를 상대로 마지막까지 살아남을 자신이 있습니까?"

브레슬린의 날카로운 지적에 데릭의 얼굴은 사색이 되었다. 집으로 찾아왔던 날 잠깐 만났던 것만으로도 크로드 네크로스에 대한 공포는 그의 뇌리 깊숙이 각인되어 있었다. 차가운 광택이 돌던 은빛 머리칼에 얼음장처럼 싸늘하던 회색 눈동자를 떠올리기만 해도 몸에 한기가 돌 정도였다.

"그, 그러면 어떻게 하라는 말씀이십니까?"

"제 생각에는 네크로스 경이 결투를 고집하고는 있지만, 그것은 굳이 당신을 죽이겠다는 뜻보다는 일종의 분풀이를 겸해서 당신의 위신을 깎아주겠다는 생각이 아닌가 싶습니다. 그러니 당신이 필렘을 떠나 피한다면 굳이 끝까지 찾아내 죽이려고 하지는 않을 겁니다."

"정말 그렇게 되겠습니까? 괜히 망신만 사고 더 큰 화가 닥치는 것이 아닐까요?"

메이어는 브레슬린의 의견을 미덥지 못해했다.

"마츠나 얼마 전에 끝난 키르베인과의 전쟁에서 보여준 행동을 보면 그렇습니다. 그는 적으로서는 죽음의 신과도 같은 무시무시한 존재지만, 일단 자신에게 항복한 적을 죽인 적은 없습니다. 오히려 항복한 상대에게는 다른 장군들보다 관대한 태도를 보여왔지요."

"하지만 그러고 나면 제 체면은 뭐가 됩니까? 도시 전체에 웃음거리가 될 게 아닙니까?"

데릭의 말에 브레슬린은 냉정하게 대답했다.

"그러나 확실하게 당신의 목숨을 보장해 주는 것은 결투를 피하는 방법입니다. 끝까지 결투를 고집하신다면 말리지는 않겠습니다만."

"그러면 도와주실 수 없다는 겁니까?"

"그 대답에 앞서 한 가지 더 말씀드리지요. 우리 기사의 집에는 구마츠 출신의 기사도 있습니다. 마츠가 여러 해 전에 바르트에게 패망한 사실은 잘 아실 겁니다. 그러니 네크로스 경에게 원한이 있다면 있는 사람이지요. 그러나 그는 네크로스 경과 결코 검을 맞대고 싶지는 않다고 하더군요. 그때 전장에서 네크로스 경을 직접 마주친 적이 있기 때문이지요."

브레슬린은 정중하게 고개를 숙였다.

"모처럼 청해주셨는데 도움이 될 수 없어 죄송하군요. 모쪼록 현명한 판단을 내리시기 바랍니다."

결국 스터인 부자는 원하던 답을 얻지 못하고 기사의 집을 나왔다. 마차에 올라탄 메이어는 앞에 앉은 아들의 얼굴을 쏘아보며 울화통을 터뜨렸다.

"네놈이 여자나 밝히고 일 저지를 때부터 알아봤다! 이게 무슨 꼴이냐?!"

데릭은 얼굴이 빨개져서 고개를 숙이고 우물거렸다.

"죄송합니다⋯⋯."

"그간 네 어머니가 가끔 엘렌을 찾는 사람이 있는 것 같다고 말했지만 깊이 생각지 않고 넘겼었는데, 설마 이런 일이 터질 줄이야⋯⋯."

메이어는 지끈거리는 머리를 뒤로 기대며 눈을 감았다.

(3)

    결투 당일, 약속 장소인 레젠 광장 주변에는 아침 일찍부터 많은 구경꾼들이 몰렸다. 스터인가에서 다른 도시까지 사람을 보내 원조자들을 모았다는 소문도 있고, 무시무시한 소문의 주인공인 크로드 네크로스를 직접 보려는 호기심도 한몫하고 있었다.

    "우와~ 과연 큰 도시라 사람도 많네."

    정오가 되기 조금 전에 여관을 나와 일행과 광장에 도착한 유피는 광장 가 쪽과 인근 건물에 빼곡하게 들어찬 사람들을 둘러보고 감탄을 금치 못했다. 일행에게서 멀찍이 떨어진 광장 테두리는 물론이고 주변 건물의 2, 3층에는 특히 많은 사람들이 몰려 북새통을 이루고 있었다.

    "이렇게 많은 사람들이 보고 있으니 부끄럽다."

    헤르쿨레스는 자신들에게 쏠리는 사람들의 시선에 쑥스러워하면서 몸을 배배 꼬았다. 미카데는 두건을 푹 눌러쓰고 고개를 숙이고 있었다. 혼자 여관에 남아 있을 수 없어서 하는 수 없이 따라 나온 아스윈도 사람들의 눈길에 어색해하기는 마찬가지였다. 하지만 당사자인 크로드는 평소와 조금도 다를 바 없었다.

정오가 가까워오자 광장 주변에는 조용한 긴장이 번져 나갔다. 유피는 상대가 어떻게 나올 것인지 내심 걱정하며 광장 건너편을 초조하게 바라보았다. 스터인가의 대응을 알아보기 위해 나름대로 정보 수집에 노력했지만, 워낙 소문이 분분한 터라 어느 것이 진실인지 분간해 낼 수가 없었던 것이다.

마침내 정오가 되자 길 저편에서 마차가 한 대 달려왔다. 그러나 예상과는 달리 그 뒤를 따르는 사람들은 없었다. 크로드 일행의 반대쪽, 광장의 한쪽 끝에 멈춰 선 마차에서는 데릭이 아니라 체구가 작은 초로의 노인이 모습을 드러냈다. 검은 나무 상자를 손에 들고 마차에서 내린 노인은 크로드에게 허리를 숙여 절하고 떨리는 목소리로 크게 외쳤다.

"저는 스터인가의 집사 제임스라고 합니다! 주인 나리의 말씀을 대신 전하기 위해 왔습니다!"

노인은 긴장하여 침을 한 번 꿀꺽 삼키고 말을 이었다.

"데릭 도련님께서는 급작스럽게 병이 나셔서 치료를 위해 다른 도시로 떠나 현재 필렘에 계시지 않습니다. 때문에 주인 나리께서는 결투에 응할 수 없음을 대단히 죄송스럽게 여기며, 아울러 이번 결투에 이르게 된 도련님의 잘못을 깊이 사과드린다고 하셨습니다. 사과의 말씀과 더불어 사죄의 뜻으로 미흡하나마 작은 성의를 마련해 왔습니다. 저어, 이것을……."

집사 제임스는 상자를 전달하기 위해 함께 온 두 명의 하인들에게서 상자를 받아서 앞으로 가라고 눈짓했으나, 두 명 모두 바들바들 떨기만 하고 나설 기미가 없었다. 그것을 보고 있던 유피는 크로드의 얼굴을 얼른 보고 말했다.

"사과를 받아들일 거죠?"

크로드가 대답이 없자, 유피는 묵인한 것으로 생각하고 자신이 마차 쪽으로 달려갔다. 집사의 앞으로 간 그는 집사가 들고 있는 나무 상자를 받아 들고 그에게 속삭였다.

"우리가 설득하고 있으니까 마음 바뀌기 전에 얼른 가세요."

"감사합니다."

얼굴이 흙빛이 되어 와들와들 떨고 있던 늙은 집사는 그제야 제대로 숨을 쉬었다. 유피에게 인사한 집사와 하인들은 부리나케 마차에 타고 허둥지둥 방향을 돌려 전속력으로 광장을 벗어났다. 유피는 상자를 가지고 크로드에게 돌아갔다.

"일단 받아왔는데, 괜찮죠? 뭐가 들었는지는 모르지만, 안 받는 건 끝까지 해보자는 이야기밖에 안 되니까, 여기서 끝낼 거면 받는 게 좋을 것 같아서요. 받지 않으면 저쪽에서는 계속 불안해할 거예요. 미운 상대라고 너무 몰아붙이는 건 크로드에게도 좋지 않아요. 그러니까 싫더라도 그냥 가지고 있다가 나중에 크로드 누님을 만나면 위자료로 그분께 드리면 되잖아요."

그 집안의 물건 따위는 받고 싶지 않다는 기분이 강했지만, 유피의 말이 일리가 있다고 생각한 크로드는 내키지 않은 것을 참고 대답했다.

"알았어. 난 별로 보고 싶은 생각이 없으니 자네가 보관하고 있어."

"그렇게 할게요."

유피는 그제야 안도의 한숨을 쉬었다.

크로드 일행이 그대로 여관으로 돌아가는 것을 본 사람들은 싱거운 결말에 김빠져 하면서 흩어지기 시작했다. 광장을 내려다보는 어느 건물의 3층 베란다에서 사람들과 섞여 이 장면을 지켜보고 있던 카마엘은 실망한 다른 사람들과 그곳을 나왔다. 건물 입구에서 그는 뜻밖에도 라신과 마주쳤다. 그를 기다리고 있었던 듯 그가 나오는 방향을 지켜보고 있었다.

"반가워. 이제야 겨우 만나게 되는군."

라신은 만면에 미소를 머금고 다가와 그를 가볍게 포옹했다.

"그렇게까지 오랜만에 만나는 건 아닌 것 같은데?"

카마엘의 무뚝뚝한 대꾸에도 라신의 태도는 변함이 없었다.

"내가 말하는 건 마계의 공작인 카마엘이 아니라 파워즈의 사령관으로서의 자넬 말하는 거야. 중간계에서 만나는 건 참 오랜만이잖아, 안 그래? 이럴 게 아니라 어디 가서 술이라도 한잔하지."

라신은 정말 반가운 친구라도 만난 사람처럼 친근한 몸짓으로 카마엘의 손을 잡아끌었다. 카마엘은 그 손을 뿌리치지 못하고 따라갔다.

카마엘을 데리고 주점에 들어간 라신은 그와 마주 앉자 우선 그의 잔에 술을 가득 따라주었다.

"어지간히 바쁜 모양이군. 여기 나와서 파워즈들이 지나다니는 건 몇 번 보았지만, 정작 자넨 안 보이더군. 오늘쯤은 얼굴을 보게 되지 않나 생각은 했었지. 감시 차 직접 나서지 않을까 하고 말이야. 내 짐작이 맞나?"

"그런 셈이지."

카마엘도 병을 집어 라신의 잔을 채워주었다.

"중간계에서의 재회를 기념하며 건배하지."

라신이 그렇게 제안하고 술잔을 들었지만, 카마엘은 응하지 않았다.

"나로서는 별로 기념할 기분은 아닌데. '아자젤의 전령사'와 '포스포로스의 사자'가 중간계에 나와 소란을 피우고 다니는 상황에서 어떻게 건배를 할 수 있겠나?"

"그렇게 딱딱하게 굴 건 없잖아."

라신은 딱하다는 듯 가볍게 혀를 찼으나 굳이 건배를 고집하지는 않고 자신의 잔을 카마엘의 잔에 가볍게 부딪치고 술을 마셨다.

"아자젤님과 루시퍼님 사이에 내가 모르는 무슨 일이 있는 건가? 왜 자네가 옐을 공격한 거지?"

술을 마시면서 카마엘이 물었다.

"역시 파워즈의 시야에 들어 있었군 그래. 그럴 이유가 있었어. 자세한 사정은 말해 줄 수 없어 미안하군."

라신은 술잔을 든 채 카마엘 쪽으로 몸을 기울였다.

"하지만 이 한 가지는 말해 두지. 이번 일은 중간계와도 결코 무관하지 않아. 자넨 중간계의 균형을 유지하는 일을 하고 있으니, 이곳에 대해 남다른 입장을 가지고 있지. 옐과 나, 둘 중에서 어느 쪽이 중간계에 위협적일지 자네도 모르지는 않겠지?"

"나는 판단을 내릴 입장이 아니야. 자네의 말처럼 나의 임무는 균형을 유지하는 것이니까. 천계와 마계뿐 아니라, 마계의 세력 사이에서도 중립적 입장을 취할 수밖에 없어."

"정말 완전한 중립이란 말인가?"

라신의 이 말에 카마엘은 눈을 들어 그의 얼굴을 보았다. 혹시 자신이 엘을 도와준 것을 눈치 챈 것이 아닌지 생각했으나, 라신의 미소 띤 얼굴이나 태도로 보아 그런 것 같지는 않았다. 카마엘은 사무적인 말투로 대꾸했다.

"물론이야. 내가 관심을 두는 건 자네나 엘이 중간계에서 지나치게 크게 문제를 벌이는 것이 아닌지 하는 거야."

"난 나름대로 조심하고 있어. 문제는 엘 쪽이지. 데스 드래곤 계열답게 인정사정없잖아. 섀도 녀석도 인간들 사이를 휘저으며 말썽 일으키기는 마찬가지고."

라신은 술잔을 비우고 약간은 김빠진 표정으로 중얼거렸다.

"아무래도 이번에는 나타나지 않을 모양이군. 지난번의 부상에서 회복이 덜된 모양이지?"

"섀도라면 왔을지도 모르지."

"섀도를 봤어?"

"아니, 단지 짐작일 뿐이야. 인간의 마음의 틈을 파고들어 가 동화된 섀도는 먼저 마각을 드러내지 않는 한 우리로서도 쉬이 분별해 낼수 없으니까."

"하긴, 놈은 그게 특기지."

라신은 씁쓸하게 뇌까리며 빈 잔을 채웠다.

"광산에서 여자들을 납치한 건 왜였지?"

문득 생각난 듯 카마엘이 묻자 라신은 개구쟁이 소년처럼 장난스럽게 웃었다.

"내가 그러라고 한 건 아냐. 난 그냥 그 기사 일행을 테스트해 보라고만 했는데, 부하 녀석이 그런 식으로 처리한 거지. 여전히 인간 여자들을 좋아해서 말이야."

"테스트치고는 지나치게 큰 소란이 아니었나?"

"후후, 어쩌겠어? 그게 우린걸. 앞으로는 조심할게."

라신의 미소 띤 얼굴은 천진하게조차 느껴지는 매력이 있었다. 카마엘은 그런 그의 얼굴을 바라보다가 쓰디쓴 표정으로 시선을 돌렸다.

"자, 그런 재미없는 이야기는 그만두고 오늘은 그냥 즐겁게 마시자구."

라신은 밝은 태도로 카마엘에게 술을 권했다.

*　　　*　　　*

여관으로 돌아간 크로드 일행은 크로드와 유피의 방에 모였다.

"그래도 이 정도면 무난하게 수습된 거네. 어쨌든 다행이에요."

유피는 상자를 테이블에 올려놓고 무사히 끝난 것을 기뻐했다.

"안에… 뭐가 들었을까요?"

아스윈은 광장에서 여관까지 오는 내내 상자 안의 내용물을 궁금해했다. 매끄러운 검은 나무로 만든 아무런 장식이 없는 상자는 그 간결함 때문에 오히려 값진 느낌을 주었다. 상자를 열어보니 고급스러운 붉은 우단이 채워진 가운데, 청동으로 만들어진 주먹보다 조금 더 큰 계란 모양의 알이 받침대에 얹힌 채 들어 있었다. 청동 알의 표면에는 금은실을 입사한 섬세한 그림이 새겨져 있었다. 파도를 희롱하는 인어의 그림이었다.

"이게 뭐예요? 웬 청동 알?"

유피가 고개를 갸웃거리자 크로드가 말했다.

" '에그' 라는 것이야. 평소에는 장식품이나 예술품으로써 소장하고 있다가, 비상시에는 그 안에 있는 가치가 큰 보석이나 에그 자체를 처분해서 자금으로 활용하기 위한 것이지."

"크로드는 이런 거 본 적이 있나 보네요?"

"몇 번 보기는 했었지."

"어쨌거나 이걸 사용하는 걸 보니 스터인가에 있어서는 지금이 그 비상시라는 얘기군요."

유피는 에그를 이리저리 살펴보며 비장한 말투로 말했다.

"그럼 이 안에 보석이 있단 말이잖아? 어서 열어봐."

아스윈은 눈을 빛내면서 유피를 재촉했다. 유피는 조심스럽게 에그를 집어 돌려서 열었다. 안에는 내부에 꼭 맞는 크기의 은제 에그가 들어 있었다. 은제 에그에는 해초와 여러 마리의 물고기 그림이 새겨져 있었다. 은제 에그를 열자 이번에는 그보다 조금 작은 크기의 금으로 만든 에그가 들어 있었다. 금제 에그에 새겨진 그림은 바람을 받아 돛을 팽팽하게 펼치고 있는 상선이었다.

"아아~ 굉장히 공이 든 물건이네. 이거만 해도 엄청 비싸겠다."

유피는 감탄하며 금 에그를 열었다. 그 안에는 물방울 모양으로 커팅한 큼직한 다이아몬드가 바닥 받침대에 끼워져 담겨 있었다.

"어머나, 세상에! 너무너무 크다~!"

아스윈은 호들갑을 떨며 유피의 손에 들려 있는 다이아몬드에 찰싹 달라붙었다. 그 서슬에 유피는 하마터면 에그를 떨어뜨릴 뻔했다.

"놀랐잖아! 갑자기 그렇게 달려들면 어떡해?"

유피의 책망에도 아랑곳없이 아스윈은 다이아몬드에서 눈을 떼지 못하고 황홀하게 바라보며 입을 헤벌리고 있었다.

"굉장하다. 난 이런 거 처음 봐."

"마도사가 정말 이래도 돼?"

유피는 그런 아스윈을 어이없어하며 바라보았다. 아스윈과는 대조적으로 헤르쿨레스는 흥미로운 시선으로 청동 에그를 살펴보기는 해도 호기심 이상의 관심은 없었고, 미카데도 약간의 관심만을 나타낼 뿐이었으며, 트렌은 아예 무심했다. 잠시 후 크로드가 혼잣말처럼 중얼거렸다.

"너무 비싼 물건이군."

크로드가 다른 말을 하기 전에 유피는 얼른 그에게 말했다.

"설마 돌려주자고 말할 건 아니죠? 그럴 필요 없어요. 이걸 줘도 괜찮을 만하니까 준 걸 테고, 또 받지 않고 돌려주면 그쪽에서는 화해를 받아들이지 않은 걸로 오해해서 엉뚱한 수로 나올지도 몰라요. 그러니까 이건 아까 내가 말한 대로 그대로 뒀다가 크로드 누님께 위자료로 드리기로 해요. 그쪽에서 한 짓을 생각하면 이 정도는 받아도 돼요. 전혀 부담 가질 것 없어요."

"……."

크로드는 잠자코 보석에게서 고개를 돌렸다. 이런 것을 받고 용서했다는 인상을 주기는 싫지만, 처음부터 상대방을 굳이 죽이겠다고 생각했던 것은 아니니 유피의 말에 따르는 것이 타당할 것 같기는 했다.

유피는 금 에그의 뚜껑을 닫고, 본래 있던 대로 차곡차곡 수납했다.

"벌써 넣는 거야? 조금만 더 보게 해주지."

아스윈의 볼멘소리에 유피는 혀를 차며 핀잔을 주었다.

"침이나 좀 닦고 말해라. 널 보니 불안해서 어디 내놓을 수 있겠어?

자기 것도 아닌데 뭘 그렇게 넋을 잃고 쳐다봐?"

"너야말로 네 것도 아니면서 왜 네가 생색을 내고 그래!"

"난 크로드의 누님께 전해드릴 때까지 이걸 잘 간수해야 하니까 당연하지."

유피가 상자를 짐 속에 깊숙이 챙겨 넣은 뒤 헤르쿨레스는 그에게 물었다.

"이제 결투도 끝났으니까 배를 타고 건너가기만 하면 되겠네. 언제 가는 거야?"

헤르쿨레스는 빨리 배가 타보고 싶어서 며칠 전부터 은근히 안달이 나 있었다.

"사흘 뒤야. 예약해 놨으니까 그날 아침에 가서 타기만 하면 돼."

"와~ 신난다! 사흘이 빨리 지나가면 좋겠다."

아이처럼 들떠서 좋아하는 그를 보고 유피는 웃었다.

"나중에도 그 말이 나오나 두고 볼 일인걸."

그리고 아스윈에게 말했다.

"어떻게 할래? 나중에 나랑 헤르쿨레스랑 금화 가지고 환전상에게 가볼래?"

"아, 그거?"

아스윈은 잘 모르겠다는 표정으로 망설이고 있었다.

"망설일 것 뭐 있어? 금화를 그렇게 많이 갖고 다니는 건 위험해. 부피도 너무 크고. 그럴 땐 부피가 작은 보석으로 바꿔서 지니는 게 최고야."

"그건 그런데……."

태어나서 처음으로 그만한 금화를 가져본 터라 상자 가득 들어차

있는 그 황홀한 금빛을 포기하기는 어려웠다.

"왜 그래? 보석을 그렇게 좋아하면서? 큼직한 놈 몇 개로 바꾸면 간 편하다니까."

그 말이 옳다고 생각한 아스원은 고개를 끄덕였다.

"그런데 제대로 시세를 쳐줄까? 너, 보석 시세 잘 알아?"

아스원의 걱정에 유피는 가슴을 쫙 펴고 대답했다.

"필렘처럼 큰 도시는 오히려 믿을 만해. 그리고 우리가 누구냐? 바 르트의 은빛 늑대 크로드 네크로스의 결투 원조자들 아니냐? 어떻게 우릴 속일 생각을 하겠어?"

"그것도 그렇게 되나? 알았어. 그럼 나중에 저녁 먹고 같이 가자. 대신 일 마치면 내가 술 한잔 살게."

＊　　　　　＊　　　　　＊

그 무렵 옐은 필렘에서 여러 날 걸리는 곳에 있는 스트라든의 도시 버뉴에 있었다. 그녀는 시내 가운데에 위치한 큰 여관의 한 방에서 섀 도를 기다리고 있었다. 까딱도 하지 않고 침대에 반듯하게 누워 멀거 니 천장을 응시하는 그녀의 까만 눈동자에는 아무것도 담겨 있지 않 았다.

섀도는 밤이 늦어서야 돌아왔다. 그는 전에 사용하던 여자의 몸을 그대로 쓰고 있었다.

"늘 늦는군."

침대에서 몸을 일으키고 섀도를 맞이하는 옐의 음성에는 짜증이 실 려 있었다.

"이런저런 상황을 알아보고 다니느라 그렇게 됐어."

섀도는 건너편 침대에 털썩 엉덩이를 붙였다.

"상황은 어때?"

옐의 질문에 섀도는 한숨을 푹 쉬고 설레설레 고개를 저었다.

"별로 좋지 않아."

"어떻기에?"

"영 힘들이 없어. 테크닉도 단순하고… 일 대 일로는 도저히 재미 없어서 못 해먹겠어. 인간들은 점점 더 약해지는 것 같애."

"무슨 말을 하는 거야? 무슨 짓을 하고 다닌 거지?"

옐의 표정이 딱딱하게 굳어졌다.

"무슨 짓은? 정보를 모으는 김에 겸사겸사 조금 재미본 것뿐인데."

놀리듯이 싱글싱글 웃고 있던 섀도는 옐의 눈빛이 매서워지자 정색을 했다.

"난 네 부하가 아냐. 내 방식과 네 방식이 서로 다른 건 당연한 것 아닌가?"

그 말에 옐의 태도는 눈에 띄게 누그러졌다.

"…그러다 라신에게 발각되면 어쩌려고 그래?"

"걱정 마. 나도 바보는 아냐. 잘 알아서 요령껏 행동했어. 솔직히 나야 너나 라신처럼 싸움에 소질이 있지는 못하니까 이 상태로 라신과 일 대 일로 붙어선 곤란하지. 쓸 만한 인간의 몸을 빌 수만 있다면 나서볼 수도 있겠지만, 지금은 그런 인간 자체가 드문 것 같으니 말이야."

"아무튼 그건 좋아. 그들은 어떻게 하고 있지?"

"재미있는 이벤트가 벌어질 뻔했지. 그 기사가 어떤 녀석이랑 결투를 하게 되었거든. 잘하면 원조자들을 모아 집단 결투가 될 참이었는데, 그만 그 상대 녀석이 꼬리를 내려 버렸어. 만약에 집단전이 되면 적당한 놈의 몸을 빌려 한번 끼어볼까 생각도 했었는데 그 일대에는 그럴 만한 놈도 없고, 그 상대 녀석이란 놈도 너무 한심해서 도저히 쓸모가 없더군. 머리 속에 든 거라곤 돈하고 여자뿐이니, 결투에 나갔다가는 아무리 내가 용을 써도 금세 몸이 댕강 날아갈 놈이더라구. 오랜 드래곤의 팔에 잘못 걸리면 나도 무사하기는 어려울 테고, 그래서 결투를 부추기는 건 그만두었지."

두 팔을 뒤로 빼서 짚고 다리를 꼬고 앉은 새도는 무슨 생각을 했는지 눈을 빛냈다.

"그런데 그 기사 말이야, 가까이에서 보니까 기가 막히던데? 그 눈매랑 분위기, 끝내주던걸? 그냥 죽이기는 정말 아깝더라구. 옐, 너는 남자볼 줄을 모르니까 없앨 생각밖에 없겠지만 말이야."

옐은 눈살을 찌푸렸다.

"아무래도 그 몸에 문제가 있는 거 아냐? 남자의 몸으로 바꾸는 게 좋지 않겠어?"

"킥! 잊었나 본데 난 원래 남자든 여자든 안 가려. 쾌락이 뭐가 나빠? 쾌락이야말로 궁극의 선이지. 넌 너무 그렇게 딱딱하니까 언제까지나 어린 모습인 거야."

"쓸데없는 설교는 집어치워. 즐기는 건 네 마음이지만, 할 일을 하고 난 다음으로 해주기 바래."

"걱정 마. 그렇지 않아도 좋은 방법을 생각해 놓았으니까."

"좋은 방법?"

옐이 관심을 보였다.

"그 기사 일행은 배를 타고 건너편의 류가스라는 곳으로 갈 모양이 더군. 그때를 노리는 거야."

"그게 기회가 되나?"

"되고 말고. 배라는 건 일단 바다로 나갔다 하면 고립무원의 작은 섬이 되지. 인간은 물속에서는 오래 견딜 수가 없으니까."

"배를 가라앉히자는 말인가?"

"그것도 한 방법이겠지만, 조금 어렵지 않겠어? 너는 지금 함부로 나서서 라신과 맞장뜰 입장이 아니잖아. 그렇다고 나 혼자서 갔다가 라신이나 그쪽의 유익족에게 걸리기라도 하면 딱 초상 치기 좋을 거고. 기사의 일행 중에 있는 그 마도사는 쓸 만하기는 했는데, 이젠 내가 이용할 수 없게 뭔가 조치를 취한 것 같더라구. 이번에 보니까 기분 나쁜 빛이 감돌고 있더군. 하긴, 그때의 주문은 그나 나 양쪽에 엄청나게 치명적이긴 했지. 하마터면 둘 다 빨려 들어갈 뻔했으니까. 만일 그 마도사의 몸을 또 이용할 수 있다 해도 그 주문만큼은 다시 쓸 자신은 없어. 까딱 조절에 실패하면 내가 먼저 당할 테니까 말이야."

"그리고리의 지식인가?"

"그런 건 아냐. 그건 인간의 지식이야. 내가 보기에는 인간이나 물질에 전혀 영향을 미치지 않는 것으로 보아 정령이나 우리 같은 고도의 정신체를 타깃으로 한 주문인 것 같아."

"그런 주문을 가지고 있다면 왜 전에 나와 마주쳤을 때는 쓰지 않았지?"

"본인이 제어하지 못하니까. 스스로는 그것을 성공해 본 적이 없더군. 아마 앞으로도 그 힘을 자신의 것으로 만들지는 못할걸?"

섀도는 자신있게 단언했다.

"어떻게 그렇게 단정할 수 있지?"

"그녀 자신의 성격에 절대적인 원인이 있지. 내가 그 몸을 다룰 때는 가능했던 일이 어째서 자신일 때는 할 수 없는 것인지 생각해 보면 답이 나올 거야."

섀도는 만면에 미소를 머금고 수수께끼를 내는 것 같은 말투로 말했다. 문제의 답을 알아챈 것인지 옐의 입꼬리가 살짝 치켜 올라갔다.

"좋아. 그 문제는 그렇다 치고, 배를 가라앉히는 것이 아니라면 어쩌자는 말이지?"

"인간의 가장 큰 적은 인간이야. 즉, 인간을 치는 데는 인간을 이용하는 것이 최선이라는 말씀. 이번에는 내게 맡겨봐. 좋은 생각이 있으니까. 너는 멀리서 약간의 지원만 해주면 돼."

섀도의 자신만만한 태도에 옐은 그의 제안을 받아들였다.

"알았어. 네 말대로 하지."

옐과 섀도는 머리를 맞대고 구체적인 논의에 들어갔다.

〈3권으로 이어집니다〉

신인작가 모집

시작이 반이라고 했습니다.
작가의 길에 대한 보이지 않는 벽을 과감히 깨뜨리십시오!
청어람은 작가 지망생 여러분들의
멋진 방향타가 되어 드리겠습니다.

저희 도서출판 청어람에서는
판타지 소설 신인 작가분들을 모집합니다.
판타지 소설을 사랑하시는 분들의 많은 참여를 바랍니다.
소정의 원고(A4용지 150매)를 메일이나 우편으로 보내주시면
검토 후 출판 여부를 알려 드리겠습니다.

주소:경기도 부천시 원미구 심곡1동 350-1 남성B/D 3F · 우편번호420-011
TEL:032-656-4452 · FAX:032-656-4453
e-mail:eoram99@chollian.net

❧ 크로스의 세계 ❧

브네스

코니아

덴시온

클레이튼

류가스

스트라든

로벡   엘라트

● 베델

● 필렘

● 브레이

베이리어

N

W   E

S